JN064852

貴女。

「貴女。」

百合小説アンソロジー

実業之日本社

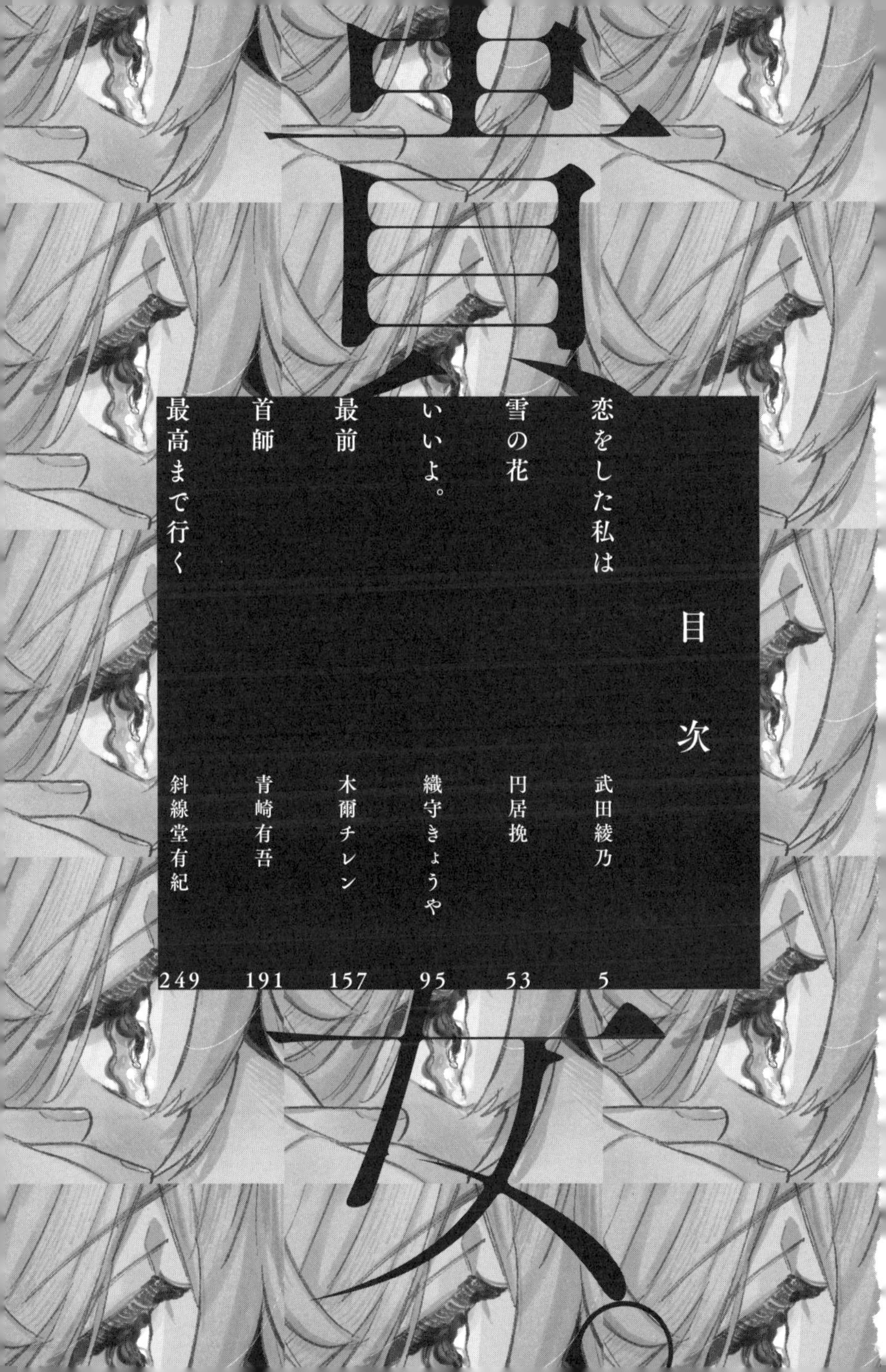

目次

装画　るぅ1mm
装幀　円と球

貴女。

百合小説アンソロジー

「恋をした私は」
武田綾乃

武田綾乃（たけだ・あやの）
1992年京都府生まれ。第8回日本ラブストーリー大賞最終候補作に選ばれた『今日、きみと息をする。』が2013年に出版されデビュー。『響け！ユーフォニアム　北宇治高校吹奏楽部へようこそ』はアニメ化され、人気シリーズに。21年には『愛されなくても別に』で第42回吉川英治文学新人賞を受賞。他の著作に「君と漕ぐ」シリーズ、『青い春を数えて』『その日、朱音は空を飛んだ』『石黒くんに春は来ない』『嘘つきなふたり』『可哀想な蠅』など。

扉イラスト／くわばらたもつ

一

父が不倫しているらしい。しかも、三年間も。

私がそれを聞かされたのは、夕食のタイミングだった。普段は仕事でほとんど家にいない父と、普段は仕事でほとんど家にいない母と、そして普段は塾と学校でほとんど家にいない私。家族団欒（かぞくだんらん）という四字熟語が不似合いな家庭だったから、三人揃（そろ）って夕食を囲んだ時点でなんとなく嫌な予感はしていた。

手作りしたカレーは、水を入れ過ぎていてシャバシャバしている。形の崩れたニンジンにスプーンを差し込み、私は気まずげな顔をしている二人を見遣（みや）る。

「で？　それがどうしたの」

私の反応が淡白だったことが気に入らないのか、母の眉間に一瞬だけ皺（しわ）が寄った。

「お父さん、相手の女の人とちゃんと結婚したいんだって。お母さんは『このままでいいんじゃないか』って言ったんだけど、お父さんの結論は変わらないみたいで……。はぁ、真（まこと）からもなんか言ってやって」

「へぇ。お父さん、離婚したいんだ」

離婚という言葉に、ダイニングはピリついた。緊迫した空気を誤魔化すように、父はルーの中でスプーンを動かした。

「真には申し訳ないと思ってる。だけど、このままだと父さん、ダメになりそうなんだ。本当の自分になりたい。そのためには、相手と一緒になるしかない。勿論、真の経済的不安はないようにする。学費だってきちんと払う」

「何が『本当の自分』よ。子供がいるのに自分を正当化して、情けない」

母の指摘に、父は気まずそうに黙り込んだ。私はカレーを口に運ぶ。市販のルーで作られたカレーはほとんど味がしなかった。ジャガイモの入れ過ぎかもしれない。

「それで、私にどうして欲しいの」

淡々とした問いに、両親は顔を見合わせた。もしかするともっと取り乱して欲しかったのかもしれないが、私としては彼らがどうなろうと興味がない。

昔から他人に無関心な子供だと色々な人に言われてきた。小学生の頃のあだ名は『ＡＩ』。受け答えが冷静すぎるからだそうだが、自分ではあまり自覚がない。

母は頰に手を添えると、深々と溜息を吐いた。その両指の先で光る、ネイルサロンで施された真っ赤なジェルネイル。

「言いにくいんだけど……お父さんとお母さんのどちらと一緒に住むか、考えておいて欲しいの」

その言葉は辛うじて質問の体を成していたが、母の表情からは絶対に自分を選ぶべきだという自負と圧が感じられた。そして父もまた、私が母を選ぶと思い込んでいるようだった。質問はしているものの、二人の人生設計は私抜きで勝手に決められている。

「分かった」

私は短く頷く。家族に失望するのは、今に始まったことではなかった。

二

私は人を好きになったことがない。——いや、厳密に言うと、他人に恋愛感情を持ったことがない。

高校二年生。十七歳。私という人間を言い表す言葉は夢と可能性に満ちているというのに、そこから想像される人物像と実際の私は随分とかけ離れている。

「えー、真のパパとママ、離婚しちゃうの？」

学校の裏庭に設置された深緑色のガーデンテーブル。その正面に座る純恋は、売店で買ったバナナジュースをストローで啜っている。

彼女のパーマを掛けたロイヤルミルクティーカラーの長髪の先端は、ピンク色のメッシュが入っていた。長い睫毛に太いアイライン。ブラウンのカラーコンタクトを嵌めた両目はパッチリとした二重瞼で、如何にも垢抜けている。これで校則に何一つ違反していないというのだから、我が学園の度量の広さが窺える。

私と純恋が通っている私立高校は、県内でも一、二を争う進学校だ。偏差値が高くなると逆に校則が緩くなるという噂は本当で、染髪や制服改造に関する罰則もない。ただし、成績が一定のラインを下回ると容赦なく退学にさせられる。学力こそが全てという価値観が根底にあり、だからこそ自由度が高く居心地がいい。

「お父さんの不倫が原因だって」

素っ気なく言い、私はノートパソコンを見つめる。学園の裏庭にある花壇に何を植えるべきかを考えていた。私と純恋はこの高校でたった二人だけの園芸部員なのだ。まぁ、純恋は草花にはほとんど興味がなく、同じクラスの私がいるからという理由だけでこの部に入ったのだが。

私が園芸部に入った理由はシンプルで、部員がいなかったからだ。部活加入を義務付けている校則を守りつつ人付き合いを避けるにはこの方法がベストだった。純恋が入部して来たのは予想外だったが、二人でまったりと過ごす部活動時間は悪くない。

「不倫とか最悪じゃーん。相手は分かってんの？」

「会社の部下。名前は確か本田茉莉恵。いま二十七歳だって」

「ひゃー、年の差！」

「お父さん曰く、本気の恋愛らしいんだけどね」

「呆れちゃう？」

「いや、実は感心してる」

「感心？　嘘でしょ。不倫とか最悪じゃーん」

「本当だよ。私は恋愛とかよく分からないから、お父さんが羨ましい」

今の家庭を壊したい程に人を好きになるとは、一体どういうことなのだろうか。父親も、そして不倫相手も。どのような感情を抱いているのか、私には上手く想像出来ない。

正直に言えば、両親の関係は私が幼少の頃から破綻していた。だから離婚したいと言われた時も、「やっぱりね」としか思えなかった。

キャリア志向の両親にとって家は寝に帰る場所で、一人娘である私の面倒を見てくれていたのは父方の祖母だった。その祖母も私が十歳の頃に亡くなり、自分の世話は自分でするようになった。料理、洗濯、掃除、なんだって一人で出来る。夕食だって、基本的にはいつも一人で食べていた。残業がないタイミングで父や母と食事をすることもあったが、二人が同時に早く帰って来ることなどほとんどなかった。家族とはそういうものなのだと漠然と思っていた。

中学生になる頃には、私もそうした生活にすっかり慣れた。いま思うと、その時には父は不倫相手との交際を始めていたわけだ。父の行為は私や母への裏切りだろうか。それとも、求愛行動は動物の本能だからと認めてやるべきだろうか。

「まぁでも、自分の父親が今もお盛んっていうのはちょっとウゲッとなっちゃうけど」

「その感じだとさ、一緒に住むのはママ一択じゃない？　パパは不倫相手と住みだすだろうし」

スマートフォンの地図アプリを拡大し、純恋が言う。私は腕を組んだ。

「お母さんはお母さんで、昔から浪費癖あるからなぁ。今の家には絶対に住み続けないって言ってるから、出て行くのはお母さんの方だろうし。お母さんの実家、遠いんだよね。もしあっちに住むってなったら転校しなきゃいけないかも」

「どっちも詰んでるじゃん。あ、アタシの家で一緒に住む？　真のためならアタシ、ママとパパ説得するよ！」

「非現実的すぎない？」

「エー、意外と良い案だと思うけど。転校するよりはよくない？　アタシと離れ離れになったら悲しいでしょ？」

「それは……確かに、悲しいかも」

「お、真がデレるとか珍し」

リップの塗られた唇を三日月型に歪(ゆが)め、純恋は白い歯を見せて笑う。気恥ずかしくなって、私は自身のごわごわの黒髪を引っ張った。

癖の強い黒髪は父の、重たい一重瞼は母からの遺伝だ。自分を飾り立てることが苦手で、眉の形すら整えたことがない。

そんな私に、純恋はいつも「そのままでいいよ」と言う。「素の真が良いんじゃん」と。

だが、本当は私だって綺麗(きれい)になりたい。問題なのは、綺麗になるための手間と成果を天秤(てんびん)に掛けた時、どうしても手間の煩わしさが勝ってしまうことだ。面倒な手間を掛けてまで綺麗になりたいと思えない。

だから多分、私は綺麗になりたいと思える人間が羨ましい。他人にどう見られたっていいと思う自分を、心のどこかでは変えたいと思っている。けれどそれは棒付きアイスキャンディーの当たりを願うのと同程度の、些細(ささい)な願望に過ぎなかった。

「ねえ、あそこに植えてる水仙って刈り取っちゃわないの？　ニラ畑みたいになってるけど」

純恋が指さした花壇の一角は、去年に球根を植えた水仙ゾーンだった。冬には綺麗な黄色の花を咲かせていたが、春となった今では全て枯れ落ちている。一方、細長く、ツンと先端が尖(とが)った緑色の葉は青々と茂り、弱る気配が一向にない。

「わざと残してあるんだよ。球根に栄養を蓄えさせるために、葉が枯れるまで待ってるの」

「へー」

「でも、処理してもいいかもね。三つ編みにするとか」

「葉っぱを？　めんどくさっ」

「そうすると根元まで日光が当たるんだよ。今からやるか」

ノートパソコンを閉じ、私は立ち上がった。制服の上にエプロンをつけ、さらに水色のゴム手袋を装着する。純恋はガーデンチェアに座ったたま、気だるげに頬杖（ほおづえ）をついてこちらを眺めていた。日焼け止めを丹念に塗った彼女の顔は、私と違ってそばかすもニキビもない。

水仙の葉を一房引っ張り、それを軸として周囲の葉を編み込んでいく。面倒な作業ではあるが、同じ作業を繰り返すのは嫌いじゃない。

艶やかな深緑の葉は、角度によって色が変わった。根に近いほど緑の明度が高くなり、白に近付いている。葉と葉が擦れる度に青々しい匂いがぷんと香った。乾燥した土特有の匂いと混じり、心地が良い。

「その葉っぱってさ、食べられないの？」

「急に何」

「アタシ、ニラ玉好きなんだけど、食べられたらラッキーだなって。ほら、前にさ、蓮（はす）の葉みたいなヤツを持って帰らしてくれたじゃん。サラダに出来るよって。ナス……ナスタ……」

「あぁ、ナスタチウム。あれはそもそも食用で育ててたから。花も葉も実も食べられる」

「水仙はダメなの？」

「最悪だね。毒あるし。毎年ニュースにもなってるよ、水仙をニラやネギと間違えて食中毒になったって。運が悪いと死んじゃうこともあるしね」

「マジィ？　怖すぎじゃん。アタシ達、学校で毒草育ててんの？」

「ま、毒のある植物なんていっぱいあるから。スズランもスイトピーもアジサイもだし」

編み込んだ草から手を離し、私は背後を振り返る。先ほどまで座っていた純恋がすぐ後ろに立っていた。彼女は軽く腰を曲げ、花壇を覗き込んでいる。

「人間さ、恋をしたら綺麗になるって言うじゃん」

「言うね」

「綺麗な花には毒があるとも言うじゃん」

「言うね」

「それってつまり、恋をした綺麗な人間には毒があるってこと？」

純恋は螺旋を描く毛先を指に巻き付け、フッと息を吐いた。マスカラでコーティングされた長い睫毛。その眼のふちで、涙みたいにラメが光っている。

「どうだろうねぇ。その理屈でいくと、純恋が綺麗なのは恋をしてるから？」

尋ねると、純恋は両目を大きく見開いた。わざとらしく唇をすぼめ、チークを乗せた両頬に手を添える。

「真、アタシのこと綺麗だって思ってるんだ？」

「うん」

「んもう、照れちゃう」

そう言って、純恋はオーバーに上半身をくねらせた。喜んでいるのか茶化しているのか、判断に困るリアクションだ。

「そういえば純恋、彼氏とかそういう話しないよね」

「だっていないんだもーん。でも、好きな人はいるけど」

「じゃ、恋をしたら綺麗になる説は当たってるんだ」

「かもね。ま、恋なんて楽しいだけのものじゃないよ。感情のジェットコースターって感じで、相手に振り回されちゃうし。真はどうなの？　好きな人、いる？」

「いないよ。多分、一生出来ない」

自分が誰かに恋しているところなんて全く想像出来ない。だからこそ、恋をしている人間が羨ましい。

感情の起伏がないとよく言われる。「いつも冷静だよね」と掛けられる言葉は、褒めている時もあれば皮肉の時もある。卒業式で泣いたことは一度もない。体育祭や文化祭で感動を覚えたこともない。頭の中ではいつだって脳の片隅にいる自分自身が他人事のように自分の心境を分析している。

恋をしたら、私も綺麗になれるのだろうか。

「不倫かぁ」

呟（つぶや）いた私に、「あ、その話に戻る？」と純恋が瞳をきょろりと動かす。涙袋が押し上げられたように微（かす）かに盛り上がり、彼女の両目が光って見える。そこに映り込む、丁寧に編み込まれた水仙の葉。

「真のパパには悪いけど、アタシは不倫も浮気も大嫌い！　ルール違反する奴(やつ)が幸せになるとかムカつくもん」

「もし恋人が浮気してたら、純恋は別れるんだ」

「っていうか、浮気するような人間を好きにならないもん。アタシ、人を見る目には自信あるんだから」

フフンと得意げに鼻を鳴らす純恋に、私は首を竦(すく)めた。信憑性(しんぴょうせい)はないなと思った。

三

「君が直樹(なおき)さんの娘？　ふうん。なかなかダサいね」

初対面の相手からこれほど失礼な台詞(せりふ)を浴びせられたのは、十七年間の人生の中でこれが初めてだった。

時刻は二十二時。ピーク時を過ぎたファミレスは客が少なく、勉強や仕事をしている一人客がぽつぽつと見受けられた。隣のテーブルの客が注文したフライドポテトを、配膳ロボットが運んでいる。流れるポップな機械音楽は夜のファミレスには不似合いだった。

「貴方が本田茉莉恵さんですか」

「そ。実物を見ての感想はある？」

「……人間だなって思います」

「想像してたより美人でしょ？」

「まぁ、はい」

Tシャツの裾を引っ張り、私はボックスシートに座り直す。両親から離婚の話を切り出された一週間後、私は父の不倫相手と一対一で対峙(たいじ)していた。茉莉恵に会いたいと言い出したのは私で、母は勿論のこと父も反対した。

それでも私は一度でいいから彼女に会ってみたかった。二十二時という時間も、私が指定した。塾が終わってから会おうとすると、どうしてもこの時間になった。

父は茉莉恵のことを、一見大人しそうに見えるが実は芯の通っている優しい人だと表現した。料理、裁縫、掃除といった家事が得意で家庭的な人だとも。そんな人間がどうして不倫なんて道徳的にいけないことをしてしまうのだろうと気になった。理性で抗(あらが)えないとは、一体どういう状態なんだろう。

私は正面に座る茉莉恵の顔をしげしげと観察した。確かに、ぱっと見は清楚(せいそ)な見た目をしている。垂れ目がちな両目に、緩やかなウェーブを描く長い黒髪。とろみのあるイエローのブラウスに、厚みのあるスキニーパンツ。顔立ちだって整っているし、クラスで三番目くらいの美人だ。

茉莉恵はテーブルの端に置かれていたタブレットを手に取ると、注文を打ち込んでいた。

「君は何食べたいの」

「じゃあ、たらこパスタで」

「若いんだからもっとパンチのある食べ物がいいんじゃないの。遠慮せずハンバーグでもステーキでも食べたら。直樹さんからお金もらってるし」

「いや、たらこパスタでいいです」

「安物が好きなんだ」

「値段で決めてないんで」

「じゃあポテトつけるから君も食べてよ。高校生なんて揚げ物好きでしょ」

「偏見ですね」

「はい、注文したよー」

「聞いてない……」

茉莉恵はメロンソーダをストローで搔き混ぜていた。人工的なライトグリーンがグラスの中で氷の粒と踊っている。

「それで？　なんで私と会いたかったの？　普通さ、父親の不倫相手とか会いたくなくない？　私のこと憎いでしょ」

「いや別に……。私ももう大人なので、二人の判断は尊重しようと思ってますし」

「随分達観してるのね。今時の子ってみんなそうなの？」

「最近の子って括られると困りますけど……」

私は俯き、自身の人差し指に出来たペンだこを撫でた。茉莉恵の距離感に、少々困惑していた。ここに来る前、腫物を扱うような態度で接せられたら気まずいとは思っていたが、ここまでズケズケ来られるとそれはそれで対応が難しい。

黒髪を耳の後ろに掛け、茉莉恵は脚を組み替えた。その耳朶にはシルバーのフープピアスがついている。

やがて注文した品が次々とテーブルへと届けられた。大皿に載ったフライドポテト、シーザーサラダ、エビとマッシュルームのアヒージョ、フランスパンのトースト、グラタン、たらこパスタ。茉莉恵はいただきますも言わずに、フォークでフライトポテトをまとめて突き刺す。マヨネーズとケチャップをたっぷりとつけ、彼女は大きな口を開けてそれらを口へと運んだ。豪快な食べっぷりだ。

「離婚が成立したら、父と一緒に住むつもりですか？」

「そのつもりだけど」

「再婚は？」

「したいよ、そりゃ。向こうが心変わりしなきゃだけどね」

「もし、私が父を選んだらどうしますか。私が父と一緒に住むって言っても、それでも貴方は一緒に住みたいと思いますか」

フォークを動かす手を止め、茉莉恵がじっとこちらを見る。前髪の下にある双眸（そうぼう）は、恐ろしいほどに力強い。黒い瞳が、無表情な私の顔を鮮明に映し出している。

「君はどうなの？」

「私？」

「そ。君は私のこと知らないでしょ？　もし住むってなっても、本当に受け入れられる？」

手元を見下ろすと、フォークの先端に巻き付けていたパスタが解（ほど）けていくところだった。ピンク色をした小さな粒が、白い皿の上にこびりついている。

「それは、分からないです。ただ、転校はしたくなくて」

「母親に頼めばいいじゃん、近くに住もうって」

「言えないですよ」

私の言葉に、茉莉恵はわざとらしく顔をしかめた。煮えたぎるアヒージョの油をフランスパンに染み込ませ、彼女は音を立てて嚙む。パン屑が魔法の粉のようにキラキラと空気中に散った。

「直樹さんは君のこと我が儘を言わない良い子って言ってたけど、明らかに違うよね」

「親に我が儘を言ったことがないのは事実ですけど」

「諦めてるだけでしょ。裏切られるのが怖いから、期待してない」

無意識の内に喉が鳴った。氷の入った水の冷たさが、今更になって皮膚の内側から私の喉を突き刺す。

「現に、父は私と母を裏切りましたよ」

「だねぇ。私もまさか、こんなことになるとは思ってなかったよ」

油で濡れた唇を、茉莉恵は紙ナプキンで拭う。そこから発せられる声は意外にも淡々としていた。

「最初に会った時から、直樹さんは奥さんとは関係が破綻してるって言ってた。嘘じゃないかって半分疑ってたけど、奥さんと三人で話し合った時も、奥さんは自分にも恋人がいることを認めてた。だから、やっぱり本当だったんだって」

母にも恋人がいる。さらりと告げられた事実に、不思議と動揺はしなかった。そうではないかという予感はしていたから。

不倫していた父と不倫していた母。馬鹿正直に素敵な子供役を演じていたのは私だけで、両親にとってはあの家はおままごとのようなものだったのだろうか。

胃の奥がふつふつと煮えたぎるような感覚がして、私はそれを抑え込むようにポテトを口へ放り込んだ。

大人は皆、身勝手だ。

「半分疑ってたのに不倫を続けてたんですか？」

「好きだったんだよ。だから、かな。君だって分かるでしょう、恋したらおかしくなっちゃう気持ち」

「分かりません。一ミリも理解出来ない」

好きという感情は、水戸黄門の印籠みたいだ。それを突き出されたら最後、どんな映画もドラマも、どれだけ理論が破綻していても納得せざるを得なくなる。現実だって同じだ。誰かがおかしくなっても恋愛のせいだと言えば、そういうものかと受け入れられる。

私は、私だけが、どうして人を好きになれない。他の皆が当たり前にしていることを、どうして。

奥歯でポテトを何度も嚙み潰す。口の中で潰れたポテトは、今や全く味がしなかった。

「じゃあさ、今から海でも行く？」

「はい？」

茉莉恵の突然の提案に、私は眉を顰めた。一体何が『じゃあ』だというのか。前後の文脈が全く繫がっていない。

銀色のスプーンで、茉莉恵がグラタンを掬い上げる。とろみのあるホワイトソースが蜘蛛の糸のように細く伸びた。彼女は唇の片端だけを歪に吊り上げる。

「そしたら私のこと、好きになっちゃうかもよ」


ファミレスの駐車場には、一台の大型バイクが停まっていた。赤と黒が美しいボディーは勇ましさがありつつもスタイリッシュだ。「ＹＡＭＡＨＡのＸＭＡＸだよ」と茉莉恵は得意げに言ったが、それが何を意味しているのか私にはさっぱり分からなかった。

「よく後輩を送ってくから、君の分のヘルメットもあるよ」

そう言って、茉莉恵はシートを開けた。本人の分はバイク側面のヘルメットロックにセットされており、彼女は慣れた手つきでヘルメットを装着している。フェミニンな服装に対して、ごつごつとしたデザインのヘルメットはなんだか不似合いだった。

「後ろに乗って。背中に摑まって」

そう言われ、私はシートの後ろに跨った。バイクに乗るのも、二人乗りするのも初めてだ。

「出すよ」

エンジンが唸り、低音が空気を震わせる。私は慌てて茉莉恵の背中にしがみついた。バイクが滑らかに加速し、夜の車道を駆けた。

風の中を突き抜けるような感覚は、今まで私が感じたことのないものだった。ヘルメットからはみ出た髪の毛が、凄まじい勢いで後ろへ靡く。茉莉恵の背中は見た目よりもずっと筋肉質で硬かった。

周囲を走る車のヘッドライトが、ぽつりぽつりと広い車道を照らしている。ヘルメット越しに、私は大きく目を見開いて後方へと流れていく景色を眺める。

　茉莉恵の運転は丁寧で、発進や停止も穏やかで恐怖はほとんど感じなかった。他の車と比べてそこまで速度は出していないようだが、バイクは車よりもずっと速く走っているような感じがする。車体の振動が尾てい骨を通じて生々しく伝わってくる。剝き出しの身体と、すぐ間近を走っていく車たち。何かの拍子に転倒すれば大怪我をするという危機感はスリルとして脳内で変換され、私の気分を高揚させた。

　なんか、生きてるって感じがする。

　私は茉莉恵にしがみつく手に力を込めた。走行している間、茉莉恵は何も喋らなかった。いや、もしかすると何か言葉を発していたのかもしれないが、エンジン音と風音に掻き消されて、私の耳には届かなかった。


　茉莉恵が連れて来た場所は街はずれの海岸だった。時間帯のせいか、そもそも遊びに来る人向けではないのか。周囲を見渡しても人っ子一人いない。海岸には灯りがなく、頼りになるのは車道に設置された街灯だけだ。靴底越しに感じる砂の感触と打ち寄せる波の音が、この場所を海たらしめていた。

「良い場所でしょ」

　茉莉恵はそう言って、低い防波堤の上に座った。真っ白い砂の粒が粉砂糖のように靴の底に付着している。隣に座るのも憚られ、私は立ったまま彼女を見下ろす。清楚な見た目とは裏腹に、この人は悪い人なのかもしれないと思った。

「ねえ、吸っていい？」

「吸う？」

「煙草よ、煙草。喘息とかあったら吸っちゃまずいでしょ」

「はぁ。ご自由にどうぞ」

「ありがと」

茉莉恵はポケットからライターを取り出すと、自身の口元に近付けた。ぼうっと広がる火が煙草の先端に触れる。じりじりとその表面が焼け、白い煙が夜風にたなびいた。

「直樹さんには私が煙草を吸うこと、秘密にしてて」

「隠してるんですか？」

「うん。我慢してる。でも、臭いでバレてるかも」

「いつから煙草を？」

「高二の時。付き合ってた彼氏が吸う人でさ」

「……茉莉恵さんって不良だったんですか？」

「あはは。内緒」

さざ波のような小さな笑い声が、海岸に生まれた。彼女は長い脚を組み替え、深く息を吐き出した。

「さっき君、聞いたでしょう。一緒に住むことになったらどうするって」

「どうするんですか。実際」

「正直、母親にはなれないよ。でも、仲良くしたいって気持ちはある。好きな人の娘だもの」

「私、きっと邪魔者ですよ」

一瞬、茉莉恵は口を噤んだ。煙草が燃え、白い灰がハラハラと落ちる。光沢のある唇が蠱惑的に動いた。

「最初から勝手に諦めるの、やめてくれない？」

「え？」

「親のことはこれまでの実績だから諦めてもいい。でも、期待してよ、私のことは。今日が始まりなんだから」

「…………不倫相手がそれ、言います？」

「あ、確かに」

白い煙を燻らせながら、茉莉恵はクックツと喉奥を鳴らすように笑った。それを見ていると、強張っていた肩の力が抜けていく。この人は私が想像していたよりもずっと適当で、強引で――魅力的だ。

脳裏に一瞬、純恋の顔が過ぎる。浮気をする人間を嫌悪する彼女の感覚は間違いなく現代社会において正しい。

だけど多分、私は最初から道徳の物差しを持ち合わせていなかった。

四

あれから、父と母の離婚はあっさりと成立した。財産分与や養育費に関しては話し合いで決めたらしい。母は私の行く末をずっと案じていたが、定期的に面会する取り決めをしたことで最後は納得したようだった。

私は母に言った。

「お母さんが昔から私のために頑張ってくれてるのは知ってるよ。だからね、私に縛られずに幸せになって欲しいの」

嘘だった。だが、その言葉に母は目を潤ませた。「何かあったらいつでも私のところに来るのよ」と繰り返す母を私は内心で冷ややかに見つめていた。母も浮気をしているという情報が事実なのであれば、数年後、彼女の居場所に私が入る余地は本当に残されているのだろうか。

そもそも、茉莉恵から与えられた情報が真実とは限らない。恋人の娘に取り入りたいから母の悪口を吹き込んだ可能性もある。

だが、結局私は母にそのことを確かめたりはしなかった。私は父を選んだことで生まれ育ったこの家に住み続けることが出来、尚且つ母とも定期的に会うことで良好な関係を保てるのだ。これが最善。余計な可能性を考えた結果、全てが台無しになるのは勿体ない。

それに、と私はうっとりと目を伏せる。父を選べば、茉莉恵と共に暮らせる。

あの、美しい人と。

茉莉恵がこの家に引っ越して来たのは、それから二週間後のことだった。

「よろしくね、真ちゃん」

そう告げる茉莉恵が一軒家である我が家に持ち込んだ荷物は、段ボール箱が三箱と海外に行くようなサイズのキャリーケース一つ。引っ越し会社に頼んだのではなく、レンタカーで軽トラを借りて運んできた。元々の家電などは全て処分したらしい。

　彼女の部屋は、母が使っていた二階の一室となった。寝室にあるクイーンサイズのベッドも、キッチン家電も、この家にはありとあらゆるものがそのまま残っている。無くなったのは、出て行った母の存在だけだ。

　家具を買い替えるかどうかについては、私の知らないところでひと悶着あったらしい。母のお下がりみたいで嫌だと文句を言った茉莉恵を、父は「勿体ないから」の一言で引き下がらせたようだ。信じられない！　と私に愚痴を言っていた茉莉恵だったが、結局はベッドシーツを買い替えることで自分を納得させていた。行く行くは自分好みに内装を変えていく計画を練っているらしい。前々から、父は身内の人間にはケチだ。

　そうして歪な形で始まった私達の生活だが、意外と上手くいっていた。父も母も仕事で帰りが遅いのが常だったが、茉莉恵は違った。彼女は遅くとも十九時には帰宅し、私と共に食事を摂った。食事は茉莉恵が作ることがほとんどで、前まで自分の分は自分で作るのが当たり前だった私にとってその全てが新鮮だった。

「直樹さんには秘密ね」

　二人でいる時、茉莉恵はよくそう言った。コンビニで買ってきたお菓子を二人で食べたり、デリバリーのピザを二人で食べたり。日々を過ごすごとに、私達の間には細やかで取るに足らない秘密が増えた。

　秘密は琥珀糖に似ているかもしれない、とふと思う。キラキラしていて、甘くて、噛み締めると口の中で崩れていく。幼い私は祖母から貰った琥珀糖を宝箱にしまい込んで大事にしていた。偶に取り出しては綺麗だと眺め続けている内に、最後は腐ってしまったけれど。

私と茉莉恵は母と娘のような関係にはなりえなかった。十しか年齢の変わらない相手を母親扱いすることは難しい。だが、私達は新たな関係を構築した。それは姉妹のようだったり、或いは友達のようなものだったりした。

「ねえ、髪の毛セットしてあげようか」

茉莉恵は時に、そんなことをさぞ名案だという口振りで言い出した。私はいつも顔をしかめ、「いらない」と答えた。学校に行くのに急におめかしなんてしたら、クラスメイト達から何と思われるか分からない。

「やってもらえばいいじゃないか」

ダイニングでコーヒーを飲みながら父が言う。

父も茉莉恵もフレックス制の会社なため、私よりも家を出る時間が遅かった。朝から優雅に過ごす二人を見ていると、大人ってずるいなと思う。

「それに私、朝活あるし」

「朝活って何？」と茉莉恵が首を傾げる。

「部活の朝の活動。園芸部だし、水やりとかしなきゃ」

「それぐらいちょっと遅れても大丈夫だって！　簡単なセットにするからさ。私、真ちゃんって素材は良いと思ってんだよね。今はほうれん草のコーラ浸しみたいな状況だけど」

「それ、どういう状況？」

「台無しってこと」

随分と失礼なことを言う。眉間に皺を寄せた私の言葉を待たず、茉莉恵は意気揚々とブラシとアイロンを手に取った。ダイニングの椅子に座らされ、私は俯いてスマホを弄る。

茉莉恵からは良い匂いがした。それは香水のような強い香りではなく、もっと漂うように仄かに香るものだった。それを茉莉恵に言うと、「化粧品の匂いよ」と少し照れたように笑った。母もデパートで買った化粧品を使っていたが、茉莉恵はそれよりももっと上品で甘ったるい匂いを纏っていた。

ブラシが私の頭を撫でる。茉莉恵の手付きは丁寧で、慈愛に満ちているように錯覚する。丁寧に髪を梳き、茉莉恵は私の髪を器用に編み込んだ。サイドを三つ編みにし、中央で束ねる。動いた拍子にヘアセットが崩れないよう、仕上げにヘアスプレーまで掛けられた。うっかり吸い込んでしまわぬよう、私はぐっと息を堪える。

「はい、完成。ほーら、可愛くなった」

満足したように茉莉恵が私の前に鏡を突き出す。映る私の髪型は、確かにいつもより凝っている。SNSで見掛ける流行りの女の子みたいだ。

「垢抜けたじゃないか。良かったな、真」

父の言葉に揶揄いの気配はない。純粋な褒め言葉とは分かっているが、何故だか素直に受け取るのは癪だった。

「髪型がこんなに凝ってると、逆に顔とのギャップが際立つ気がする。調子乗ってるって思われそう」

「じゃあメイクもしたげるわよ」

「いらない。急にそんなことしたらイメチェンかって思われるし」

「徐々にやればいいわよ。明日は眉毛を整えてあげるからね」

「もう、分かったって」

　押しつけがましい人間は嫌いだが、茉莉恵のそうした強引さは好ましく感じた。気恥ずかしくなるものの、じわじわと頬が緩むのを堪えられなくなる。

　結局その日、私はいつもより凝ったヘアスタイルで登校した。クラスメイト達からの反応は上々で、特に純恋はオーバーに褒め称えてくれた。「いいじゃん！」「可愛い！」という言葉のシャワーは私の自尊心をくすぐった。

　それからというもの、茉莉恵の手によって私の容姿は少しずつ磨き上げられていった。眉の形を整えられ、浮腫(むく)んでいた顔も美顔器によってスリムになった。気付けば私用のメイク道具も用意され、ベースメイクから始まり様々なメイクの仕方を教わった。

　最初は面倒がっていた私も、自分を飾り立てる楽しさに少しずつ気付いていった。お洒落(しゃれ)には全く興味のない私だったが、元々美術の授業は好きだった。メイクとは即(すなわ)ち、自分をキャンバスにしたお絵描きだ。

　休日には茉莉恵と洋服を買いに行ったり、デパートのコスメコーナーでメイク道具を買ったりした。初めてヒールのついたパンプスを買ってもらった時には、大人になったような気がして意味もなく家の中で歩き回った。

綺麗になるのは面白かった。だけどそれ以上に、綺麗になった私を見て茉莉恵が喜んでくれるのが嬉しかった。私は茉莉恵に気に入られたかった。私のことをもっと、もっともっと見て欲しかった。

「えーっ、真また告白されたの？」

乾燥した土の中に、私は柔らかな腐葉土を混ぜ込む。純恋が驚きの声を上げたのは、スコップで何度も地面をほぐしている最中の出来事だった。

気付けば冬になり、校内庭園に出ると寒さが身に染みる。この時期になると咲く花は少なくなり、立派に咲いている水仙以外の花壇は春に備えて準備をする必要がある。

マフラーに手袋。念入りに防寒している純恋だが、スカートの下は生足だ。可愛いは我慢から出来てるの、というのが純恋の主張だった。

「告白って言っても冷やかしみたいなもんだけどね。本気じゃないって言うか」

「告白に本気も嘘もないでしょ。それで、勿論断ったんだよね」

「まぁ、名前も知らない男子だったし」

「なら良いけど」

両手の上に顎を載せ、純恋は僅かに下唇を突き出した。私が告白される度に、純恋は断ったかどうかをやけに気にする。

私は土に塗れた手を払うと、近くの水道で手を洗った。濡れた手をハンカチで拭い、ようやく純恋が座るガーデンチェアの正面へと腰掛ける。深緑色のガーデンテーブルの上には純恋が用意したお菓子の小袋が幾つか広げられていた。カラフルな色合いのグミを指で摘まみ、私は口に放り込んだ。

もぐもぐとグミを咀嚼(そしゃく)している間、純恋がじっとこちらを凝視している。私は口の中身を呑(の)み込んだ後、ようやく声を出した。

「何？」

「いや、化粧してるなって思って」

「茉莉恵さんが色々してくれるんだよ。ほら、今朝もマニキュア塗ってもらった」

その時のことを思い出すと、勝手に頬が緩んだ。光沢のあるピンク色のマニキュアは茉莉恵が仕事に行く際に使っているものだ。小さな刷毛(はけ)で私の爪を塗る茉莉恵の、その伏し目がちな表情。それを思い出す度に、私は心臓がぎゅっと握られたような心地になる。

「そんな地味なのより、アタシのやつの方が可愛くない？　塗ってあげる」

「いいよ。わざわざそんなことしなくて」

「なんで？」

「なんでってなんで」

質問の意味が分からず、私は首を捻(ひね)った。チョコレートが半端に掛かったクッキーを頬張ると、舌の上で鈍い甘みが広がった。

「だって、可愛い方がいいじゃん。最近の真、真らしくないっていうかさ。いや、勿論今も可愛いけど、前の真だって可愛かったというか」

「客観的に見て、前の私は可愛くなかったと思うけど。告白だってされてなかったし」

「そんなことない。前は他の奴らが見る目なかったってだけ！　化粧するにしても、アタシならもっと真の良さを引き出せるよ。その、不倫相手の人よりも」

「茉莉恵さん、ね。本当、純恋っていつまで経(た)っても名前覚えられないよね」

笑った私に対し、純恋は真顔だった。アイロンでカールさせた毛先を指に巻き付け、純恋は深々と溜息を吐く。

「そういえばアタシ、用事があったんだった。今日はもう帰るね」

「え？」

「真が悪いんじゃないから。こっちの問題」

それだけ言って、純恋は鞄(かばん)を手に庭園から立ち去ってしまった。空っぽになったガーデンチェアが嫌でも視界に入る。

私が化粧をし始めてから、純恋は少し変わった。私が意図しないタイミングで腹を立て、不機嫌になることが増えた。いつも賑(にぎ)やかな純恋がいなくなると、庭園は一気に静まり返る。残ったクッキーを頬張り、私は自身の指先を見た。マニキュアで塗られた爪と皮膚の間に、土が挟まっていた。


その日は帰宅してからも気分が沈んでいた。父は残業で帰宅が遅くなるらしく、私と茉莉恵は二人で夕食を作った。

「うわ、くさっ」

私が冷蔵庫からキムチを取り出した瞬間、茉莉恵が思い切り顔をしかめた。彼女はキムチが嫌いなのだ。

「今から豚キムチ作るから」

父は私の豚キムチが好きで、帰りが遅くなる時は偶にリクエストして来た。私が二人分を作り、父の分は冷蔵庫にしまっておくのだ。

フライパンに油を入れ、豚肉を焼く。その後、キムチ、ニラの順番に入れる。豚キムチを作る時、私は必ずニラを入れるようにしていた。彩りが良くなるし、何より美味しい。

キッチンにキムチ特有のあの匂いが充満し、私の胃を刺激した。フライパンから半分だけを皿に盛り、残りは全て保存容器に入れる。

「食べると口が臭くなるから嫌なのよね」とダイニングチェアに座ったまま茉莉恵が言った。どうせ自分は食べないのに、と私は可笑(おか)しくなった。

茉莉恵が用意してくれたのは肉じゃがに焼き魚、ひじきの煮物だった。その中でひと際存在感を放つ、私が作った豚キムチ。

茉莉恵は冷蔵庫から日本酒を取り出し、嬉々(きき)として透明なグラスに注いだ。父がいない時、茉莉恵は酒を飲みたがった。「いっぱい飲むって思われたくないのよ」と顔を赤らめながら彼女は笑った。

私達は互いの日々の出来事について話した。茉莉恵は会社のことを、私は学校のことを。私が純恋の言動がおかしいことを愚痴ると、彼女は全てを悟ったかのような表情でうんうんと深く頷いた。

「それはね、嫉妬してんのよ。真ちゃんが急に可愛くなったもんだから」

「嫉妬？　純恋が私に？」

「そうよ。今までは自分ばっかりチヤホヤされてたのに、急に地味だった友達がチヤホヤされだしたら焦るでしょ」

「純恋はそんな子じゃないと思うけど」

「真ちゃんに女のアレコレは分かんないわよね。まだお子様だもの」

「お子様って何」

「だって、人を好きになったことないんでしょ？」

平然と言われ、私は唇を尖らせる。茉莉恵は揶揄いの混じった笑い声を上げると、箸の先端で焼き魚を摘まみ上げた。

ほぐされた白身が、彼女の口の中に吸い込まれる。その唇の柔らかさを私はじっと見つめる。

「……あるもん」

言うつもりのない言葉が、勝手に口から零れた。茉莉恵が驚いたように目を丸くする。

「ええ！　誰誰？」

「言わない」

「もう、教えてくれていいのに。一緒に恋バナしたいじゃん」

「茉莉恵さんが好きなのはお父さんでしょ？　父親についての恋バナはちょっと……」

「じゃ、元カレの話する？」

「しないって」

そっぽを向いた私に、「揶揄い過ぎたか」と茉莉恵が頭を掻く。その目元に影を落とす艶のある黒髪。長い睫毛。力強い瞳。私はそれらをそっと盗み見して、密(ひそ)かに陶酔する。

この時既に、私には小さな自覚が芽生えつつあった。茉莉恵と話すだけで胸が弾む理由。その眼差しを独占したい理由。それは、

「きっと真ちゃんもいつかするんだろうね、本物の恋ってやつをさ」

軽やかな茉莉恵の声を、私はうっとりと聞き入る。彼女は気付いていないだろうし、私だって気付いて欲しいとは思わない。ただ、この幸せな時間がいつまでも続けばいいと思う。

――私は、貴方に恋をしている。

五

茉莉恵と父と三人で暮らし始めて一年が経った頃、二人は結婚した。事情が事情なだけに結婚式は挙げなかった。その代わり、二人はウエディングフォトを撮った。真っ白なウエディングドレスを着た茉莉恵は、女神みたいに美しかった。

私は茉莉恵と一緒にデパートで買った青色のパーティードレスを着て撮影に参加した。ヘアメイクは茉莉恵がやってくれた。「花嫁がそんなこと普通しないよ」と言った私に、「普通とか関係ないじゃん」と彼女は笑いながら言い切った。

その時撮った写真は、データと共にアクリルパネルとなって我が家へ届いた。A4サイズのパネルには、家族で撮ったものではなく、茉莉恵と父の二人だけの写真が使われていた。

「進路の方はどうなんだ？　受かりそうなのか」

朝、父に問われたのは、高校三年生の私に相応しい質問だった。カレンダーは既に十一月を指していて、いよいよ受験のことを意識させられる。

髪の毛を自然に巻くためにアイロンと格闘していた私は、鏡を見たまま曖昧に答える。

「実際、冬休みの模試の結果次第だよね。家から通えるところにしようと思ってるし、第一志望はずっと変わってないよ」

「家から通えるところにこだわらず、どこの大学を選んでもいいんだぞ」

「でも、ウチにそんなお金ないのは分かってるし」

私の答えに、鏡越しの父はばつの悪そうな顔をした。母と離婚した時に財産分与したのに加え、父には家のローンがまだ残っている。「団信のおかげで病気や事故になったらローンは帳消しになるから安心していいぞ」と以前に言われたことがあるが、何に対して安心していいのか分からない。

それに、私は出来れば家を出たくなかった。だって、家を出たら茉莉恵に会えなくなってしまう。

「第一志望は国立だけど、家から通えるなら私立でもいいかなって思ってる。下宿するより安いし」

私の言葉に、父は複雑そうな表情で頷いた。冷蔵庫の中身を探っていた茉莉恵は、こちらの会話が聞こえていないのか何も言わなかった。

私は鏡の中の自分を見つめる。赤のリップティントが唇からはみ出していたから、ティッシュで拭った。

校内の庭園には、今年も水仙が咲いた。鮮やかな黄色の、ラッパの形をした冬の花。そういえば、小学生の時に『すいせんのラッパ』という物語を習った。あれ以来、私は水仙を見るとその花弁から何か大きな叫び声が聞こえるような気がしている。

「やっぱニラにしか見えないよね」

ガーデンチェアに座ったまま、純恋が言った。今日の彼女はピンク色の髪をツインテールにしていた。派手な顔立ちの彼女にその髪型は良く似合っている。

三年生になっても、園芸部の部員は純恋と私の二人きりだった。一時期は不機嫌になることが多かった純恋だったが、やがては不機嫌になることに飽きたかのように再び私の前で笑顔を見せるようになった。

休日には勉強の息抜きと称して二人で買い物に行くこともある。純恋はプチプラ化粧品にも詳しく、お小遣いの範囲で買える色々なものを教えてくれた。一緒に洋服を買いに行ったり、家で勉強したりすることもあった。

私が純恋と遊んでいる間、父と茉莉恵は二人で出掛けた。夜遅くまで帰って来ないことも、二泊三日程度の旅行に行くこともあった。私は旅行に行くなら連れて行って欲しいと何度か言ったが、「受験生は勉強しなきゃ」という茉莉恵の言葉に引き下がった。確かに、その言葉は正しい。

……が、高校で保健体育をきちんと学んだ私は、二人が何故二人きりでいたがるかを理解していた。

夜。静まり返った家の中で、寝室から躍動する生命の気配がする。私は自室のベッドに寝そべり、布団を強く抱き締める。部屋を遮る壁はぶ厚く、声は微塵も聞こえない。だが、軋むベッドの気配が床の振動を通じて伝わって来る。

真っ白なシーツの上で乱れる茉莉恵の姿が、私の脳裏には勝手に再生される。散らばる黒髪を、爪を立てて梳いてみたい。その白い肌に顔を埋め、彼女が身を捩る様を見てみたい。唇から漏れる喘ぎを聞いてみたい。柔らかな太腿を、くびれを描くわき腹を、手の平で優しく撫でてみたい。

私の妄想の中に存在するのはいつだって茉莉恵のみで、そこに父の姿はない。肉親のそうした姿を想像すると身の毛がよだち、私はすぐさま頭の中から追い払う。

私にとって父は、敬愛と嫌悪の境目にいる。金銭を提供し、さらに娘である私を養ってくれている点においては感謝しているが、浮気をするような男が果たして良い父親であるかと問われると首を捻るほかない。

「アタシたちが卒業したらさ、ここの花ってどうなるんだろう」

聞こえて来た純恋の声に、思考に耽っていた私はハッとして顔を上げる。

純恋はしげしげと手入れの行き届いた庭園を見回していた。私もその視線を追う。チューリップ、パンジー、シクラメン、ペチュニア、向日葵、勿忘草。季節に合った植物を植え替えて育ててきたが、それも卒業するまでの話だ。殺風景になった庭園を想像すると、少し寂しい気持ちになる。

「用務員さんがやってくれるとは思うけど……私ほどマメには作業しないだろうね」

「アタシたち、でしょ?」

「純恋、ほとんど作業してなかったじゃん」

「してたって。真のこと応援してた」

「それ、作業って言わないよ」

笑いながら、私はガーデンテーブルに置かれたお菓子を摘まむ。深緑色のガーデンチェアに向かい合わせに座っている私達は、コンビニで買ったミルクティーとお菓子を手にチープなお茶会を行っていた。

他の部に入っている三年生たちのほとんどは大会を終えて引退し、受験勉強に専念していた。だが、園芸部にはこれといって明確な活動の区切りがない。居心地のいい空間を手放すのも惜しく、私達は今も園芸部の活動スペースで駄弁ったり勉強したりして過ごしている。

「アタシも一緒のとこにしよっかなー」

純恋が大きな声で言った。

「急に何の話」

「大学」

「そんな風に決めるもんじゃないでしょ、進路なんて」

「だってさ、真と一緒のキャンパスライフって楽しそうじゃん。サークルとか入ったりしてさ」

カラカラと明るく笑う純恋に、私は肩の力が抜けた。純恋にとって、進路とはその程度のものなのだ。友達に合わせて選ぶ程度のもの。

「純恋ってさ、なんでそんなに人生楽しそうなの」

「え？　別に、楽しいことばっかりじゃないって。楽しそうに振る舞ってるだけ」

「純恋の辛(つら)いことって何？」

「んー？　好きな人が振り向いてくれないとか」

「純恋ってずっと同じ人のこと好きだよね。意外と一途なんだ」

「そうだよ、アタシは一途で良い女なの」

ツインテールの毛先を手で揺らし、純恋が唇の片端を軽く上げる。純恋はいつも好きな人について話すが、それが誰かは私に教えてくれない。もしかすると教師のような言えないような相手なのかもしれない。彼女は倫理観が意外としっかりしているから、不倫はないだろうけれど。

私の場合はどうだろうか。父の再婚相手を好きになったと言ったら、純恋は私に失望するだろうか。甘ったるいミルクティーの入ったプラスチックカップを押すと、柔らかなそれが軽くひしゃげる。

恋をしてから、私の世界は鮮やかに彩られた。朝、茉莉恵の「おはよう」という声を聞くだけで胸が高鳴るし、一緒に食事をしていて「美味しいね」と笑い掛けられるとくすぐったい気持ちでいっぱいになる。彼女の紡ぐ声の一つ一つが私の鼓膜を優しく揺らし、その眼差しが私の網膜を満足させる。弾むような旋律の五線譜をキラキラとした星屑で飾り付けるような、そんな日々。

茉莉恵の恋愛感情は父へ向けられていたが、私にはそれをどうこうしたいという気持ちはなかった。勿論、私の告白を茉莉恵が受け入れてくれたならば、こんなにも素晴らしいことはない。両想いは最善のハッピーエンドだ。

だが、私はそれよりも茉莉恵が自分の傍からいなくなるリスクの方が恐ろしかった。目の前で彼女が笑ってくれるならば、それだけで私は満足出来る。

片想いは意外と楽しいものだ。成就することを望まなければ。

「真、電話来てるよ」

「え?」

純恋が私に向かって顎をしゃくる。ポケットに入れていた私のスマートフォンが振動していた。

「ちょっと待ってね」

私の言葉に、純恋は「うぃっす」と親指を突き立てた。スマホ画面に表示されていたのは母の名前だった。

「もしもし?」

通話を繋ぐと、「今大丈夫だった?」という母の声が聞こえた。

両親が離婚してから、母は結局実家には帰らず、市内の駅近のマンションを借りて住んでいた。私が今住んでいる家からは電車で三十分ほどの距離だ。

母とは一か月に一度ほどのペースで会っていた。母が借りているマンションに泊まりに行ったこともある。母には恋人がいるみたいだが、私は会ったことがない。真が社会人になるまでは再婚しない、と母は私に何度も言っていた。そんな気遣い、私には不要なのだけれど。

「一応、大丈夫。今は学校だけど」

「なら良かった。実は、真の進路についてちょっと確認しておきたいんだけど」

「急に?」

「急と言うか……今日ね、直樹君から電話が来たのよ」

離婚してから、母は父のことを名前で呼ぶようになった。そこに込められている余所余所しさに、私はわざと気付かない振りをする。

「お父さんがわざわざお母さんに？」

「そう。それで、真が大学に進学したら私の方の家で一緒に住めないかって。真、第一志望あそこなんでしょ？　今の私の家から徒歩十分だし、偏差値も高いし、良いところよね」

母の声は冷静だった。こちらの意向を探るように、小さなメリットを一つずつ言葉で積み重ねている。母が父の案に賛成しているかどうか、その声色からは推測出来ない。

無意識の内に、私は唾を呑み込んだ。もしかして……いや、もしかしなくても父は私に家から出て行って欲しいのだろうか。そして、茉莉恵はそれに賛成しているのか。

「私、実家を出るつもりはなかったんだけど。お父さんにもそう言ってたし」

普段通りを装ったが、聞こえて来た自分の声は震えていた。気まずさを誤魔化すように、母は一度咳払い（せきばらい）した。

「傷付けるかと思って言いにくかったんだけど、直樹君は最初から真と住むのは高校卒業までって言ってたの。高校に通いにくくなるのは可哀想だから、今は我慢するけどどって」

「そんなの聞いてないよ」

「まあ、向こうも新婚で楽しい時期なんでしょう。本当、呆れるけど」

「じゃあ、私は第一志望に受かっても今の家を出なきゃいけないってこと？」

「真にとってもそっちの方がいいでしょ。今の状態は歪すぎるし」

あっさりと肯定され、頭の中が真っ白になる。それでも私は力なく頷いた。大人に振り回されることへの慣れが、私から反抗する気力を奪っていた。

「……分かった。色々と考えておく」

「何度も言ってるけど、いつでもお母さんのところに来ていいんだからね。遠慮しないで」

「うん」

それからいくつか言葉を交わし、私は電話を切った。私の異変に気付いた純恋が、心配げにこちらを見ている。

「なんかあったの？」

「あったっていうか、大学生になったら実家を出てお母さんの方の家に住めって」

「ママからの要請？」

「お父さんと……。二人共、私のこと邪魔だったんだ」

言い淀む私の様子を見、純恋は眉根を寄せる。

「そんなの、身勝手すぎるよ。真の親の悪口は言いたくないけど、お父さんもその不倫相手も最低過ぎ！」

核心を突かれ、私は口を噤む。今は不倫相手じゃないよ、と訂正する元気もなかった。

実家を出たら、茉莉恵と会う時間は減る。あの幸せな時間が失われてしまうのだ。

瞬き（まばた）する度に、瞼から押し出された涙の粒がハラハラと頬に落ちる。鋭利な刃（やいば）でぶすりと心臓を一突きされたみたいに、濃厚な息苦しさがいっぺんに胸に押し寄せた。寂しい。悲しい。そして、虚しい（むな）。

「真は悪くないんだよ」

そう言って、純恋は勢いよく立ち上がった。ガーデンチェアの脚が地面に擦れ、じりじりと醜い音を立てる。

純恋の手が、私の手を取る。薄桃色のマニキュアを塗った私の爪と違い、純恋の爪は気高い青色をしていた。月光に照らされた夜闇のような、鮮やかなロイヤルブルー。

「アタシがいるじゃん」

純恋の指が、私の指に絡みつく。そのまま手を引かれ、立ち上がらされたと同時に強く抱き締められる。純恋からは甘い匂いがした。香水ではなく、先ほど一緒に食べたチョコレートの匂いだった。

「真には、アタシがいる」

制服越しにある体温が私の心を慰めてくれる。純恋との友情は永遠だと、私は確信した。一時期は純恋が私に嫉妬しているなどと茉莉恵に言われたこともあったが、それが何だと言うのだろう。今こうして支えてくれるなら、過去の嫉妬など些細なことだ。

彼女の肩に額を埋め、私は彼女の背に腕を回す。

「ありがとう。純恋が友達で、本当に良かった」

「友達？」

一瞬、純恋の声が強張るのを感じた。これでは言葉足らずだったかと、私は彼女の肩から顔を離す。互いに顔を見つめ合うと、純恋の背が私より数センチ高いことを意識した。

「友達じゃないね。私達、親友だ」

こんなにこっぱずかしい言葉を口にするのは初めてで、私は咄嗟（とっさ）に純恋から目を逸（そ）らした。なんだか青春ごっこみたい。頬が熱くなるのを感じて、私は涙で濡れた頬を手の甲で拭う。

しばらくの間、純恋は何も言わなかった。不思議に思い、私は逸らしていた視線を彼女に向ける。純恋の表情は私が今まで生きてきて一度も見たことがないものだった。それは笑顔にも、或いは今にも泣き出しそうな表情にも見えた。

「……うん。アタシ達は、ずっと親友」

そう言って、純恋はとても綺麗に微笑した。この心優しい友人の恋がいつか成就しますように、と私は心の中でそっと願った。


「わあ、綺麗な花」

茉莉恵の明るい声がリビングにまで響いてくる。壁に掛かる時計の短針は六を僅かに過ぎていた。学校からとっくに帰宅していた私は立ち上がり、廊下に顔を出す。冬の装いに身を包んだ茉莉恵の視線は、花瓶に飾られた水仙に向けられていた。ピンと尖った緑色の葉に、鮮やかな黄色の花弁。今日、私が学校の庭園から切って来たものだった。

私は扉から顔を出したまま、茉莉恵に声を掛けた。

「それ、学校で育ててたの」

「園芸部で？　こんなに立派な花、真ちゃんは凄(すご)いね」

茉莉恵は花に顔を近付け、鼻から深く息を吸い込んだ。その瞳に、水仙の黄色が映り込んでいる。

先程、残業で父の帰りが遅くなると連絡があった。だから、今の時間は二人きり。

「茉莉恵さん。今日、行きたいところあるんだけど」

「今から？　晩御飯作ろうと思ってたんだけど」

「お願い」

私の言葉に切実さを感じたのか、茉莉恵は「分かった」と首を縦に振った。私はダイニングに戻り、椅子の背もたれに掛けていたジャケットを手に取る。

「私、あの海に行きたいの。茉莉恵さんのお気に入りの場所」

その言葉に、茉莉恵は「行くよ」と手招きをした。玄関を出ると、冬の寒さが身に染みる。茉莉恵がバイクに乗り、私はいつものようにその後ろに跨る。やがてエンジンが始動し、腹の底に伝わるような機械音が鳴り響いた。

ジャケット越しに、私は茉莉恵の身体に摑まる。向かい風の冷たさが頰に刺さり、今の私には心地よかった。


ツーリングの後に辿り着いた砂浜は、記憶の中と同じように人影が一つもなかった。遠くの方に見える船の光と、引いては寄せる波の音。茉莉恵は防波堤に腰掛けると、こちらの意向を聞かずに一服した。白い煙がたなびき、夜風の中に溶けていく。

私は距離を空けず、彼女のすぐ隣に座った。彼女が煙を吐き出す度に独特の匂いが私の肺に満ちていく。不思議なことに、それはちっとも不快ではなかった。

「受験のせいで滅入っちゃった？」

「そういうのじゃない。茉莉恵さんと出掛けたくて」

「晩御飯はファミレスにしようか。直樹さん、どうせ帰るの遅いし」

茉莉恵はそう言って、口端を吊り上げるようにして笑った。共犯者みたいな笑みだった。

制服の上にジャケットを着ていた私は、自身のローファーにやけに砂がついてしまっていることに今更気付く。手で払おうとしたが、億劫(おっくう)になってすぐにやめた。

「あのさ、茉莉恵さんに聞きたいことがあるんだけど」

「なに？」

「私、大学生になったら家を出た方がいい？」

直球の質問に、茉莉恵は一瞬息を呑んだ。煙草を人差し指でトントンと軽く叩き、彼女は携帯灰皿の上に灰を落とした。

「話、聞いたのね」

「ちゃんと、直接聞こうと思って」

茉莉恵は足を組み直すと、暗闇に包まれた海面を見つめた。ウェーブの掛かった長い髪が夜風に乗って靡いている。

「私さ、高校を卒業した時から働き始めたの。両親がどっちも嫌な人でね。家に住めなくなって、逃げるみたいに一人暮らしを始めた。グレたガキだったのよ、口ばっかり達者でね。真ちゃんとは大違い」

「私、『ＡＩ』ってあだ名付けられてたよ、子供の頃」

「今も子供でしょ。っていうか、なんでＡＩ？」

「感情をあんまり見せなくて、自分の損得勘定だけで動くから」

「えー、そんな風に思ったことない。付けた子は人を見極めるセンスがないね」

肩を竦めるようにして茉莉恵が笑うと、ジャケットにくしゃりと皺が寄った。私は彼女のこういうところが好きなんだな、と何故か他人事のようにしみじみと思った。

「私がこういう育ち方したからさ、真ちゃんにも独り立ちして欲しいと思ってたの。最初に言い出したのは直樹さんだった。『あの子をここにずっといさせると、茉莉恵に依存した子になるんじゃないか』って。私はそんなに気にしてなかったんだけど、自立を促そうって気持ちは同じだったかな」

「私、依存してないよ」

「私もそう思うよ。でも、直樹さんには違う風に見えたみたい。正直に言うと、私は本当のお母さんのお家(うち)じゃなくて、一人暮らしして欲しいって思ったんだけどさ。一人暮らしってお金がかかるから」

「茉莉恵さんは私に家にいて欲しくない？」

「そんなワケないじゃん。私も直樹さんも真ちゃんのこと大好きよ。だけど、大人にはいつかその子を突き放さなきゃいけない日が来るの。自立させないと」

乾いた唇を、私は親指の腹でゆっくりと撫でる。

「……一つ聞いていい？」

「何？」

「もしもお父さんがいなくなったら、私と茉莉恵さんは他人になっちゃう？」

短くなった煙草を、茉莉恵は携帯灰皿へと押し込める。彼女は片膝を立てると、そこに肘を置いて頰杖を突いた。

片手で頬を押さえたまま、茉莉恵がこちらを見遣る。薄暗い空間の中で、彼女の瞳に宿る光だけはよく見えた。

「他人なワケないじゃん。一緒に住まなくても、直樹さんに何かあっても、私達はずっとこういう関係よ」

「こういう関係って？」

「ふふ、そうだね……悪友？　共犯者？　そんな感じ」

そう言って、茉莉恵は不意に自身の胸ポケットから煙草の箱を取り出した。そこから一本を取り出し、私に向かって差し出す。

「吸う？」

「吸わないよ。未成年だもん」

だけど、誘ってくれて嬉しかった。そう言葉にしたかったのに、気持ちが胸につっかえて声にはならなかった。

父がいなくとも私と茉莉恵は確かな絆で結ばれている。それが分かっただけで、今日二人きりで出掛けた甲斐があった。

「茉莉恵さん、私お腹空いちゃった」

「そのまま来ちゃったもんね。早く食べに行きましょ」

半端に出した一本の煙草を箱へ戻し、茉莉恵は立ち上がった。私はジャケットのポケットに両手を突っ込みながら、茉莉恵のすぐ隣を歩いた。

彼女の砂浜を踏みしめる靴の足音が、リップで濡れた赤い唇が、風に揺れる長い髪が、その全てが美しかった。まるであたかも自然な行動であるかのように、私は自身の肘を彼女の腕に寄り添わせる。接触している箇所に意識を集中させるだけで、私の胸の内には歓喜にも似た甘美な激情が沸き上がった。

世界はこんなにも美しかったんだ。ふと、そんなことを思う。私に恋を教えてくれてありがとう。たとえ明日、世界恐慌が起ころうと、世界大戦が起ころうと関係ない。

貴方さえいれば、私は幸せ。

⚘

帰宅して早々に、茉莉恵は浴室に向かった。潮風のせいで肌がべたつくらしい。彼女の風呂は長いから、しばらく出て来ることはない。

私はファミレスで満たされた腹を擦りながら、一人キッチンで作業をする。あと三十分もしないうちに、父が会社から帰って来る。スマホのメッセージには何か夜食が食べたいと書いてあった。大好物の豚キムチを用意しておけば、きっと喜んでくれるだろう。

冷蔵庫から豚肉とキムチを取り出し、調理台に出す。私はさらに冷蔵庫の奥からナイロン袋に包まれた緑色の植物を取り出した。緑が鮮やかな葉は、先端に行くほど尖っており、細長い。一見するとニラのようにも見えるそれは、今日私が学校の庭園で花と共に収穫した水仙だった。花のついている部分は花瓶に活けたが、それ以外はこうして冷蔵庫にしまっておいた。

――水仙をニラやネギと間違えて食中毒になったたって。運が悪いと死んじゃうこともあるしね。

かつて純恋に告げた知識を、私は一度たりとも忘れたことはない。

鼻歌交じりに、私は水仙の葉を水で洗う。瑞々しい水仙の葉や茎の断面に触れると危険なので、水洗いする時はナイロンの手袋をつけておいた。まさか、こんなところで園芸部の知識が役に立つとは思わなかった。

豚肉をごま油で炒め、そこにキムチを投入。熱が通ったのを確認した後、私は切った水仙の葉をフライパンの上に加えた。肉の焼ける香ばしい匂いが台所に充満し、私の胃袋を刺激する。とてもいい匂いだ。これならきっと、父も満足して平らげてくれるに違いない。その後に何が起こるか、私の頭脳はとても冷静にその結果を予測していた。

私と父と茉莉恵。私は最初から三人の共存を受け入れたというのに、父は傲慢にも茉莉恵を独占しようとしている。薄々察してはいたのだ。

リビングに飾られたウエディングフォトに、私はいない。

出来立ての豚キムチを皿に盛り、その上にラップをする。粗熱が取れるまで調理台に皿を置くことにし、私は父にスマホでメッセージを送った。

『豚キムチ作ってあるよ、食べて』

長方形の液晶画面に、私の顔が反射する。メイクを施したその顔は、茉莉恵と出会う前に比べて随分と垢抜けていた。

ピンクのアイシャドウパレットで作った涙袋を眺めながら、私はうっとりと思う。

恋をした私は、とても綺麗だ。

「雪の花」
円居挽

円居挽（まどい・ばん）

1983年奈良県生まれ。京都大学推理小説研究会出身。2009年『丸太町ルヴォワール』（講談社BOX）で単著デビュー。著書に「ルヴォワール」シリーズ、「シャーロック・ノート」シリーズ、「京都なぞとき四季報」シリーズ、「キングレオ」シリーズ、『翻る虚月館の告解　虚月館殺人事件』『惑う鳴鳳荘の考察　鳴鳳荘殺人事件』などがある。

扉イラスト／高河ゆん

「お前が男だったらなあ」

それを父の最後の言葉にしてしまったのはわたしだった。

突き飛ばされた父がバランスを崩した瞬間のあの表情……わたしからそんな仕打ちを受ける可能性なんて欠片(かけら)も思っていなかったように見えた。そしてそのまま、父の身体は山の急斜面を転げ落ちていった。

だけど昔から鈍くさいと言われ続けてきたわたしがそんな克明にあの瞬間を捉えられただろうか。この記憶は殺人の現場から必死で逃げてきたわたしが意識の空白を勝手に埋めたものかもしれない。

わたしは落ちた父を助けに行くでもなく、六根(ろっこん)神社の急階段を落ちるようにして逃げた。それから早歩きで一時間ぐらいかけて家に帰り着いたばかりだ。

我が家は威張るほどでもない大きさの一戸建てだ。母が出て行ってからは掃除が行き届かなくなっていたが、二十年近く住んできた家だから愛着はある。父が死んだ以上、会社は終わりだろう。遺産の整理が待っているが、はたしてどれだけのものがわたしに残るのかは怪しい。この家からも出て行かなければならないかもしれない。

わたしはリビングのソファにだらしなく横たわることしかできなかった。それでも父が生きていた頃は許されなかったことだ。

家まで誰ともすれ違わずに帰れたのは幸運と言ってもいい。父の死体が発見されても不幸な事故で済むかもしれない。ただ、誰かに目撃されている可能性はある……。

どうしよう。今からでも何かするべきか。警察に電話して「父がいなくなった」と言えば、数日以内には父の遺体を発見してくれるだろう。

でも万が一、父が生きていたら？　回復した父にわたしは殺されるかもしれない。あるいは父の身体に障害が残ったら、わたしは父の介護をし続ける必要がある。それこそ奴隷のような余生が待っているだろう。それだけは避けたい。

しかし警察に電話するにしても、一体どう説明する？

小学生の頃、母から渡された買い物メモを道でなくして途方に暮れたことを思い出した。母が「今夜はカレーだから」と言っていたのにもかかわらずカレーの材料を自分で考えて買うこともできず、泣きながら引き返したのだった。あの時、わたしは自分の頭で考えて決断を下すのが苦手だと自覚したのだけど、それから十年経っても本質的には何も成長していなかったようだ。

あの時の悔しさが蘇って頭痛がした。何か飲まないと。

ふとわたしは夕方に何かを貰ったことを思い出す。ハンドバッグのポケットを調べると、冷たい色のシートに包まれた一錠のカプセルが出てきた。

夕方、わたしが目眩を起こしてうずくまっていた時、親切な女性が私の手にそっと握らせたのだった。

「困った時はこれを開けて」

視界がはっきりしなかったのもあって、わたしはその女性の顔をロクに見ることができなかった。だけどわたしはその優しい声に救われたのだ。

結局飲まずにいたのだが、確かに今はあの時よりも遥かに困っている。中身はなんだろうか。

頭痛薬？　それとも毒物？

まさか見ず知らずの相手にこんな状況を見越して毒物を渡してくる筈もないだろうけど、楽になれるのなら飲んでしまおうか。

わたしはカプセルをシートから取り出そうとしたところで引っかかりを覚えた。

あの女性は薬を渡して「開けて」と言ったけど変な気がする。例えば普通は「飲んで」と言うだろう。

……馬鹿馬鹿しいけど、確かめてみる価値はある。

わたしは意を決してシートからカプセルを取り出すと、カプセルを天井の照明にかざして、中身を注視する。どうやら中身は顆粒状のものではなく、丸まった紙のようだった。

わたしは中の紙を破損しないように慎重にカプセルを開けた。そして丸められた紙をゆっくりと広げる……。

そこにはＱＲコードと何らかのＩＤが印刷されていた。

こんな謎解きゲームのようなことに関わっている場合ではないのだけど、考えている間は気分が紛れた。それに決して頭の良くない自分が今だけは賢くなったような気がして、止められなかった。

わたしは紙片の意味を更に考える。おそらくＱＲコードは何らかのサービスへの導線で、ＩＤ

を入力することで別のユーザーとコンタクトを取れるようになっているのだろう。そしてあの人が相談に乗ってくれるのだろうか？

　わたしは自分のスマートフォンのカメラを起動すると、躊躇わずにＱＲコードを読み取らせる。飛んだ先はアプリストアで、Ｔｅｌｅｇｒａｍという知らないメッセージアプリのアイコンが表示されていた。

　わたしは一度アプリストアを閉じ、Ｔｅｌｅｇｒａｍのことを検索する。Ｔｅｌｅｇｒａｍは他のメッセージアプリと比べて匿名性が高く、メッセージや通話のやり取りを第三者に読まれる可能性が極めて低いことから犯罪にも使われているらしい。

　なるほど、秘密の悩み相談にはぴったりの方法だ。勿論、詐欺の可能性も高い。だけど本気で騙したいのならもう少し解りやすい手を使うだろう。

　何より、わたしは既に疲れていた。わたしはＴｅｌｅｇｒａｍをインストールすると、紙に書かれていたＩＤにコンタクトを取る。

はじめまして。昼間はありがとうございました
あれからとても困ったことになりまして、相談にのっていただけると嬉しいです

　わたしがメッセージを送信してほどなく、こんな返事が来た。

ここでの文字のやり取りは外に漏れることはないの。だから心おきなく相談して

あまりの反応の速さにＡＩの返信を疑った。システムで定型文を送るだけの相手に感謝して秘密を晒すなんて馬鹿みたいではないか。

あの、わたしは文章でまとめるのが下手なので、通話で相談しても大丈夫ですか？

そんなメッセージを送信すると、すぐに相手から着信があった。合成音声や露骨なボイスチェンジャー声だったら切ってやろうと思いながら通話に応じる。

「もしもし……」

『よかった。私を信用してくれてありがとう』

その声は確かに昼間カプセルを渡してくれた女性のものだった。相手がＡＩではなかったことに安堵したが、しかしそうなると尚更解せないことがある。

「あの、相談に乗ってもらう前に一つだけいいでしょうか？」

『一つと言わずに気が済むまでどうぞ』

「わたしは実際に困った状況に陥ってます。けど、あなたがわたしにカプセルを渡した時点ではこうなることを予見できる筈がないんです……」

『当然の懸念ね。最初に明かしてしまうと、私が困っていそうな女性にあのカプセルを渡しているのは事実。でも困っていそうなら誰でもってわけでもないの』

「わたし、そんなに困っていそうでしたか？」

『限界を迎える間際の人間特有の表情ってあるのよね。例えば無理して口角を上げてたり、声を絞り出していたり……あなたの場合は複合していたから早晩助けが必要になると思ったの』

思わず顔を撫(な)でてしまう。自分で思っていた以上に無理をしていたらしい。

『でも生きててくれて本当によかった。まだ力になれるから』

少しだけ苦笑する。よほど死にそうに見えたらしい。問題はわたしにその自覚がなかったことだ。

ああ、そうか。ある種の人からすれば今日のわたしはきっといいカモなんだ。

「もしかして弱っている人をターゲットにした詐欺だったりします？」

警戒心が出て、つい声帯を引き絞って訊いてしまう。

『いい視点ね。でもお金にはそこまで執着がないの』

「だったら……どうしてそんなに親身になってくれるんですか？」

『あなたが抑圧されてきた人に見えたから。誰かが助けの手を差し伸べなかったらフェアじゃないでしょう？』

怖い……どうしてこんなにもわたしが欲しい言葉をくれるのだろう。

もしかしなくてもこの人は悪魔かもしれない。だけどわたしは悪魔と取引をする誘惑に勝てなかった。それにたとえ上手くいかなかったとしても、これ以上失うものはないではないか。

「なんとお呼びすればいいでしょうか」

『雪花(せっか)って呼んで』

彼女はそう名乗ったが本名とはとても思えなかった。それでも名無しを貫かれるよりずっと話しやすくなった気がした。

「わたしは熱田みおりです」

本名を名乗るか迷ったが、なんとなく雪花さんはそれぐらい把握していそうな気がした。いずれにせよ夕方の件もあるし、彼女が調べようと思えば真実に辿り着くのは容易いだろう。

『相談して。話せる範囲で構わないから』

「父が死にました……いえ、わたしが父を殺しました」

『そう。ご愁傷様とは言っておく。あなたにとってはどんな人か解らないけど、私はあなたのお父さんのことを知らないから』

「少しわたしの話をさせて下さい」


わたしの家が機能不全に陥ったのはいつからだったろうか。父の事業が上手くいかなくなり始めた頃か、それとも母がわたしを置いて逃げた時か……特定のイベントが原因というよりは両親が結婚して、わたしが生まれた時点でもうこうなることは決定づけられていたような気がする。

「父は不動産を扱う仕事をしてました。ここ数年は業績が悪化してましたが、それでも手持ちの不動産を売りながら凌いでました。狭い事務所に移り、古くからの従業員を切り、そしてわたしにも大学進学を諦めさせました」

父から「大学には進学させない」と一方的に告げられた時、目眩がした。そして父の言葉は「下らない大学に行っても仕方がない」「お前はウチの手伝いをしていた方が幸せだ」と続いた。

純粋にわたしのためを思っての言葉ではなかったことは明らかだったけど、世間の荒波に揉まれることが怖くて、わたしは父の言葉に従ったのだった。一応の言い訳をすると当時の父はまだ経営者然として、自信に溢れていた。

「父は『今さえ凌げば必ず復活するから』と自信たっぷりに言ってましたが、あれは自分に言い聞かせてたんでしょうね。実際はどの策も一時凌ぎ、状況は悪化する一方でした」

わたしは父の会社に就職し、家事もした。高校の友人たちはみな上京してしまった上に、特に出会いもなく、ただ働きながら父の面倒を見て過ごす日々が続いた。やがて大学進学を諦めさせたのは家計の支出を減らすだけでなく、わたしに去った母と切った従業員の代わりをさせるためだったと気づいた。

「そして最近、限界を悟った父はある考えに取り憑かれました」

文字通り、取り憑かれたとしか言いようがない。これさえ上手くいけば全て元通りになると思い込んでいた。

『考えというのは？』

「お見合いです。父の旧友の高坂さんが資産家で、先方には息子さんがいました。わたしを嫁がせれば多額の資金援助を受けられるようになる……そのぐらいの考えで、見合い話を強引に進めたんです」

厳密には父と母の旧友だ。高坂さんは父をそこまで好きではなさそうだったが、母とはいい関係だったようだ。

「実際、途中までは上手くいってました。高坂さんは母とも旧知の仲だったので、『お母さんによく似ているね』とわたしを気に入って下さいましたし、息子さんもとても好青年で……最初は気が進まなかったわたしも本気で結婚を考えるようになりました」

父の都合で進められる結婚に抵抗はあったが、結果的に家を出られるのなら悪くはないと思っていた。そして高坂家に嫁いで、自分の人生をやり直せれば……そんな甘い考えでいた。

『今日はどういう会だったの？』

「これまではカジュアルな会食がメインだったのですが、婚約する前に向こうの親族も招いてフォーマルな席を設けようという話になりまして」

『そこまでおめでたい会だったんだ』

「15時開始の予定でした。わたしはレンタルした着物の着付けがあったので、12時過ぎに一人で家を出たんです。今思えば無理をしてでも一緒に出るべきでした。念のために一時間前にＬＩＮＥにもちゃんと場所と時間を送ったのに父は大遅刻しまして……」

思い出そうとしなくてもあの場面の記憶が蘇る。


わたしたちが集まったのは駅前の歴史あるホテルにある中華レストランで、麒麟（きりん）の間という広めの個室を一つ押さえてあったのだ。無論、支払いは高坂家持ちで。

父が現れないことを「あいつなら仕方ない」と笑って済ませてくれていた高坂さんも遅刻が三十分を過ぎたあたりから徐々に険しい顔になってきた。お陰で折角の高級な中華なのにわたしも味を楽しめなかった。

結局、父が麒麟の間に現れたのは開始から一時間以上してからだった。息を切らせて現れた割には大して悪びれた様子もなく、空けておいた席に座るなり、手酌したビールを飲み干した。そんな父の非常識な振る舞いを見た高坂家の人たちの困惑が伝わってきて、わたしは思わず立ち上がって注意してしまった。

「お父さん、そんなことをする前に高坂さんたちにまず言うことがあるでしょう？」

立った娘に上から叱りつけられたことが気に食わなかったのか、父は逆上した。

「見つけられなかったのがそんなに悪いのか⁉　一時間前には駅前にいたんだ」

呆れた話だ。時間も場所もちゃんと送ったのに迷うなんて……お酒ばかり飲んでいるからかもしれない。

「どうしてそんな言い方するの？」

元々、父は謝罪の前に言い訳が出てくる人間だったが、とてもこの場に相応しい態度とは思えない。だから強い言葉を使ったのだが、突然父にビールをかけられた。

「俺は必死に探したんだ……元はと言えばお前のせいだろ。俺は悪くない！」

色褪せたブラックスーツで激高する初老の男の姿は高坂家に決定的な嫌悪感を植え付けるには充分だった。それでも自分を歓迎しない雰囲気を察することはできるようで、父はコップを叩きつけるように置くと、出て行ってしまった。高坂さんの奥さんがビールのかかった着物を拭いてくれたのだけど、高坂さんは申し訳なさそうにこう告げた。

「みおりさん、済まないが今回の話はなかったことにさせていただきたい」

親族の前で顔を潰されたのがよくなかったのか、それとも父が今後も問題を起こすと思ったのか……どちらにせよ、熱田家との関わりが悪縁と見做されたわけだ。

『……私が駅前であなたに声をかけた時はまだ着物だったけど、あれは破談直後？』

「そうです」

高坂さんたちに散々頭を下げ、汚れた着物を返しに行った時の惨めさときたら思い出したくもない。着物を返しに行く前に目眩がして、駅前でうずくまっていたら雪花さんが声をかけてきたのだ。

「後始末の諸々が終わって身体が空いたのは18時過ぎでした。駅から家まで帰ることすら億劫な気分で……」

『その時点ではまだお父さんは生きていたんでしょう。そこから何があったの？』

「父に『今どこにいるの？』と連絡をする気にはなりませんでした。どうせ自分勝手な言い訳が返ってくるだけだと思ったので」

『でも、あなたたちが会わないと殺人は起きない……つまり、連絡を取らずに会えるような場所が家の外にあったということ？』

わたしは雪花さんの頭の回転の早さに感服していた。話が早いだけでなく、頼るべき相手だと心から思える。

「父は落ち込んだ時に必ず行く場所があるんです。六根神社というところなんですけど、基本的に誰もいないので一人になれるからって……」

事務所を移転することになった日、従業員を解雇しないといけなくなった日、そして母がいなくなった日……そういう時、父には山の上にある六根神社の境内から自分の育った町を眺める癖があった。六根神社は無人で、地域の人が持ち回りで管理しているので一人になるのに最適な場所だったというのも大きい。

『じゃあ、あなたは大変な目に遭ったのにわざわざお父さんを迎えに行ったの？』

「六根神社にいるのなら父は落ち込んでいるわけで……本当に反省しているのなら許してあげようと思ったんです。今なら事業を整理すれば住んでいる家も残りそうだし、父一人なら細々と暮らしていけるかもしれないなと」

そんなことを思いながらあの急階段を一人で昇り続けた。あの時は何かが麻痺していたのか、今になって脚が痛んできた。

『お父さんはいたのね。どういう様子だった？』

「落ち込んでいたのは間違いないと思います。強めのチューハイを手に、椅子に腰掛けて町を眺めていました。きっと自分がどこで間違ったのかをずっと考えていたのでしょう。あそこにいた父は虚勢を張った会社経営者ではなくて、年相応のしぼんだ老人でした」

『そこまで聞くと、あなたがお父さんを殺すようには思えないけど……』

「父は迎えに来たわたしを見てため息をついてこう言ったんです。『お前が男だったらなあ』と。詰ってくれた方がまだ耐えられたかもしれません。気がついた時にはもう、父を突き飛ばしていました」

自分の人生が上手くいかなくなったのは娘が生まれたせいだ……目の前の男がそんな風に思っていたことが許せなかった。

「私は自分で決めることが怖かったんです。だから父の言いなりになって大学を諦め、父の面倒を見るように暮らし、お見合いまでして……初めて自分の意思で選んだのが殺人だなんて……」

言葉にしてようやく自分の惨めさを理解する。

『あなたが悪いとは思わない。あなたはお父上から決断の自由を取り上げられ、成長する機会を奪われ続けたんだから』

「……ありがとうございます」

『だけど世間はそう思ってくれないかもしれない。法律上あなたは成人しているし、責任能力もある。情状酌量の余地があると見做してくれるかどうかは怪しいところ』

「自分でも解っています。わたし、どうすればいいと思いますか？」

そう言って自分で情けなくなった。未成年でもあるまいし、赤の他人である雪花さんに何を訊いているのだろう。

『考えようによっては人生を取り戻すチャンスなの』

この逆境をどう捉えたらそう見えるのだろうか？

『いい？　仮にあなたが何もしないとして、お父さんの死体は数日以内に発見されるでしょう。警察がお父さんの死を事故で処理してくれる可能性に賭けてみる？』

「それは……流石に怖いです」

わたしでも解る。それは運に身を任せるということだ。

『あまりにも不確実よね。現場にあなたが突き飛ばした痕跡が残っていれば……そこから先は厳しい戦いになるかもしれない』

きっと高坂さんは今日あったことを証言するだろう。警察がわたしを疑う材料としては充分すぎるように思える。

「そんなことになったらわたし、耐えきれなくて全てを白状してしまいそうで……」

雪花さんは通話口の向こうで優しく笑う。

「おまけにですね、向かいの川原さんは噂話が好きな人で……どこそこの家は帰宅が遅かったからどうのとか、そんな話をよくしています。わたしも話を合わせてるんですけど……居ないところではわたしも噂話の対象なんでしょうね」

川原さんは旦那さんに先立たれた老婦人で、還暦はとうに過ぎていると思うがとても元気だ。警察が彼女の証言を疑うことはないだろう。

『なるほど……家の照明であなたが帰宅した時間も把握されているわけか』

「でも父が発見されたら遺体は解剖されるでしょうし、判明した死亡推定時刻からわたしにアリバイがないことがバレてしまう可能性が……」

わたしの日から見ても状況は限りなく悪く、もう詰んでいるようにしか思えない。さっさと楽になりたいというのもまた本音だ。

『まだ解らない。死亡推定時刻も発見時に死後どれだけ経ってるかでブレるし、良い方に作用することもあるでしょう』

「でも……」

『あなたの不安も解る。だから、ここから先は提案。聞いてどうするかを決めるのはあなた』

どんな提案が来るのか見当もつかなかったが、雪花さんなら自分を悪いようにはしないという確信だけはあった。

それに……仮にこのタイミングで金銭を要求されたら思いとどまるけど、雪花さんだってわたしが今すぐ動かせるような資産のない身の上であることぐらい解っている筈だ。

『あなたが容疑圏外に逃れる一番簡単な方法はお父さんの死亡推定時刻を警察に誤認させること。例えばあなたが帰宅した後にお父さんが亡くなったということにできれば、厄介なお向かいさんも強力な味方に変わる……どう？』

「それは……確かにそうですけど、一体どうやって？」

問題はそんな方法が全く思い浮かばないことだ。

『その方法を教えてくれたのはあなたなんだけど？』

そう言われるとますます解らない。しかし雪花さんの自信たっぷりな口ぶりからすると、丸っきり冗談で言っているわけではなさそうだ。

つまり、これまでわたしが話した内容の中にヒントがあったということになるが……。

「わたし、何か言ってましたか？」

『よく思い出して。遅れてきたお父さんは、まずあなたになんて言った？』

「ええと……確か『見つけられなかったのがそんなに悪いのか⁉　一時間前には駅前にいたんだ』でした」

『そう。あなたはその言葉をどう解釈した？』

「わたしたちがどこの部屋で会を始めているのか解らなくて、恥を掻くのも厭だから店の近くで飛び込む決心がつくまでうろうろしていたんじゃないかなって……」

我が父ながらいくらなんでも、という行動だけど。

少なくともあの時のわたしはそう解釈した。我が父ながらいくらなんでも、という行動だけど。

でも冷静に考えると変だ。ホテルの中華レストランがいくら広くたって何十部屋もあるわけではない。一つ一つ確認すればそこまで時間もかからないだろうし、店の人に尋ねればもっと早くに解ったのではないか。

『こうも解釈できない？　駅前のお店でそれらしいところを全部当たって、ようやくあの中華レストランに辿り着いた。本人的には大仕事を終えた気分だからついあんな物言いになってしまったとか』

「でもわたしは時間も場所も送ってるんですよ。麒麟の間ってこともちゃんと……」

そこまで言って自分の言葉のおかしさに気がついた。

「もしかして父はわたしのＬＩＮＥを読んでなかったということですか？」

『より正確にはＬＩＮＥを読んでおらず、また読める状態になかった……例えば未読のままスマートフォンを家に置いて外出していたとしたらどう？　「見つけられなかったのがそんなに悪いのか⁉」というのは店のことじゃなくてスマートフォンについて言っている気がする』

「あっ……」

それならば父の不合理な行動に説明がつけられる気がした。今日の会の詳細はＬＩＮＥでしか確認できないのにスマートフォンが見つからなくて父は焦っただろう。勿論、開始時間や駅前の店であることぐらいは記憶にあったので、駅前まで出てしらみつぶしに店を探したのか。

「ですけど……だからって状況が変わりますか？」

『可能性はこうやって探すものなの。もしも家の中にスマートフォンがあったなら、それはアリバイ工作の強力な道具になるんだから」

雪花さんはそう言うけれど、わたしには肝心なそのやり方が思いつかない。

『まず家の中にあるかもしれないスマートフォンを探すべきね。だけどそんなに時間はかけていられない』

「どのくらいで見つけないといけませんか？」

『確実に見つかるのなら三十分かけても見合うと思うけど』

リビングの充電ホルダーを確認するが、そこには見当たらなかった。しかし今朝は確かに充電していたから、家に置き忘れたというのならまだバッテリー切れということはない筈だ。

「探すだけならそんなに難しくないと思います。今すぐにでも……」

『待って』

わたしの浅はかな考えを見透かしたかのような制止の言葉だった。

『あなたが電話なりＬＩＮＥなりでお父さんのスマートフォンに着信を入れれば、すぐに発見できる可能性は高い……でもこの方法は第三者が確認できる形で痕跡が残るということを忘れてない？』

「そうでした……他の方法を考えないと」

『いや、そういうデメリットを呑み込んだ上でやれるならいいの。やれる？』

「……やります」

そう返事をしたわたしに雪花さんはこんなことを訊ねてきた。

『じゃあ、もし家の中で見つからなくてスマートフォンがお父さんの近くで発見されたらどう答える？』

わたしは少しだけ考えて、凡庸な答えを口にする。

「『父の帰りが遅いことを心配して家からかけました』……これでどうですか？」

『うん、悪くない』

「もしかしてもっといい言い訳、ありましたか？」

『こんなのは「悪くない」ぐらいでいいの。肝心なのは不審に思われるような言動や挙動をなるべく見せないこと。警察は生きた人間が無意味な行動を取るのに慣れすぎているから行動の妥当性をいちいち全部吟味したりはしないけど、一度疑うとしつこいの』

「つまり……警察の人たちはわたしのリアクションを見てくるということですか？」

『演じきるのは難しいかもしれないいけど、隙だけは見せないで』

そんなことがわたしにできるのだろうか。いや、できなくてももうやるしかない。

「スマートフォンを探すので一度通話を切ります。五分探して見つからなかったら諦めますから」

『妥当なコスト感覚ね。じゃあ、また』

通話を切り、すぐに父のスマートフォンに着信を入れることにした。

警察に履歴の件を訊かれたところでいくらでも言い訳はできる。そうと解っていても手が震えた。他の誰のためでもなく、自分自身のために悪事に手を染める怖さだ。世の犯罪者はこの恐怖に耐えているのだろうか……。

呼び出し続けているのに家のどこからも着信音は聞こえてこなかった。デリカシーのない人間なのだからマナーモードぐらい解除してればいいものを。

どこかで何かが振動しているような気がする。いや、これは震えていてほしいという錯覚かもしれない。それでも諦めずに家の中を彷徨っていると、洗面所内にある洗濯機の上で震えている父のスマートフォンを見つけた。父が髭剃りかネクタイを締める際に脇に置いて、そのままになっていたのだろう。考えてみれば父がめかしこんで外に出る機会は随分と減った。不慣れなルーチンに意識を取られて置き忘れてしまったのかもしれない。

わたしはすぐに雪花さんに通話で報告する。

「見つかりました」

『ロックは解除できる？』

「暗証番号を知っているので」

暗証番号は結婚記念日だ。あまりの未練がましさに泣けてくる。

『あなたにやってほしいことが二つあるの。一つはアリバイ工作。ＬＩＮＥを使うのが一番でしょうけど、具体的な方法はあなた自身で考えて。幸い、三十分ぐらいの猶予はある』

「あの……わたしはこういうことに慣れてないので……きっと雪花さんが考えたやり方に従った方が上手くいく気がするんです」

『それは駄目。私はあなたのお父さんではないから文面を考えることまでできないし、明日以降警察の取り調べで話すのはあなた自身なの。どうすれば後で有利になるかまで考慮して工作をしないと』

「……解りました」

これから更に罪を重ねようとしているのに、わたしは不思議と高揚していた。これまでの人生を他人事のように生きてきたせいかもしれない。成功も失敗も自分の責任……そんな当たり前のことすら父のせいで忘れてしまっていたのだ。

『そんなに緊張しないで。本当に思いつかなかったら最低限、お父さんのスマートフォンから高坂さんに着信を入れるだけでもいいんだから。要は「この時間にはまだ生きていた筈」と思わせられたら充分』

「それで、もう一つは？」

『今、あなたの家に向かってるの。ナビによると到着まで約三十分みたい』

「どうして？」という言葉をすんでのところで呑み込む。きっと雪花さんにこれ以上軽蔑されたくないという気持ちがそうさせたんだと思う。

　言葉と一緒に呑み込んだ酸素が脳をめぐり……答えらしき考えが降ってきた。

「雪花さんがスマートフォンを受け取りに来るんですね？」

『正解』

　アリバイ工作の文面まで考えてもらおうとしていた自分が急に恥ずかしくなった。雪花さんはわたしのために身体を張ろうとしている。

『あなたがアリバイ工作をしたスマートフォンを私が現場まで運ぶ。あとは優秀な警察が見つけてくれるでしょう』

「本当にそんな単純なことでいいんでしょうか？」

『単純だからバレないの。こんな協力者は想定しようがないし。だから私へスマートフォンを受け渡す方法は考えてみて』

「……雪花さんに直接渡すのでは駄目ですか？」

自分の行く末を一番に気にするべきなのは解っていたが、わたしはそれ以上に雪花さんがどんな人間なのか気になっていた。可能ならば直接言葉を交わしたい。叶わずとも一目会ってみたい……それが偽らざる気持ちだった。

『できれば避けたいわね。縁を大事にしたい気持ちは解るけど、それは時にアキレス腱になるから』

無理に言い訳をしてでも雪花さんに会いたい気持ちはまだある。だけどそれ以上に巻き込んで迷惑をかけるわけにはいかないという気持ちが勝った。

『でも、私はあなたの選択を尊重する。それじゃ何かあったらメッセージで』

そこで通話は切れた。だけどもう不安な気持ちは消えていた。誰もいないのに誰かが肩に温かい手を載せてくれているような不思議な感覚があった。

早速父のスマートフォンを開く。数時間放置された父のＬＩＮＥには私からのトークや着信以外何の履歴もなく、父が世間との接点を失っていたことを証明していた。高坂さんも完全に父を見限ったようだった。

わたしの頼りない知識だと、死体を解剖しても死亡推定時刻はそこまで厳密に判明するものではない。一時間から二時間のズレは許容範囲の筈だ。そして父を突き飛ばしてからまだ二時間経ってない……ならば、父のＬＩＮＥから高坂さんへ謝罪のメッセージを送信してみよう。

すまなかった。さっきはどうかしていた。今から謝りたい。

違う。こんな素直に謝れる人じゃない。この素直さがあったらわたしだってこんなにストレスを溜めることもなかった。書きかけた文章を消し、打ち直す。

なんだか行き違いがあったようだ。今からでも話がしたい。

これも違う。いくらなんでも白々しい。あの父なら……。

ウチの娘のせいで迷惑をかけた。アイツも悪い奴じゃないんだ。許してやってくれ。

これだ。自分で書いて気分が悪くなったが、このぐらい身勝手な文面でなければ高坂さんを騙せない。

送信して間を置かずに高坂さんに着信を入れ、すぐに切る。万が一にでも高坂さんと通話しないように気をつけたが、今のところ既読もつかず、着信が来る気配もなかった。

さて、これで第一段階は終わった。乱心した父が冷静になり慌てて親友に謝罪のメッセージを入れるも拒絶され、発作的に身を投げた……そんなシナリオを用意したつもりだけど、はたして警察はどこまで乗ってくれるだろうか。

ブラックアウトしたスマートフォンの画面に映った自分の顔に驚く。なんと笑っていたのだ。拙いながらも自分で考え、自らの手で仕込んだこのトリックの成否を楽しみにしている顔だ。

今日まで自分を善人だと思ってきた。そう思い込まないと耐えられなかったからだ。だけど今は違う。わたしの手はもう汚れているけれど、自分の人生を選ぶ楽しみも知ってしまった。

わたしは父のスマートフォンの画面を軽く拭う。操作の痕跡を消したかったというのもあるけど、自分のドス黒い意思がそこに残っているような気がしたからだ。どうあれ工作は終わった。わたしは透明なビニール袋と大きめの封筒を探し出すと、スマートフォンを梱包する。この封筒を郵便受けの口から少しだけはみ出させておけば外からぱっと見には気づかれないし、引き抜く時も一瞬だ。

サンダル履きで外に出たわたしは首尾良く支度を終えて家の中に戻る。仮にこの様子を川原さんがどこからか見ていたとしても、郵便受けの中身を確認しに来たようにしか見えない筈だ。

時間を確認する。雪花さんとの通話を終えてから二十三分、決して早いとは言い難いがそれでもタイムリミットまでに全てやり遂げられたことは小さな自信になった。

わたしは郵便受けに封筒を差しておいたことをメッセージで送ると、リビングに引き返して雪花さんからのリアクションを待った。こうでもしないとウチにやってくる雪花さんを覗(のぞ)きたくなってしまう。

リビングに籠もってから十分ぐらい経っただろうか。雪花さんから着信があった。

『スマートフォン、確かに受け取ったよ』

「あの……よろしくお願いします」

『そんなかしこまらなくても仕事はちゃんとこなすから。ああ、それとね。もう一つだけあなたにお仕事があるの』

「なんですか？」

声が少しうわずってしまった。まだできることがあると解って嬉しいのだ。自分で考え、行動し、雪花さんに褒めてもらえる……不思議なことに、今が生きてきた中で一番楽しい。

『警察への連絡、あまり遅くならない方がいいかもしれない』

「朝の8時とかじゃ遅いですか？」

『もう少しだけ早い方が望ましいかな……ああ、そういえばあなたの家と川原さん、同じ新聞を取ってるんだね』

「そうです。おまけに川原さん、朝が早いから新聞が届いてすぐに取るみたいです」

門にある新聞受けを見たのだろう。目聡（めざと）い人だ。

『それなら利用しようか。こんな感じで……』

雪花さんの提案は解りやすく、それならわたしにもできそうだった。

『どう、できそう？』

「寝過ごさなければいけます。もっとも今夜は眠れないと思いますが」

『眠くなったら……そうだね、敵のことを想像するといい』

「敵……ですか？」

『なるべく不快でおぞましい中年男性を想像しなさい。彼は年長で男性だからという理由であなたを見下し、不躾（ぶしつけ）な質問であなたの尊厳を剝ぎ取ろうとする……それがあなたの前に現れる刑事だと思っておくといい』

そう言われてしまうとどうしても父をベースに想像してしまうが、あれよりも更に狡猾（こうかつ）で醜悪な怪物と相対する覚悟を固めないといけなそうだった。

「解りました。敵の姿を想像しながらやり遂げます」

『よかった。それじゃ、最後に大事な話をしないと』

「……そうですね」

わたしだって子供じゃない。見ず知らずの他人がタダでこんなリスクの高いことをしてくれる筈がないことぐらい解っていた。何より、わたしは自分の犯罪の証拠を他人に渡したのだ。雪花さんが説明通りの工作をせず、わたしを脅迫する可能性だって充分にある。

「わたしは何を支払えばいいんでしょうか？」

でも、わたしはそれでも構わないと思って父のスマートフォンを渡したのだ。人生を支配する人間が父から雪花さんに変わるだけだ。同じ支配されるなら、尊敬できる人間の方がいい。

『ああ、そんなこと心配してたんだ。だったら私に対して直接何かを支払う必要はない。それだけは言っておくよ』

雪花さんは事もなげにそう言い放った。

「どうして……そんな都合のいい話がありますか？」

『まあ、気持ちは解る。そうだね……詳しくは言えないけど、私もかつてある人の好意で罪から逃れたの。丁度、今のあなたのようにね』

「え？」

詳細を問い詰めたかったが、雪花さんには決して語る気がないのも解ってしまった。

『だから私からあなたに求めるのはこれだけ。もしもあなたがいつかどこかで困っている女性を見つけて、助けることができるようなら……あなたが雪花として手を貸してあげて。それが私が望む対価よ』

　だがそう聞かされて胸に去来したのは安堵ではなく、孤独だった。

『どうしたの？』

「あの……そういうの、わたしには無理だと思うんです。わたしは雪花さんと違って、頭も悪いし、行動力も勇気もありません。それより、わたしを雪花さんの仲間にして貰えませんか？　雪花さんのお手伝いならいくらでもできます」

　必死だ。だってＴｅｌｅｇｒａｍを削除したらもうこの繋がりも切れてしまう。

『仲間ね……そういう考えも面白いかも。確かに組織化すればもっと凝ったこともできるし、助けられる人も増えるかもしれない』

「そうでしょう？　だからほとぼりが冷めたらまた声をかけて下さいよ！」

　雪花さんは返事をしなかった。その沈黙が拒絶なのは確認するまでもなく明らかだった。

「どうして駄目なんですか？」

『社会にとって目障りな組織はより強く大きな組織によって崩される……そういうものなんだよ。だから私たちの対抗策は群れず、互いを知らず、そして直接的な利害を超えて助け合う……世間とは違う理で動くから存在を認識されることもない』

　その瞬間、なんとなく解った。自分の閃きだけは確かめたくて、つい口に出してしまった。

「もしかして昔、雪花さんを助けた人も雪花と名乗ったんですか？」

『正解。あなた、自分で言うほど頭は悪くないんだからもっと自信を持ちなさい。あなたならきっと良い雪花になれるから』

「わたしたちの繫がりは名前だけになってしまうんですか？」

こんな思いをするぐらいなら、我が儘を通してでも直接会いたかった。今にこの声も全て記憶から消えていってしまうのだから……。

『面白いでしょう。こんなにも脆く、頼りない繫がりだから私たちを苦しめる理不尽にも対抗できるの』

「雪花さん、本当にこれで最後なんですか？」

『みおり、私たちは束の間咲いた雪の花。やがて落ちて溶けてしまう運命でも……触れ合えてよかった』

そこで通話は切れた。慌ててかけ直そうとしたけど、その時にはもう雪花さんのＴｅｌｅｇｒａｍＩＤは消えていた。本当に触れたら溶けてしまう、雪の花のような人だった。

その夜、わたしはまんじりともせずに過ごした。緊張と興奮で眠気が来ないからいいのだが、うっかり昼まで寝すごすわけにもいかない。でもこんなに夜を長く感じたことはこれまでなかった。

もう父が帰ってくることのない家に一人でいると邪念が湧いてくる。また雪花さんと喋りたいし、頼りにしたい……。

だけどそれは雪花さんを危険に晒す行いだし、何より先ほどの別れを台無しにしてしまう。二度と妙な気を起こさないようにわたしは雪花さんのＴｅｌｅｇｒａｍのＩＤが書かれた紙を父の灰皿の上で燃やした。これでもう本当にお別れなのだと思うと自然と涙が流れた。

朝の3時半が過ぎた頃、わたしは玄関に近い部屋に移動し、電気を消したまま窓から外を窺い、ずっと外の音に耳を澄ませ続けた。どれだけ待っただろうか。新聞配達のバイクのエンジン音が聞こえてきた時は思わず外に飛び出そうになった。

まだ……まだ……。

やがてバイクが近隣に新聞を投函して去ると、程なくして向かいの家の玄関の明かりがつく。朝の早い川原さんが新聞を取りに出てくるに違いない。

わたしはパジャマのまま、すぐにサンダルをつっかけ、外に出る。家の中にいる間に少し雨が降ったようで、門もアスファルトも濡れていた。そして川原さんもわたしに気がついたようだ。

「あら、みおりちゃん。早いわねえ」

川原さんは誰かと言葉を交わすチャンスがあれば決して逃さない。孤独な人だからだ。そして声をかけられるのも計算の内だった。

「おはようございます……」

まだ薄暗い。川原さんの目では徹夜明けのわたしのヒドい顔も判断できないと思い、わたしは涙を流す。そして泣いていることが伝わるようにパジャマの袖で涙を拭う。雪花さんとの別れを思うと、自分でも驚くほど自然に泣けた。

「ちょっと、どうしたの?」

驚いた川原さんが門を出て、駆け寄ってくる。わたしは自分の家の門に体重を預けながら川原さんを待ち、そして彼女が心配そうにわたしの顔を覗き込んできたタイミングで考えていた台詞を口にした。

「すみません。父がまだ帰ってこなくて……朝まで待って帰ってこなかったら警察を呼んでもいいのかなって思っていたら眠れなくて」

「そんなのもう、今すぐ連絡しなさい。っていうかあたしが警察呼んであげるから。ったく、あの男は……」

そう言いながら川原さんは自宅に戻っていく。事態が動き出したことを実感して、わたしは思わず身震いした。


二日後、わたしは大学病院に来ていた。目的は解剖室だ。

案内板を頼りに解剖室の前まで辿り着くと、近くの待合椅子に座っていたトレンチコートの人物がわたしを見るなり立ち上がって挨拶をしてきた。

「熱田みおりさんですね？」

「はい……ああ、警察の方ですね」

「警部補の織部(おりべ)です」

見かけによらない長身に少し気圧(けお)されたが、織部は刑事にしては驚くほど怖くなかった。警部補ともなれば、父のように舐(な)められまいと虚勢を張っているものだとばかり思っていた。

「お父上は残念でした」

「いえ、刑事さんがお気になさることでは……」

川原さんの通報から二日が過ぎた。警察が動き出し、それから半日して父の遺体は無事に見つかった。警察から父のいそうな場所を聞かれても六根神社のことは敢えて黙っておき、警察がダミーの心当たりを全て調べた後に「そういえば……」と切り出したのだ。あまりに発見が遅れても工作が台無しになってしまうので、これぐらいのコントロールは必要だと思ったのだ。

「遺体の解剖にご理解いただいてありがとうございました」

人が死んだ時、その死が犯罪由来のものであることが明白なら司法解剖が行われる。一方で犯罪性がなさそうでも死因に不明な点がある場合は行政解剖が行われる……らしい。ネットで検索して得たざっくりとした理解だから間違っているかもしれない。どのみち一般市民に拒否権はないだろうと思い、素直に同意した。拒否できないなら怪しまれないように振る舞うべきだ。

「いえ、そちらもお仕事でしょうから……」

ただ警察から行政解剖の申し出があった時、わたしは少し安心した。彼らが殺人事件を疑っていないということが解っただけで充分だ。

「ご遺族によっては遺体にメスを入れることに拒否反応を示される方もおられます……じき結果が出るようなので、一緒に待ちましょうか」

織部から待合椅子に座るように促される。固辞するのも変なので腰を下ろす。

「お父上の遺体、いかがでした？」

それが刑事らしい言い草なのか、単に織部の物言いが不躾なのか解らなかったが、わたしは言ってはマズいことを頭に浮かべながら答える。

「本人確認のために見ましたが、ショックであまり憶(おぼ)えてません。だけど死に顔は安らかでしたね」

「しかし実際は顔以外の部分にひどい怪我(けが)を負ってましてな。右上腕骨と左大腿骨(だいたいこつ)が折れ、左肩は脱臼していました。痛みを想像しただけで気絶してしまいそうです」

父の怪我は想定よりもずっとひどかった。自分がしでかしたことの結果だが背筋が冷たくなる。

「あの夜、雨が少し降りましたがお父上のポケットの中のスマートフォンは壊れていませんでした。脚を折って動けなくても、どちらかの手さえ無事だったなら助けを呼ぶこともできたかもしれませんね」

その情報にわたしの胸は切なく痛んだ。雪花さんはわたしとの約束を果たすために、わざわざ父の遺体を見つけてポケットにスマートフォンを入れてくれたのだ。ガケの上に転がしておくだけでも充分だったのに……。

「それでもあなたがお父上の行方の心当たりとして六根神社を挙げてくれなかったら、早期発見は難しかったかもしれません」

「父はガケから足を滑らせてしまったんでしょうか？」

「それはまだ解りません。ただガケの傍(そば)にお父上の指紋がついたチューハイの缶が転がっていたことから、落ちた場所だけは特定できています。ただ死因に少し不明な点がありましてね。それを明らかにするための解剖ですよ」

「父はガケから転落して、頭を強く打って亡くなったわけではないのですか？」

「腕や脚の怪我に比べると頭部は綺麗(きれい)なものでしてね。解りやすい大きな外傷はありませんでした。とはいえ我々もあまり雑に仕事していると世間様から怒られてしまうわけで……本当の死因を確認しないわけにはいかないのですよ」

わたしは後悔した。行政解剖ではあるが、少なくともこの人は父の死に疑いを抱いている。同席すれば一秒毎に看破されるリスクが高くなる相手だ……覇気がなさそうに見えたのも単に肉食獣が獲物の傍で気配を殺しているだけだったのだ。

「黙って待っているのもなんですから、お話でもしましょう。お互い、気になることもあるでしょうし。何より気が紛れますよ」

そんなことを言われてもわたしは気が気でない。通報から父の遺体が発見されるまで、覚悟していたような厳しい追及もなく、嫌疑から解放されたように見えた。しかしここに来て本物の試練が待っていた。

「つきましてはお訊ねしたいことがいくつかあります」

「はい」

わたしは不慮の事故で父親を失って憔悴している娘を演じなければいけない。だけど、これから控えている葬式や遺産整理のことを想像すると自然と胸が淀み、表情筋も重くなった。

「状況的にまず疑うのは事故か自殺ですが……お父上が命を断たれるような理由に思い当たりますか？」

「……ここ数年、父は事業が上手くいっておらず荒れてました。最近は『自分は酒に強いから』と言ってお昼から飲んでいる日もありましたが、余裕のなさを誤魔化していたんだと思います」

言葉で織部の思考を誘導したい。けれど喋りすぎて怪しまれてもいけない。高坂家との一件はわたしの口から言うよりも調べさせた方がいいだろう。

「ではお父上が誰かから恨まれるような心当たりなどは？」

「解りません。ただデリカシーのない人ではありましたから、どこかで恨みを買っていたのかもしれません」

雪花さんの言っていた通りだ。ここで隙を見せるわけにはいかない。

「そういえば……亡くなる前に旧友の高坂さんと何かトラブルがあったとか」

ほら、やっぱり調べがついてた。この分ではトラブルのあらましも把握していそうだ。

「なんでもほぼ決まりかけた縁談が破談になったそうで……あなたにとっても良いお話だったでしょう。故人にこんなことを言うのもなんですが、お父上を恨んだりしたのではありませんか？」

織部はわたしを苛立(いらだ)たせるために思いつくスイッチを片っ端から押そうとしているような感じだ。父のスマートフォンを回収しているのなら、高坂さんへ送った偽装ＬＩＮＥについても把握しているだろうに、それはわたしに有利に働くから敢えて黙っている……もっとも偽装ＬＩＮＥについてわたしの方から口にするわけにはいかない。

「父はああいう人だったんです。もう諦めてましたから」

殺す直前まで、父のことを諦めていたのは本当だ。だから自然な返事ができたと思う。

「不躾な質問をして申し訳ない。職業柄細かいことが気になるタチでして……」

「いえ、お仕事ですからね」

「失礼ついでにもう少しだけ。縁談が破談になり、その後あなたが貸衣装屋さんに着物を返却したのが午後6時……これも間違いありませんね？」

「はい」

「そしてあなたが帰宅されたのは午後8時過ぎ、間違いありませんね？」

「はい……それが何か？」

帰宅時間に関してはおそらく川原さんが証言している筈なので誤魔化さなかった。

「うーん……貸衣装屋さんのある駅前からご自宅まで二時間もかかりませんよね？」

「はい。タクシーやバスで約十分、歩いたら小一時間ぐらいでしょうか」

「ではあなたは家にはまっすぐ帰らなかったということでしょうか？」

厭な質問をする。そしてわたしが一番誤魔化さないといけないところだ。

「……父を探していたんです。いそうな場所の心当たりをいくつか覗いてから帰ったら午後8時になってました」

丸っきり嘘ではない。それがわたしを少しだけ勇気づけた。

「なるほど、お父上を探し回っていたと……それなら仕方がありませんね。ただ、あなたのお話でどうしても腑に落ちない部分があります。骨折り損のくたびれ儲けという言葉がありますが……普通は探し回る前にお父上に電話をかけませんか？」

あっ、この流れはマズい。

「あの、どういう意味でしょうか？」

どうにか顔に本心を出さず、理解が遅い女のフリをして時間を稼ぐ。

「お父上のスマートフォンを確認しましたが、あなたからの着信があったのは午後9時前なんですよね。でも普通は探し回る前に、まず連絡を入れるものです。勿論、繋がらなかったり、返事がないこともありえるでしょうが……私ならそうしますね」

わたしは最善の答えを探して言葉をまだ発さない。

「もしかしてあなたはお父上が亡くなっていることをご存じだったのではありませんか？」

織部もついに痺れを切らしたのか、切り込んできた。もう保留はできない。わたしは覚悟を決めた。

「父は……わたしからどこにいるかを確認されるのが大嫌いな人でした。だから基本的にわたしからそういう連絡を入れることはありません。でも夜の9時になっても返事がないなら、閉め出して寝ても許されると思って」

完全なでまかせだった。厳密に言えば居場所を確認しているLINE履歴はたまにあるのだが、言い逃れのできる範疇（はんちゅう）だと思ったので敢えてこう言った。

「なるほど……そういう方も珍しくはありませんな。さぞ、苦労なさったことでしょう」

今の返事で織部がマークを外してくれた感じはしない。もし仮に織部がLINEの履歴をどうにかして洗い出して「思っていたよりも確認していましたね。お話と違いませんか？」と言ってきたら……わたしの心は折れてしまうかもしれない。

でもわたしは精一杯やった。何の工作もしていなかったら今頃は殺人罪で逮捕されていたかもしれない。雪花さんの助けがあってこその今だし、織部のような刑事が担当になってしまったのが不運だっただけだ。

その時、解剖室の扉が開いた。そして法医学者が顔を出す。

「織部さん、ちょっと……」

法医学者が織部を手招きする。どうやら父の遺体を前にして内密に説明したいことがあるようだ。

「では失礼……」

解剖室に消えていく織部の背中をわたしは祈るような思いで見送った。

法医学者が織部を呼んだということは何か気になる点があったということだ。それがわたしにとって不利な材料でないことを願うしかない。

……うん、やれることはやった。そして思いつく限り最善の対応をしている。自分でそれと解るミスもあったけど、強く疑われるような真似はしていない……と思う。

自分で考えて動くことがこんなにも怖いなんて。世の人はみんなこの怖さに耐えているのだろうか。こんな怖さを味わうぐらいなら、全知全能の誰かに全部決めてほしかったかもしれない。

今更そんなことを考えても仕方がないのは解っている。父は全知全能とは言い難い人だったし、もういない。せめて雪花さんの指示があれば捕まっても悔いはなかったんだけど……それを雪花さんが望んでいないのも理解している。

どれくらいの時が経っただろう。織部だけが解剖室から出てきた。しかし織部はどこかバツの悪そうな表情をしている。

「……父の遺体に何かおかしな点があったんでしょうか？」

「熱田さん、どうも私の見込み違いだったようです」

織部は再び、わたしの隣に腰を下ろす。

「警察は何でも疑うのが仕事です。そして失礼ながら、あなたのことも疑いながら質問していました」

織部の表情や言葉を素直に取ればもう警戒しなくてもよさそうだが、まだ演技を疑っていた。

自分で自分の身を守るにはこれぐらい疑り深くなければいけない。

「お父上がいつ頃、ガケから転落したのかは不明です。しかし手足にできた傷に生活反応が見られました。つまり転げ落ちてからもまだ生きていたことになります。問題はいつ亡くなったかというところなのですが……解剖の結果、お父上が亡くなったのは通報を受けた日の午前4時から6時ぐらいとのことです。人間性はともかく、私はあの法医学者の腕を信用してましてね。そうそう大きな誤差はないでしょう。つまり……」

「つまり？」

「午前4時過ぎに自宅前で川原さんと顔を合わせていたあなたが、7キロも離れた六根神社でのお父上の死に関係していると考えるのは無理があるということですな」

思いがけずアリバイが成立してしまった。いや、そんなことよりも。

「父はあの時点でまだ生きていたんですか？」

「ええ。実はお父上のことで、あなたに言い忘れていた情報がありまして。お父上の死因は窒息死だったのですよ」

「え、窒息死？」

心から驚いた。突き落とされた父がどうして窒息死したのだろう？

「葉っぱですよ。あの夜、少しばかり雨が降ったでしょう？　濡れた葉が落ちてきたんです。そして発見されたお父上の遺体の顔には葉っぱが沢山貼り付いていたんですよ。それこそ口と鼻も塞ぐように。右上腕を骨折していて、左肩を脱臼しているお父上には顔に貼り付いた葉っぱを取り除く術（すべ）がなかった。考えただけでぞっとする最期ですね……おっと失礼」

「確かに雨は少し降っていたみたいですけど……そんな風に貼り付くなんてありますか？」

「あまり起きそうになくても、そうなった遺体が発見された以上は我々も現実を優先しますよ。もっともお父上を恨んでいた何者かが六根神社のガケから突き落とした後、わざわざガケの下まで降りていって顔に葉っぱを貼り付けて窒息死させたのなら解りませんがね」

その時、わたしは一切の感情を封じ込めた。そして父の悲惨な最期にショックを受けている娘を演じる。

「そしてだからこそ、そういう人物に心当たりはありませんかと訊いたんですよ」

わたしには心当たりがある。雪花さんしかいない。彼女はわざわざ父が生きているかどうか確かめに行った上で、警察に疑われない形で父にトドメを刺したのだ。父が生きていればわたしが破滅することが解っていたから……。

「流石に、そこまでひどいことをできる人間に心当たりはないです」

わたしの答えを聞いて、織部は静かに立ち上がる。わたしを追い詰めるべき獲物ではないと思ってくれたのか、さっき感じた怖さももう消えていた。

「別れ際に厭な気持ちにさせてすみませんね。お父上のご冥福とあなたの幸福をお祈りします」

織部は眉をハの字にしながら、申し訳なさそうに去っていった。それが作った表情なのか、心からのものなのかはわたしには解らなかった。

だけど織部を見送っても、わたしは待合椅子から立ち上がれなかった。

雪花さんはわたしが一人でできるように上手に導き、そして最後の最後に助けてくれた。お礼を言いたいのに、どうしてあなたはいないのだろう。わたしなんかがあなたのように誰かを助けられる日が本当に来るのだろうか。父を殺した代償があなたとの別れなら、今のわたしにはあまりにも重い。

解剖室の扉が開き、法医学者がわたしの方へ歩いてくる。しかしわたしの目から溢れ始めた涙は止まる気配を見せなかった。

［いいよ。］
織守きょうや

織守きょうや（おりがみ・きょうや）
1980年ロンドン生まれ。2013年『霊感検定』でデビュー。15年「記憶屋」で第22回日本ホラー小説大賞読者賞を受賞。同作に始まる〈記憶屋〉シリーズは累計60万部を突破している。21年『花束は毒』が第5回未来屋小説大賞に選ばれる。他の作品に『黒野葉月は鳥籠で眠らない』『響野怪談』『花村遠野の恋と故意』『幻視者の曇り空』『学園の魔王様と村人Aの事件簿』『悲鳴だけ聞こえない』『彼女はそこにいる』『隣人を疑うなかれ』『キスに煙』など多数。

扉イラスト／むつしゅ

「もらって。……持ってて、使っても使わなくてもいいから」

キーホルダーも何もついてない、裸のままの鍵を、清良の手に押し込むように握らせる。

合い鍵を渡すなんて、あたしにとってはプロポーズみたいなものだった。この国じゃまだ、あたしと清良は結婚できないから。

酔った勢いでなんて、覚悟が足りないかもと思ったけど、そうでもしなきゃいつまでたっても渡せない。

できるだけ何でもないように言おうと思ったのに、全然だめだった。手は震えてたし、声にも切実な感じが出ちゃってた。完全に重い女だった。

清良はあたしを見て、それから、押しつけられた手の中の鍵を見る。

今日も超絶可愛くて、こんなときまで思わず見惚れる。

いつもみたいに笑って、「いいよ」って言って。

＊＊＊

あたしが初めて清良に会ったのは、高校一年生の一学期だ。

入学して最初の中間考査が終わって、廊下に成績のランキングが貼り出された日、同じクラスの宮川と矢口が騒いでいるのを聞いて、あたしは順位表を見る前に自分の順位を知った。

「真凜、あんた二位じゃん！　すごくね」

「三浦勉強できたんだ、意外なんだけど」

まあねー、とか、意外ってそれ何気に失礼じゃね？　とか、適当に返事をする。

中学でも、だいたいいつも、一位か二位だった。成績が上位だと、ちょっとくらい素行が悪くても学校側が目をつぶってくれるから、茶髪とかパーマとかピアスとかスカート丈とか、好きなようにするために、成績は維持するようにしていた。勉強は嫌いじゃなかったし、親も、学校の成績と家の手伝いだけちゃんとしていれば、後はうるさく言わない方針だったし。

「二位かー」

入学一発目の試験で一位になっとけばインパクト強いから、今回結構頑張ったんだけどな。

「一位いけたと思ったんだけどなー」

「はあ⁉　何言ってんの贅沢すぎ。十分すげーよ二位」

「一位も女子だよね。ほら、二組のさ、弓道部の人。めちゃ美人の」

矢口が言い、あー、あの、と宮川が頷く。

「美人で成績トップとかもはや神でしょ。世界違う感じするよね」

弓道部の女子、と聞いて心当たりがあった。松風友梨佳だろう。同じ中学で、その頃も大抵あたしか松風が一位だった。いつのまにそんな有名人になったんだ。めちゃ美人……か？　まあ美人か。ちょっとダサ……地味だけど。今回の試験はあたしの負けかあ。

「なんだよーばーんと一位とって目立とうと思ってたのにさ」

そう言ったら、宮川に「むかつく！」と首を絞められた。

放課後、トイレでリップを塗って、髪を直して、教室に鞄を取りに戻る途中、廊下で松風を見かけた。

「あ。学年一位」

二組の教室に入ろうとしていた松風は立ち止まってこちらを見て、嫌な表情をする。だいたいいつもこういう表情だけど。眉間のしわ、くせになるよ。

「弓道部の美人が学年トップだって、うちのクラスでも噂の的なんだけど。どうしてくれんの、あたしの高校デビュー計画」

あたしが言うと、松風はさらにうんざりしたような表情になった。

「三浦、順位表見てないだろう」

ため息を吐いて、身体をずらすようにして教室の中を示す。

「私じゃない。あっちだ、一位は」

そちらに目をやると、窓際、前から二番目の席に、知らない女の子が座っていた。

肩を越す長さの髪と、華奢な首と顎。姿勢がいい。横顔しか見えなかったけど、横顔だけで十分だった。

「何あれやば、やっば！　かわ!!」

超可愛いんだけど。完全に負けなんだけど。

思わず声が出た。あたしは二組の教室の入口に手をかけて、教室の中へ身を乗り出す。声がでかい、と松風が顔をしかめ、窓際の彼女もこちらを見た。

廊下の先にいた男子生徒まで振り返っている。あ、やば、とあたしが首をすくめて愛想笑いを向けると、彼は不審げな表情でこちらに背を向けて歩いていった。

いやでもこれは仕方なくない？　だって「何事⁉」ってレベルで可愛いよ。

入口で止まっていた松風が歩き出し、教室に入る。二組の教室に他に残っている生徒はいなかったから、「お邪魔しまーす」と一声かけてあたしも続いた。松風が、何でついてくるんだ、という目で見るけど、気にしない。

二人で窓際の席へ近づくと、彼女はなんだか不思議そうな表情をしてあたしを見ていた。

「筧(かけい)の容姿を誉(ほ)めていたんだ。さっきのは」

松風がご丁寧に「やば」「かわ」を解説する。

「え、その通訳要る？」

「わかっていない顔をしてただろう」

「いや、誉められたのはわかっているよ。驚いただけで」

筧と呼ばれた彼女が、するりと言葉を滑り込ませる。見た目から想像していたよりもハスキーな声だ。落ち着いた、なんていうか、夕暮れの図書館みたいな声だった。

「ごめん、うるさかった？」

あたしの問いかけに、彼女は、いや、と首を横に振った。まっすぐな髪が、さらさら揺れる。

「お姫様みたいだなと思って見ていた」

「あたし？　お姫様みたい？」

口調は上品で大人っぽいのに、何か語彙というか、言葉のチョイスが可愛い。

あたしが自分の鼻先を指して訊くと、彼女はうん、と頷いた。

「目が大きくて茶色でまつげがくるっとしているところとか、髪がふわふわして可愛いところとかが」

「えっ嬉しぃ！　ありがとお」

超嬉しい。いい人かも。この人好きかも。可愛いし。いい人って思ったら、ますます可愛く見えてきたし。

隣にいる松風の袖を引いて「いい人じゃん！」と言った。松風は心底面倒そうな表情であさっての方向を向いている。

あたしは座ったままの彼女に向き直った。

「あたし、一組の三浦真凜。よろしくね」

「筧清良。よろしく」

髪も肌もつるつるで、近くで見たらますますきれいだ。全身から漂う空気がもう違う。参りましたって感じ。でも、不思議と、悔しいとかうらやましいとかは感じない。

一目見て負けたって思っちゃったけど、考えてみたら、別に戦う必要はない。仲良くしたほうが楽しい。

あたしはこの子と、仲良くしたい。

「真凜って呼んで。清良って名前もきれいだね。あたしも名前で呼んでいい？」

「……そんな風に呼ばれたことはないな」

「あ、ダメ？」

いや、いいよ、と清良は答えた。

松風は何か言いたげにしていたけれど、何も言わなかった。

＊＊＊

「合い鍵渡すなんてさあ、裸見せるようなもんじゃん」

ポテトをつまんだら特別長いやつだった。つまんでちょっとくるくる回してから、二つに折って口の中に放り込む。

横でカフェラテを飲んでいた松風が眉根を寄せた。

「何の話題だ」

「うちのクラスの矢口のお兄ちゃんが彼女の部屋の合い鍵もらって、入り浸っちゃって家に帰ってこないんだって。半同棲(どうせい)、みたいな？」

塩と油の味のする指を舐(な)める。クリアピンクのネイルが油で光っている。

紙ナプキンで油を拭いて、いちごシェイクのストローに口をつけた。

「いつでも全部見ていいよって……ちょっとわかんないんだよなーその感じ」

「裸は見せていいんじゃないのか。恋人なんだろう」

「そういうのとも違ってえ……うーん、なんだろ、裸っていうより頭の中？　見られる感じが何かやだ」

松風の向かい、あたしの斜め向かいで紙コップのふたを外してカプチーノに息をふきかけていた清良が、ああ、と小さく頷く。

「確かに私も、本棚をしげしげ見られるのは、頭の中を見られているみたいで落ち着かないかもしれない」

「でしょ⁉ たぶんそういう感じ！ プライバシーな部分はそっとしときたいし、しといてほしいんだよね」

我が意を得たり、ってやつだ。あたしは親指と人差し指の付け根で挟んだポテトを一振りして、ポテトで人を指すのは失礼だなと気づいて口の中に放り込んだ。

清良と知り合って二か月で、私と清良と松風はこうして、三人で放課後に寄り道をするくらいの仲になった。清良と松風が、弓道の備品を買いに行くとか、部活の関係で一緒に出掛ける用事があると聞いて、あたしがついていったり後から合流したりして、「ついでにお茶しようよ」と半ば強引にファストフード店に連れ込んだのがはじまりだ。

松風は最初のうちは迷惑そうにしていたけど、来るなとは言わなかった。今では諦めたみたいだ。清良は最初のころも今も、楽しそうにしてくれている。自分からいっぱいしゃべったりはしないけど、じっとあたしを見て話を聞いてくれる。

「彼氏ができても、一緒に住むとか絶対無理。部屋に入れるのもやだもん。自分の部屋でくらい、ゆっくり気兼ねなく過ごしたいしさ」

「相手が好きな人なら違うんじゃないのか」

松風が意外そうに言った。あたしにとっては、松風の口からそんなロマンティックなセリフが出てきたことのほうが意外だ。

「好きでもさ、男の人ってあたしたちとは何か違うじゃん。隠しときたいこととかあるじゃん。好きだからこそってていうの？　まぶたぐーってあげてアイライン引いてるとことか見せたくないし」

ちゅうっとシェイクを吸った。あたしが甘いものと揚げ物を一緒に食べていると、ママは「そんなことできるの十代のうちだけだからね」なんて言う。ピザにコーラを合わせているときなんかも。今のうちだと思って、あたしはじっくり人工的な甘さを楽しむ。

飲んだことないって言うから清良に一口あげたけど、好みに合わなかったみたいだ。あと、シェイクが硬くて吸うのに苦労していた。

あたしはいちご味も好きだけど、初めて飲む人にはバニラかチョコのほうがよかったかも。今度そっちも注文して一口あげよう。

「結婚するとしても別居がいいな。そのほうがさ、恋人感覚が続きそうじゃない？」

それも一つの考え方だろうな、と松風が言って、清良も頷く。でも、清良は頷くとき、ちょっと視線をずらしていた。

「楽しくない？　恋バナ」

つい訊いてしまった後で、あ、これじゃ責めてるみたいに、嫌味な感じに聞こえたかな、と思ったけど、清良が気を悪くした様子はない。ゆるりと首を横に振って、さらさらの髪を揺らした。もう何度も見ているけど、この仕草には見惚れてしまう。

「こうして話すのが楽しくないわけじゃないよ。でも」

清良は一度言葉を濁してから、実は、と言いにくそうに口を開いた。

「よくわからないんだ。話の内容としては興味深いと思うから聞いているのは楽しいけど、共感できないから一緒になって盛り上がれない」

「そっかあ」

ちょっと残念なような、納得したような。目を輝かせて自分の恋について語る清良は想像できない。きっと可愛いだろうけど。

まあ、あたしと松風が話していた内容も、厳密には恋バナと言えるか怪しいところだ。

「コイバナ、ではないんだけど、この間、別のクラスの知らない人に一緒に帰りませんかと言われて困った」

そういえば、というように清良が言った。彼女からこういう話題を提供してくれるのは珍しい。当然あたしはテーブルに乗り出すようにして食いついた。

「え、それ、告られたってこと？」

「そうなのかな。わからない。断ったから」

つきあってくださいじゃなく、一緒に帰りませんかというのは、ずいぶん遠回しというか、ふわっとしている。その誰かにしてみれば、ハードルを下げたつもりだったんだろうか。

一緒に帰るのは第一段階で、もし清良がそれに応じていたら、歩きながら告白するつもりだったのかもしれないけど、その人は第一段階をクリアできなかったわけだ。

「その後、普通に教室を出てしまったら、その彼と帰り道で一緒になってしまう可能性があると思って、気まずいから、用もないのに図書室で時間を潰してしまった。部活のない日だったのに」

うちの学校は、運動部がそれほど盛んじゃないから、活動は週二日から三日で、弓道部は月・木・金曜日が活動日だ。だからあたしがこうして清良と松風と遊べるのも、火曜日と水曜日だけだったけど、あたしは部活動はしていないけど、月・木・金は家の手伝いがあって遊べないからちょうどいい。

大変だったね、とあたしが言うと、清良は小さく頷いてカプチーノを飲んだ。

そのときのことを思い出したのか、なんだかちょっと疲れた表情をしている。

脈ありかどうかを確認するための「一緒に帰ろう」だったのかな、とあたしはシェイクを吸いながら考える。でも、知らない相手でも、一緒に帰るくらいなら別にいいか、と考える人ばかりじゃない。男子と一緒に帰ることは、つきあい始めてからすることだ、と清良が考えているなら、手順をすっ飛ばしていきなり一緒に帰ることはありえないだろう。

じゃあどうすればよかったのかというと……あたしだったら、友達になろう、から始めるかな、と思うけど、距離を縮めて自分を知ってもらった後でふられるほうが、もしかしたらつらいのかもしれない。

一緒に帰るのを断られただけで、はっきり告白してふられたわけではない、ということで、彼のダメージは軽く済んだんだろうか。

「部活や、用事があるから、と断っても、終わるまで待つと言われてしまったことがあって……それからは、建て前は言わずにはっきり断るようにしているんだけど」

この口ぶりからすると、男子からそういう誘いを受けるのは今回が初めてではないらしい。これだけぶっちぎりで可愛いと、逆に声をかけにくくて遠まきにされるんじゃないかと思っていたから、ちょっと意外だった。皆チャレンジャーだな。

「きっぱり断り続けていれば、そのうち静かになるんじゃないか」

「断るのも胆力が要るんだ」

「うーん、そうだよねえ」

松風の言うとおり、告白されるたびに断り続けていれば、いずれは、「筧清良には声をかけても無駄」と学年中に広まるだろう。でも、それまでに清良が疲れ切ってしまいそうだ。

あたしは椅子にもたれて首をひねる。

「あ、そうだ！」

いいこと思いついた！

「ならさ、今度から、あたしと一緒に帰ったらいいじゃん」

どういう流れだ、と松風が言うのが聞こえたけどスルーする。

「これからは、誰かに誘われてもそれを理由にして断ればいいよ。別の人と一緒に帰る約束してるからって……あ、それか、恋人がいますって言っちゃうのは？」

話している途中にさらなる名案を思いついて提案する。

天才じゃね？　と思ったのに、清良は戸惑った表情だ。

「嘘（うそ）をつくのは……」

「じゃあじゃあ、あたし、清良の恋人になる」

するっと口から飛び出した。自分で言った後で、え、あたし天才じゃん⁉　ってなった。名案すぎる。

あたしも、恋人って興味あったし。クラスの男子とか、誰のことも好きじゃなくて、一緒に帰ったりご飯食べたりしたいと思ったことないから無理だなーと思ってたけど、清良なら、どっちもいつもしてることだし。毎日だってしたいし。手つないだりデートしたりも、清良とだったらちっとも嫌じゃない。

「あたしのこと、恋人にしてよ。ね？　それだったら嘘じゃないじゃん」

は、と松風が間抜けな声を漏らす。

清良は驚いた表情をしていたけれど、少ししてから、顎先に拳をあて、思案顔になった。なるほど……と呟く。「前向きに検討中」の表情だ。

いや、なるほどじゃないだろう、と松風が突っ込んだけど、清良は数秒考える素振りを見せた後、答えた。

「そうだね、いいよ」

「やったー！　これからよろしくね！」

手を握ろうとして、指が塩と油味になっているのに気づいて差し出した手を引っ込める。ウェットティッシュで拭いてから、改めてぎゅっとした。さっきまでカプチーノの紙コップを持っていた清良の手は暖かいけど、さらっとしている。清良はこちらこそ、と言ってにこっと笑った。

わーい可愛い。

本気か、と松風が、呆然と呟くのが聞こえた。

＊＊＊

昼休み、教室でお弁当を食べてるとき、そういえばさ、と宮川が思い出したように言った。

「例の学年一位の筧さん、彼氏いるらしいね」

「あのめちゃ美人の。まあ、そりゃそうかって感じじゃね？」

「でもちょっと意外かも、何か、あの人、そんな感じしなくない？　そういうことには興味ありませんみたいな……浮ついてないっていうのかさ。澄み渡る湖！　みたいな感じ」

わかる、と頷きながら、あたしは笑っちゃいそうになるのをこらえる。

彼氏じゃないよ。可愛い彼女。ていうかあたしだし。言わないけど。

「何笑ってんの、きもいよ」

こらえられてなかった。宮川の容赦ないツッコミを受けて、あたしは表情を引き締める。

咳払い（せきばらい）をして、弁当箱からいわしの生姜煮（しょうがに）をとって口に運んだ。ママが毎朝作ってお店に出してる残りだけど、売り上げ上位に入る人気のお惣菜（そうざい）だ。今日もおいしい。

「まじキレーだもんねえ彼女。彼氏も絶対イケメンだよ。うちの学校じゃないよね」

「ないっしょ、やっぱ年上じゃん？　大学生とか」

「いいなーあたしも彼氏ほしー」

宮川と矢口がそれぞれ勝手なことを言ってるのを聞きながら、あたしは一人、笑いをかみ殺しつつお弁当を食べる。

清良はお弁当何食べてるのかな、とふと思った。おかずは何が好きなんだろ。

松風は同じクラスだから、授業中も清良を見られるし、お弁当も一緒に食べられていいなあ。

「何、三浦、さっきから静かじゃん」

「んー、恋人と一緒にお弁当食べるとか憧れるなって考えてた」

「乙女かよ」

「えー、よくない？」

宮川と矢口と食べるのも楽しいからいいけど、とつけ足したら、「可愛いこと言いやがって」と「仕方ないみたいに言うな」と、正反対の反応をされる。

あたしは二人に、生姜煮を一切れずつ分けてあげた。二人とも、「うまっ」ってびっくりしていた。いつでもお店に買いに来てね、と宣伝しておいた。

友達と食べるお弁当もおいしい。けど、清良とも一緒に食べたい。何が違うのかな。何も違わないかな。

今日は火曜日だから、後で会えるけど。早く会いたいな。


おかずを宮川たちにあげちゃったから、放課後になるとちょっとおなかがすいていた。

あたしの提案で、今日はミスタードーナツに寄り道することになった。あたしは二個、清良と松風は一個。あと、三人とも、おかわり自由のカフェオレ。

おやつは紅茶とマカロンって感じの清良が、ミスドの丸っこいカップでカフェオレを飲んで、ポン・デ・リングをちぎっているのが新鮮だった。ドーナツと清良の組み合わせはべらぼうに可愛い。たぶん干物食べてたって可愛いけど。いや絶対可愛いけど。

おなかがすいていたはずなのに、一個目の途中でドーナツを食べる手が止まるくらい、清良が可愛い。

じっと見てたら、清良が優しく「何？」って感じでこちらを向いたから、

「あたしの彼女超可愛いなと思って見てた！」

正直に言ったら、松風がカフェオレを噴き出した。

「ありがとう。真凜も可愛いよ」

「きゃーやったあこれからも頑張るね！」

松風は何も言わない。うんざりした顔で、紙ナプキンをとって口を拭いている。

あたしと清良が恋人になったことは、松風以外には秘密だ。

あの日、その場で手をつないで「恋人になりましたー」と報告したあたしたちを、松風は信じられないものを見る目で見ていた。「ドン引き」って顔に書いてあった。次の日に会ったときは、あたしたちの恋人ごっこが冗談なのか本気なのか、はかりかねている、って感じだった。会うたびあたしと清良がお互いを恋人として扱うから、松風はだんだん苦虫を嚙(か)みつぶしたような顔になって、今では「虚無」って感じだ。そのうち慣れると思って放っておいている。

「そういえば、うちのクラスの子が噂してた。清良に彼氏がいるらしいって」

彼氏じゃないのにね、とあたしが言うと、清良はロゴ入りカップに優雅に口をつけて、「ね」と応じた。あ、今の「ね」は可愛いぞ。

「つきあっている人がいるから、って断ったからかな」

「そのたび、どこの誰か知らないか、って私が訊かれるんだ。本人に訊けって言ってるのに」

「私も一度訊かれたけど、秘密だって言っておいたよ」

それで相手があきらめたなら、恋人になった甲斐(かい)がある。役に立てているみたいだ。

「一組でも噂になっているのか……皆よっぽどコイバナが好きなんだな」

「清良は可愛いから、注目されちゃうよね。でも恋人がいるって話が一度広まれば、もう皆気にしなくなるよ」

こいばな、って言い慣れてない感じの発音も可愛いなと思いながら言った。

「誰が誰とつきあってるとか、ほんとは皆、そんなすごい興味津々ってわけじゃないと思うんだよね。その瞬間盛り上がるだけで、あんまり同じ話題引きずらないし、結局、誰の噂してても、最後は『あたしも彼氏ほしー』で終わるし」

「ああ、二組の女子もそうだ。……そういうものなのか」

清良はカップを置いて、ちょっと考えるように顎先に拳を当てた。あたしは、この仕草よく見るけど、やっぱり可愛いな、と思って見ていた。

「もちろん考え方は人それぞれで、何が普通とは言えないだろうけど、思った以上に、交際相手がほしいというのが一般的な考えらしいことに驚いたというか……困惑しているというか」

そういえば、清良は恋とかそういうのはよくわからないって言ってたな、と思い出した。

あたしと恋人になったのも、それがどういう感じか知りたくてOKしてくれた、っていうのもあるかもしれない。

恋のドキドキ……はさすがに無理でも、何かちょっとうきうきする感じとか、清良がちょっとでも体験できてたらいいけど。あたしばっかり楽しいんじゃ、何か申し訳ない。

「んーとね……あたしのまわりの子たちを見てる限り、なんだけど」

うまく説明できるかな。考えを整理して言葉を選びながら口を開いた。

「彼氏ほしーっていうの、何かそういう鳴き声みたいになってるけどさ、それって多分、誰でもいいからつきあいたいとかじゃないんだよね。イケメン求む！　とかそういう話でもなくて」

宮川とか、矢口とか、「彼氏ほしー」が口癖の子たちの顔を思い浮かべて言う。

「たぶんさ、あの子たちも、漠然とデートしたりキスしたりする相手がほしいってわけじゃなくて、そういうことを一緒にしたいと思えるくらい、誰かを好きになりたいなってことなんだと思う。最初は『ちょっといいかも』くらいだったのがつきあい始めてから本格的に好きになる、ってこともあるだろうし、そういうのも含めてね」

恋人がいると楽しい。だから「彼氏ほしい」は嘘じゃない。でも、皆、誰でもいいわけじゃない。

「好きな人がほしい……恋をしたい、という意味か。なるほど。それなら少しは理解できる気がする」

清良は頷きながら言った。

「してみたいって思う？　恋」

「いや、特には」

「そっかあ」

あたしは二個目のドーナツの残り半分、苺(いちご)チョコレートのところにかぶりつく。甘いドーナツにお砂糖なしのカフェオレ、天才だ。口元についたチョコを拭っていると、清良が「おいしそうだね」と笑った。

「これあたしのイチオシなんだ。食べる？」

「ありがとう、今はいいよ。今度来たときはそれにする」

あたしの好きなのを食べてみたいって言ってくれるのも、また来る前提で話してくれるのも嬉しい。胸がきゅーんとなって、もう一口かじったドーナツの味はよくわからなかった。でも、なんだかおいしい気がした。

清良もカフェオレのカップをとって口をつけてから、

「コイバナ好きな人たちに、共感するところまではいかないけど……」

そう言って、ちらっと松風を見て、またあたしに視線を戻す。

「でも、真凜のおかげで、恋人がいると楽しいんだなということがわかったからね。恋をしたい、恋人がほしい、という気持ちはちょっとわかる気がするよ」

ほんとに？　と言いかけて、口の中のドーナツを急いで飲み込んだ。

「よかったー！　あたしばっかり楽しかったら悪いなって思ってたんだ」

「そんなことないよ。とても楽しい」

嬉しくなってえへへーと笑ったら、清良も笑い返してくれてさらに嬉しい。

松風が、なんだこの会話、と呟いたけど、これは照れ隠しだ。あたしたちがいちゃいちゃしていると、松風のほうが照れくさくなってこういうことを言うのだ。可愛いやつめ。

「デートとかしようね！　買物とかー遊園地とか」

うん、と清良はカップに手を添えて頷く。

「あとさ、お弁当！　あたしともお弁当食べよ。昼学校で一緒に食べてたら目立っちゃうかもだから、休みの日に公園とかでさ。あ、土曜もたまに部活あるって言ってたよね、その前とか後とか」

お弁当、あたし作るし！　と胸を叩いてみせたら、松風が「料理できるのか」と意外そうに言った。

「できるよ！　特技は三枚おろしだもん。あと干物作り」

「渋いな……」

「ギャップ萌え狙ってんの」

清良がカップを持ち上げて言った。

「魚は好きだよ」

「あたしも！」

部活のある土曜は第二土曜日だけで、午後二時からだと松風が教えてくれた。来週だ。部活が始まる前に学校で会って、空き教室でお弁当を食べることになった。

何を作ろうか、今からわくわくしてしまう。うちにはいつも作り置きのおかずがたくさんあるから、ご飯と一緒にお弁当箱に詰めるだけでお弁当が完成しちゃってたけど、清良に食べてもらうんだからちゃんと全部自分で作ろう。

「松風も来るでしょ？」

「私はいい。デートなんだろう」

「水臭いこと言うなってー」

遠慮すんなよ、と肘(ひじ)でうりうりと腕の辺りをつついたら、松風は本気で迷惑そうな表情をした。

楽しみだな、と清良が、静かな声で無邪気に言った。

＊＊＊

あたしの家の魚屋がいちばん忙しいのは朝のうちで、午後は、明日の配達分の魚の準備とか、惣菜用の加工とか、店や調理台の片づけが主な仕事だ。店の前にはパックに詰めたお惣菜が並べてあるし、ガラスの扉つきの冷蔵ケースには鮮魚も陳列しているけど、お客さんの数は多くない。だから午後からは、あたしが店番をすることもある。

顔なじみのお客さんがお惣菜を買ってくれて、「まいどー」なんて手を振って見送っていたら、うちの制服を着た女の子が店の前を通りかかった。

姿勢いいなあ、細いなあ、あ、清良と同じ髪型……と思って顔を見たら、清良だった。

ほとんど同時に清良のほうもこちらを見て、あ、というような表情になる。

「真凜？」

「清良だ。偶然！　あれ、今日部活は？」

「今日は施設の都合で休みなんだ。ちょっとこっちに用があって」

外で偶然会えると何か嬉しいね、とあたしが言うと、清良は「そうだね」と目元を和らげた。

お姉さんっぽい笑い方なんだけど、でもほんのちょっとだけ照れてる感じなのが可愛い。

「真凜は？　アルバイト？」

「あ、ここ、あたしの家。週三で午後だけ手伝いしてるんだ」

防水のエプロンに長靴、髪はうしろでくくって、頭にタオルを巻いた格好なのを思い出した。

あと私、今、絶対魚のにおいするな。

さりげなく距離をとろうとして、店先がすでに魚のにおいなのに、あたしだけ離れても意味ないな、と思い直す。

「かっこいいね」

あたしがタオルの下から前髪を引っ張り出していたら、清良がさらっと言った。

「え？　そう？」

「うん。いつもと感じが違って新鮮だし、それに、前髪をあげていると、顔がよく見えていいね。……あ」

すっと手を伸ばして、清良が、あたしの頬の高いところ、下まつげのすぐ下のあたりを撫でる。

触れるか触れないかくらいの、優しい手つきだった。それなのに、そこから何か流れ込んだみたいに、全身がぶわっとなった。猫のしっぽがふくらむときみたいに髪の毛と体中のうぶ毛が立った気がしたけど、もちろん錯覚で、あたしはただ棒立ちになっていただけだった。

固まってるあたしに気づいてもいない様子で、清良は手を引っ込めて、あたしに触れた指先を見る。

「……うろこ」

コンタクトレンズかと思った、と小さく呟いた。

清良の細い爪の先に、剝がれた魚のうろこがくっついている。

あたしの顔についてたのをとってくれたんだと、やっと気がついた。

「ごめん。勝手に触って」

「う、う、ううん。全然いいよ」

いつもみたいにできない。動揺しすぎでしょ、と自分にツッコミを入れながら、なんとか笑顔で言った。

「ありがと」

清良はにこ、と笑って、手を下ろし——あ、指にうろこ、ついたままだ——、さらさらの髪を揺らして歩き出す。

「じゃあまた、学校で」

あたしはうん、と答えて見送った。

心臓がドキドキしていて、なかなかおさまらない。

え、なんで？

＊＊＊

第二土曜日、十二時に、二組の教室で待ち合わせをした。

土曜日だから、当然、教室にはほかに誰もいない。

松風もいなくて、二人きりだった。

あたしがお弁当を入れたバッグを机に置いてきょろきょろしていたら、

「松風は遠慮するそうだ。デートの邪魔はしないって」

気をつかわせてしまったな、と清良が苦笑する。

「えー三人分作ってきちゃった」

「じゃあ、私がもらってもいいかな。夕食にするよ」

「いいけど、同じおかずになっちゃうよ」

「いいよ」

家にごはんあるんじゃないの？　って訊きそうになって、やめた。家に夕食が用意してあるなら、お弁当を持って帰るとは言わないんじゃないかと思って。

「今日は家政婦さんが来ない日だから、ちょうどいいんだ。何か買って帰らなきゃなと思っていた」

「そっか。ならよかった。でも食べる前からそんなこと言っちゃって大丈夫？」

笑いながらお互いに椅子を引いて、向かい合って座った。清良は自分の椅子に。あたしは、その一列前の席の誰かの椅子に。

清良のごはんは、家政婦さんが作ってるんだ。清良が家のことを話すのは珍しくて、ちょっとドキッとした。自分のことを話してくれるのは嬉しい。でも、あたしから、あれこれ訊くのも違う気がする。

タッパーに三人分のおかずを詰めて、ごはんはおにぎりにしてきた。中身はおかかと昆布。全部バッグから出して机の上に並べる。

あたしが「じゃーん」とタッパーを開けると、清良は目を瞬かせて「すごいな」と言った。

「おいしそうだね。すごく」

「魚が好きって言ってたから、魚多めにしたんだ。自分でも茶色っぽいおかずばっかりだなって思ったけど、味が大事だもんね」

紙コップを並べて、魔法瓶の蓋を開ける。こっちも自信作だ。

「それは、お茶？」

「これはねえ、味噌汁（みそしる）。朝の味噌汁を多めに作って入れてきただけだけど、魚のアラで出汁（だし）とってるからおいしいよ」

コップに注いで渡すと、清良は顔を近づけて湯気を吸って、嬉しそうな表情をする。

「学校で温かい味噌汁が飲めるとは思わなかったな」

あたしが自分の分の味噌汁を注ぎ終わるのを待って、清良は割り箸を手にとった。

いただきます、と言って、鮭（さけ）の竜田揚げを口に運ぶ。

何度も味見したし、失敗しないように、見栄えより味重視で作り慣れたものを詰めてきた自信はあったけど、やっぱりちょっと緊張した。

「おいしいよ。ほっとする味だ」

清良がにっこり笑ってそう言ってくれたから、ほっとする。

「よかったあ。あたし、いいお嫁さんになれるっしょ！」

自分のぶんの割り箸に手を伸ばしながらそう言って、あ、と気がついた。

「ごめん、今のなし。お嫁さんは料理できなきゃダメみたいだもんね」

清良は目を細めてあたしを見た。

味噌汁の湯気の向こうにあるせいで、清良の顔は何かのエフェクトがかかったみたいにゆらゆらしてきれいだった。

そのきれいで可愛い人が、あたしをじっと見ている。

「料理の腕については置いておいても、真凜と結婚したら毎日楽しいだろうな」

「結婚する⁉」

いいよ！　と、ちょっと食い気味にあたしが言ったら、清良は笑って「今でも毎日楽しいよ」と返してくれる。

本当はドキドキしていた。普段どおりにおしゃべりしたし、すごく楽しかったけど、あたしは何故か、ずっと、ちょっと緊張していた。

いつもは、あたしがこういうことを言うと、松風がつっこんでくれる。でも今日は二人きりだ。誰も見ていないのに恋人っぽいムーブをするのはなんだか恥ずかしいような気がした。でも、恥ずかしがっていつも通りにしないのも、それはそれで恥ずかしい。

お弁当を食べ終わって、清良が持ってきてくれたお菓子を二人で食べた。

手のひらにのる大きさの立体的な花の形の焼き菓子で、真ん中にクリームが絞ってある。

「可愛い」

「好きそうなのを探したんだけどわからなくて、結局イメージで選んでしまった」

「あたしこんな可愛いイメージ？」

「うん」

松風がいてもいなくても、清良の態度は変わらない。むしろ二人だと、拡散しない分逃げ場がなくて、直撃をくらって、威力が増してる感じがする。

にやけちゃいそうなのをなんとか隠して、松風の分だったおかずの残りをタッパーに並べ直して、空いたところにおにぎりを包んでいたアルミホイルを詰めた。

それを宝物みたいに抱いて、清良は部活に行った。

「大事に食べるよ。ありがとう」

今日は本当にごちそうさま。

弓道場の前でそう言った清良は、間違いなく、世界一可愛かった。

可愛いことはわかってたのに、昨日だって今日だって可愛いと思ってたのに、改めて、新鮮な気持ちで、その可愛さに感動した。

この人にうんと優しくしたい。いっぱい喜ばせたい。笑っていてほしい。

あたしのこと、好きになってほしい。

＊＊＊

月一の第二土曜日の部活の前、あたしと清良は一緒にお昼を食べるようになった。お弁当を作っていくのと、学校の外のどこかのお店で食べるのとが半々くらいで、松風を誘うこともあったけど、たいていは断られた。

今日も、楽しくランチデートを終えて、じゃあね、部活頑張ってね、と清良を見送る。いつもならこのまま帰るんだけど、今日のあたしには使命があった。

弓道部では、練習のたび袴に着替えているわけじゃないけど、土曜日の練習のときには弓道着を着て練習をするらしい。あたしはそれを知って、今日こそ弓道着姿の清良を一目見よう、あわよくば隠し撮りしようと心に決めていた。

体育館の隣にある弓道場の建物の陰に隠れて、スマホを握りしめて待ってたら、数メートル先から、着替えを終えた清良と松風が歩いてくるのが見えた。二人とも、白と紺の弓道着姿だ。清良は髪をひとつにまとめていて、凜々しくて、すごくかっこいい。尊い、ってこういうときに使う言葉かも。引きとズームで連写したいところだけど、さすがにシャッター音でばれそうだ。

松風も、背が高いからか、袴のほうが制服より似合っている気がする。

二人が近づいて、会話が聞こえてきた。

「……作ってくれたんだ、すごくおいしかったよ。今度から人に好きな食べ物を訊かれたらお好み焼きと答えようと思う」

「それはよかったな」

あたしが作ってあげた、海鮮お好み焼きの話だとわかった。そんなに気に入ったんだ。よかった。また作ろう。

まだ開始時間前で、先輩たちも来ていないらしい。二人は急ぐ様子もなくおしゃべりしながら靴を脱ぎ始める。

「かいがいしいな。本物の恋人みたいじゃないか」

清良はそれには答えなかったけど、

「いつまで続けるんだ」

松風が言うのが聞こえて、どきっとした。

「筧に恋人がいるって噂はもう大分広まったんじゃないのか。断る口実なら十分だろう」

そうだね、と清良はゆったりとした口調で返す。

「もともと、私をよく知らないまま、顔の造作が好みだとか、雰囲気だとか、漠然とした憧れのようなもので声をかけられることが多かったから、それほど深く調べられることもないだろうし」

「それを言うなら、三浦もそうだろう」

練習場に入ってからじゃ話しにくいことを話しているからだろう、二人は靴脱ぎ場で立ち止まったままだ。

スマホを持った指先が冷えていた。

隠れてるから、あたしに二人の顔は見えない。清良が今どんな表情をしてるのか、わからない。

「好きになってもらえて嬉しいし、楽しいよ。でも、そうだね。好かれているのは想像の中の、理想化された私なんだろうということもわかっているから」

「わかっていてそのままにしているおまえにも責任がある。というか、この件についてはおまえの責任のほうが重いぞ」

わかってるだろうが、と松風が言って、わかっているよ、と清良が答えた。

「はっきり言ってくれる人がいるのはいいね。持つべきものは親友だ」

清良の声は穏やかで、表情も想像がついた。多分笑ってる。松風は、笑ってる清良を見て、仏頂面をしてるはず。

二人は弓道場に入っていったらしく、やがて話し声は聞こえなくなった。

どうしてだか動けなかった。

別に、蔭口（かげぐち）を聞いたわけじゃない。二人の態度が、あたしといるときと違っていたなんてこともない。でも、何故だか、なんだか、よくない感じで心臓がドキドキしていた。

清良が松風を親友と呼んだこととか、いつまで続けるんだって質問の意味とか、それに清良が答えなかったこととか、いろんなことが頭を回って、自分が何にショックを受けているのかわからなかった。

靴脱ぎ場に人の気配がして、すぐに練習場に入っていく。騒がしくなって、また静かになって、を何度か繰り返して、やがて練習開始時間になったんだろう、入口の戸が閉められた。練習場のざわめきが遠くなる。

誰もあたしには気づかなかった。

あたしは一人で、しばらくの間そこに立ったままでいた。

＊＊＊

「松風は清良と同じクラスでいいなあ」

机に肘をついて、手のひらで頬を潰しながらあたしが言う。松風は嫌そうにこちらを見た。いつものことだから、あたしもいちいち傷ついたりはしない。

「二人のときってどんな話してるの」

めげずに訊いたら、面倒そうに、でもちゃんと答えてくれる。

「ほとんど部活の話だよ」

「事務連絡みたいなことばっかりじゃないでしょ。清良は松風のこと、親友だって言ってたし」

あたしにそう言ったわけじゃないけど、聞いたのだ。

松風はちょっと躊躇するように黙ってから、

「まあ、たまに相談みたいなものをされたりすることはあるかな」

と言った。

頼ってもらえるの、いいなあ、と思いながら、「相談って、どんな?」と畳みかける。松風は、さらにまた少しの間黙ったけど、あたしがじっと目を逸らさないでいたら、観念したように口を開いた。

「……恋とは何なのか、とか?」

「何それ！　いいなー！　あたしだって清良の恋バナとか絶対聞きたいのにっ」

がたんと椅子を鳴らして立ち上がったあたしに、松風は、「だから言いたくなかったんだ」というように息を吐く。あたしも、聞き出しておいてこれはないなと思ったから反省して、おとなしく座り直した。

松風はちっとも悪くない。松風ばっかりずるい、なんて思ってしまうあたしが間違ってる。そもそも友達に一番とか、順位なんてつけるものじゃないよね。わかってるけど、でも、そっか、松風にはそんな話もするんだ。そっか……。

親友だもんね、と呟いて、自分の声が思っていた以上にしょんぼりしていてびっくりした。

これじゃ、落ち込んでるみたいだ。あたしは落ち込んでるのかな？　松風のほうが清良と仲良しだから？

え、私、笑っちゃうくらいちっちゃいな。さすがに松風も本気で呆(あき)れたかな。松風に呆れられるのなんて、いつものことだけど。

「おい」

呼ばれて顔をあげたら、仏頂面じゃない、なんだかちょっと困っているような、どうしようか迷っているような、松風の顔があった。

「おまえは筧の親友になりたいのか？」

何でそんなことを訊くんだろう。

そりゃ……と言いかけて、あれ？　と思った。

親友、特別親しい友達、一番の友達。

松風のことがうらやましいのは間違いないけど、清良にとっての松風になりたいのかと言われると、それは違う気もする。

答えられずに詰まったあたしを見て、松風が言う。

「恋とは何か、なんて、私に訊かれても荷が重いけどな。とりあえず、筧が私にそういう話をするのは、私が筧の友達だからだ。親友と言ってもいいけど」

そこでいったん止めて、視線を泳がせる。言葉を探しているようだ。

「要するに、今まさに自分が恋してるか、自分に恋してる相手には、恋の話なんてできないってことだ。私はそうじゃない。恋愛相談を受けるのは友達の特権なんだ」

なんでそんな当たり前のこと、と思うのに、軽く口を挟めなかった。

松風がその特権を自慢したいわけじゃないのはわかる。でも、どうしてあたしにこんな話をするのかはわからない。

わからないから、不安になった。本当にわからない？　って、自分の声が頭の奥で聞こえた気がした。

何も言えずにいるあたしを見て、松風は目を逸らす。

「こんなこと、言いたくて言ってるんじゃないんだからな」

嫌そうに言い訳をするのがおかしくて、思わず口元が緩んだ。

「わかってる。松風はいいやつだね」

あたし、松風も好きだよ、と言ったら、松風はますます嫌そうな表情になった。でも、本当だ。

「松風といるの楽しいし、面白いやつだって思うし。でも、触りたいとか、声聞きたいとか、そういう風には思ったことないんだ」

「私は筧に対しても、そういう風には思わない」

すぐさま、松風が言う。

「だから安心しろ、って話じゃない。私の気持ちじゃなくておまえの気持ちだ、本題は」

逸れそうになった話題を元に戻して、突きつけてくる。

容赦ないな。ちゃんと考えろってことだな。逃げないで。

「親友には、恋の悩みも打ち明けるものだ。だから、筧の親友は私だ。……意地悪で言ってるんじゃないからな」

あたしがわかってるって、と苦笑するのをスルーして松風が、「三浦は、恋バナ恋バナってよく言うけど」と続ける。

「三浦は筧に、恋の相談をされたいか？」

そしてとどめを刺すみたいに、

「三浦がなりたいのは、親友なのか？」

改めて訊く。あたしを見て。

私にはそう見えない、と、最後に一言つけ足した。

＊＊＊

次の第二土曜日まで待てなくて、日曜日に二人で会いたいって言ったら、清良は「いいよ」と言った。

これまで、清良に誘いを断られたことはない。あれをしたい、これをしたいっていうお願いも。普段から無茶なお願いはしてないつもりだけど、形の上だけでも恋人だから、特別扱いされているのかもしれない。そう思うと嬉しい反面、ごっこじゃない恋人同士だったら違うんじゃないかな、と思って、複雑な気持ちだった。

学校で会うときはもちろん、放課後の寄り道も、第二土曜日も、二人とも制服を着ている。土曜日にうちに来てくれたこともあったけど、その日も清良は午後から部活があったから、制服を着ていた。だからあたしは、清良の私服姿を見たことがなかった。今日までは。

「可愛い！　激かわ!!」

水色の襟付きのワンピースを着た清良を見て、思わず叫んだ。清良は、ありがとう、と小さく笑う。

「だって可愛いから」

スマホを構えて写真撮っていい？　と言ったら、「人に見せないならね」と許してくれた。やっぱり断られなかった。

あたしは微笑(ほほえ)んでいる清良の写真を撮って、大事に保存した。ポーズも何もつけないで、ただ立っているだけで絵になる。人に見せない約束だから、待ち受けにするのはあきらめる。

「危ない、今日は大事な話があるのに……清良の可愛さに惑わされて全部吹っ飛びかけた。うっとりして浮かれて普通に楽しく遊んで帰っちゃうとこだった」

スマホをしまいながらの独り言に、清良は「惑わせたつもりはないんだけど」と首を傾ける。

「何かな。大事な話」

ああもう、その仕草も可愛い。ていうかさすがにわかってやってるでしょ。

「その前に、ミルクティー買いに行こ。そこのテラスで飲もうよ。あっ、甘くないのもあるよ」

一緒に飲みたい、と言ったら、やっぱり、いいよ、と返ってくる。「行こ」と手を引いたけど、それにもされるがままになっていた。あたしの手、湿ってるんじゃないかな。ドキドキして汗をかいてる。清良といるときはいつもそうだ。清良の手は細くてひんやりしてさらさらなのに。

ここで、「最後になるかもしれないから」なんて言っちゃったら、お茶どころじゃなくなる。

「どれにする?」ってはしゃいだ声でメニューを指して、それぞれ、甘いジャスミンミルクティーと甘くないジャスミングリーンティーを買って、店の外のテラスで丸いテーブル席に座った。プラスチックカップを交換してお互いのを一口飲んで、恋人っぽいな、ああでも友達でもこれくらいはするかな、なんて考える。

これから話すこと次第で、もう一緒にはいられなくなるのだ。

そう思うと泣きそうだったけど、頑張って、ミルクティーが半分になるまでは楽しい話をした。

「こないだ、ジェラート食べに行った日さ、清良が先生に呼ばれてて、待ってる間に松風とおしゃべりしたんだけど」

ふっと会話が途切れたタイミング、ミルクティーがなくなる前に切り出す。清良は、静かにうん、と相槌(あいづち)を打った。

「そのときね、言われたことについて考えてた。今日まで。いっぱい考えた」

あのとき、松風の質問に、あたしは答えられなかった。

それからずっと考えていた。

あたしは清良の、何になりたいんだろう。

親友じゃない。即答できなかった時点で、それはわかった。

でも、じゃあ、どうなりたいんだろう。本当は、見当もつかないわけじゃなくて、たぶん、自分の中ではっきりした形にしちゃうのが怖いだけだった。

「松風にいじめられた?」

優しい声と表情で清良が言うから、あたしは「優しさって厳しさだよね」と笑った。

それに、厳しさって優しさだ。

あたしは答えがわからなかったからじゃなくて、わかったうえで、どうしようか、どうすればいいかを考えていた。

松風は、あたしが答えを知ってることに気づいていて、ちゃんと考えるきっかけをくれたのだ。

「持つべきものは親友だよね」とあたしが呟くと——それは皮肉でも嫌味でも何でもなかったんだけど——清良はちょっと困ったような表情になった。この表情は珍しいかもしれない。まだまだ知らない表情があるんだな。そんなこと言ってる場合じゃないんだけど。

「聞いちゃったんだ、前、いつまで続けるんだって、松風が清良に言ってるの。あたしとのこと」

あたしと恋人でいること。そう続けた。

本題に入ったら、とたんに足が震え出した。座っててよかった。

カップを握る。冷たいミルクティーが手の熱を奪って、ちょっとは頭も冷えたらいい。そう思ったけど、その必要もないくらい、手のひらはとっくに冷えていた。あたしはどちらかというと汗っかきなのに、指先が氷みたいになって震えている。

落ち着くために、ゆっくり息を吸って吐いた。ちゃんと言わなきゃ、と自分に言い聞かせる。

あたしは清良の、特別になりたかった。

清良はもうとっくに、あたしの特別だったから、あたしも清良にとってそうなりたかった。

ごっこでも楽しかったし、ずっと続けたかったけど、いつか清良に本物の恋人ができたら、この関係は終わるんだってこともわかっていた。

このままじゃ、いつか終わっちゃうんだって。

それじゃ嫌だと思ってることに気がついた。

自分でもちょっとびっくりした。あたしの好きって、そういう好きなんだ、って。

最初からそうだったのかは、あたしにもわからない。でも、少なくとも今、あたしは恋人がほしいんじゃなくて、清良に恋人でいてほしいんだ。

「やめないで」

だから、ちゃんと言うことにした。

言ったせいで、今すぐ終わっちゃうかもしれないとしても。

「恋人、いらなくなってもやめないで。あたしのこと、代わりとか、つなぎとか、そういうんじゃなくて、ほんとに好きになってほしい」

声は震えてなかったからよかった。どんどんうつむきそうになる顔を、決意を持ってぐいっとあげて、清良を見た。

清良は最初からあたしを見ていた。

まともに目が合って、一瞬頭が真っ白になる。もう全部言ったっけ。まだだっけ。

つまり、えっと、あと、言いたいことは。言わなきゃいけないことは。

「好きです」

つきあってください、まで言うつもりだったのに、そこまでが精いっぱいだった。

小さい丸いテーブルで向き合って、近い距離で見つめ合った。

清良は、ふ、と息を吐いて、目元を緩ませる。

「実は緊張していたんだ。大事な話があると言うから」

息と一緒に、よかった、とこぼした。

「もしかして、別れ話をされるのかなと思っていた」

「そんなわけないじゃんっ」

うん、ごめん、でもよかった、清良はそう言って、ふふふと笑う。

それが可愛くてまた見惚れそうになる。もう、また！　惑わせる！

「も――……あたしばっかり必死じゃん」

口をとがらせて、しっかりグロスを塗ってきたはずの唇が乾いているのに気がついた。この短い数分間で、なんだか喉までからからだ。

「そう見えているならよかった」

ミルクティーのストローに口をつけたあたしに、清良が言って、あたしは思わず顔をあげる。

え、意地悪されてる？　と心の中でだけ思ったつもりだったけど、声に出ていたみたいだ。

清良はまた笑って首を横に振った。

「違うよ。好きな子に意地悪なんてしないよ」

好きな子。

簡単に言っちゃうのが、ずるい。簡単に嬉しくなるから。勘違いするし、勘違いでもいいやって気持ちになるから。同じ気持ちじゃなくたって、そう言われれば喜んじゃうし、だから、期待させないでって言えない。

泣きそうになって、涙がこぼれる前に目元を拭った。

「それって、一緒にいていいってこと？　これからもずっと一緒ってこと？」

あたしたち両想いなの？　って、なかなかはっきり訊けない。怖くて。

清良は頷いた。それだけでもう十分な気がしたけど、ちゃんとしておかなきゃいけない気もした。

いいの？　ほんとに大丈夫？　って、洟をすすりながら言った。

「あたしの好きってそういうのじゃないよ」

「わかっていると思うよ」

そういうのってどういうの、とも訊かないで、清良が言うから、ますます涙が滲んだ。

どういう涙なのか、自分でもよくわからない。

「信用できない？」

優しい声で清良が訊く。

そんなことないけど。清良を信じないとかじゃないけど。

目元を拭いた手にマスカラとラメがついていた。ちょっと待って、マスカラ落ちた顔、清良に見られるとかないんだけど。今鏡を取り出すわけにはいかないから、慌てて指の腹で目の下をこすって、見えないまま応急措置をした。

「だって清良、あたしがお願いしたらなんでもきいてくれるし」

「そんなことはない。なんでもはきかないよ」

「嫌なことは嫌って言ってね」

「うん」

「あたしのこと好き？」

「好きだよ」

しっかり目を見て答えてくれた。

嬉しい。マスカラが落ちた顔、正面から見られちゃったけど。

「あたしも好き」

ありがとう、って清良が言って、それが子どもを宥めてるみたいな口調で、ほんとなのかなって、ほんとにわかってるのかなってちょっと心配になった。でも優しいからいいか。

ずび、とまた洟をすすった。

バッグから手鏡を出して、下まぶたについたマスカラをハンカチの角で拭く。ポーチの中に綿棒が入ってるけど、こんな場所でメイクなおしはできない。

ベストどころか、まあまあのコンディションとも言えないけど、最低限、目のまわりがパンダみたいになってたのは解消できた。目と鼻が真っ赤なのは、まあ、仕方ない。

清良は待っていてくれた。

あたしは鏡をしまって、清良に向き直る。

「手、つないで歩きたい」

「いいよ。はい」

清良が手を伸ばして、テーブルの上にあるあたしの指先を包むように握った。

いつもひんやりしている清良の手が、あったかい。あたしの指が冷たいからだ、きっと。

「キスしたいです」

ドキドキして言えなくなる前に、急いで次のお願いをする。

清良はいいよ、と言った。

いいんだ。

「今じゃなくて、後で、グロス落として、リップとティントでメイク直ししてから。ちゃんと準備してからしたい」

「よくわからないけどわかった」

あたしと清良は手を握りあって、見つめあったままだ。

そのとき初めて、テラス席にいる、ほかの何組かの客の気配に気づいた。

あたしたちって、その人たちにはどう見えてるのかな、と一瞬思って、でも、どうでもいいことだったから、まわりは見なかった。清良だけ見ていた。清良もあたしだけ見ている。どう見えててもいい。あたしたちが何なのか、あたしたちがわかっていれば。

「本当の恋人になって」

「いいよ」

清良の指が、さっきまでよりも強く、あたしの手を握った。

＊＊＊

高校を卒業して五年、初めて会ったときから数えると八年近くが経った今も、清良とあたしは恋人だ。

出会ったばかりのころは完璧な女の子に見えていた清良には、思っていたよりできないことがたくさんあった。つきあってみると、それがわかった。

不器用っていうわけじゃない。覚えも早い。でも、料理も、メイクも、やったことがないせいで、最初は全然できなかった。

長くて濃いまつげが頬に影を落とすのがすてきだなと思っていたけど、目を伏せたときに特別映える重そうなまつげは、清良がビューラーを持ってなくて、まつげをカールさせるという発想自体ないゆえのものだった。

ためしにあげてみようよ！　って、マスカラとビューラーを貸してあげたら、清良は素直に受け取ったけど、うまくいかなかった。「根元からまつげを挟んで、ぎゅってするんだよ」というあたしのアドバイスに従った清良が、ビューラーで思い切りまぶたをはさんでしまい、数秒間目元を押さえて黙り込んでしまったときは、何故かあたしが「ご、ごめんね」と謝ってしまった。結局そのときはマスカラだけ塗った。目力激強の美女ができあがった。

さらさらストレートの髪は、生まれつきの癖のない髪質と実家で使っている高価なサロン用シャンプーのせいで、特にセットしているわけじゃなかった。あたしが前髪の癖を直してるのを、興味深げに見てたから、清良も巻いてみる？　って、見本を見せてあげてからこてを渡したら、清良はそのときも素直に受け取って、見よう見まね、って感じでさらさらの前髪をこてで挟んだ。そうそう、ふんわりさせるには、そのまま内側にくるっと回して……とあたしが声をかけた次の瞬間、「あっ」と清良が小さい声をあげ、こてを開いた。

こてを持っていないほうの手でおでこを押さえて、

「じゅっていった」

痛い、と驚いた表情で呟いている。

おでこについた、小指の先ほどの赤い痕（あと）に、清良よりあたしのほうが慌てた。

冷凍庫にあった保冷剤で冷やして、オロナインを塗った。火傷（やけど）の痕は残らなかった。ほっとした。

ビューラーもこても、清良が「あまり向いていないかもしれない」って言うのと、若干トラウマになっていそうなのと、ばさばさのまつげとサラサラの髪を見る限り特に必要だとも思えなかったのとで、それ以来勧めていない。料理は一緒にすることもあって、前より手慣れてきたけど、ときどき危なっかしいから、包丁を使う作業は主にあたしがするようにしている。

きっと、やろうと思えばできるんだろうし、覚えようと思えば覚えられるんだろう。あたしも清良もわかっている。でもあたしは世話を焼くのが楽しくて、清良も世話を焼かれるのが嬉しそうだったから、ちょうどよかった。

困ったことに、そんなところも可愛かった。

ていうか、どんな清良も可愛かった。

ていうかていうか、困ったことに、は嘘だ。全然困ってない。清良が可愛くて困ることなんて一つもない。

清良があしたこうしたって話せる相手が松風だけだったから、高校を卒業してからもずっと、松風とのつきあいも続いていた。あたしが一方的に電話をしたりメッセージを送りつけたり三人で会おうよって呼びかけたりする関係だったけど、松風は多少面倒そうにしながらも、毎回応じてくれた。つまりあたしたちの関係は、高校時代からほとんど変わっていない。

今日は二人を一人暮らしの部屋に呼んで、久しぶりにホットプレートを出して、海鮮お好み焼きを作った。

清良は何度も来たことがあるけど、松風を呼んだのは初めてだった。お好み焼きは好評で——清良には、高校時代から何度か作ったことがある——、わいわい言いながら焼いて食べてホットプレートを洗った。松風の部屋にはテレビがないっていうから、なんとなくテレビをつけていたけど、誰も観(み)てなかった。

松風が持ってきてくれた白ワインを飲んで（お好み焼きにワイン、意外とアリだった）、清良のお土産のフルーツゼリー（パーラーで売ってる高いやつ）を食べていると、あたしたちも大人になったなあなんて思うけど、話の内容は高校生のころとそんなに変わらなかった。配信で観た映画の話とか、清良と二人で食べたものの話とか、行ってみたい場所とか、清良が可愛いことかだ。

「今度さ、さっきテレビでやってた、去年新装オープンしたプラネタリウム行こうよ。カップルシートで寝転んで星見たい」

「いいよ、行こう」

「あとあと、デートするときの服、お互いに選ぶのやりたい！」

「楽しそうだね」

フルーツゼリーのマスカットをプラスチックのスプーンでつついていた松風が、おい、と清良に言う。

「あんまり甘やかすなよ」

「ちょっと、清良に常識を吹き込まないでよ」

松風め。お好み焼き、大きい海老入ってるとこあげたのに。

あたしが肘で突こうとすると、松風はゼリーのカップを持ったままさっと避ける。こういうやりとりを何年も続けていれば、どんくさい松風だって慣れる。でもあたしはこういうやりとりのたび、清良が松風の言うことを真に受けたらどうしようって不安になった。

お互い初めての恋人なのをいいことに、「恋人同士はこれが普通」だと、長年清良を洗脳してきたのだ。今さら塩対応されたら立ち直れない。

「私が真凜を？」

清良は首を傾げ、

「どちらかというと逆じゃないかな」

と言った。

「私のほうこそ、いつも甘やかしてもらっているよ。お姫様みたいに」

「お姫様だもん！　あたしの」

「ありがとう。真凜は私のお姫様だよ」

「ふへへーうふふえへへ」

恋人っていいなあ。何回言われても嬉しくって、顔も身体もへにゃへにゃになる。

松風は無表情でちびちびワインを飲んでいる。清良が、どこか得意げに松風へ目を向けた。

「可愛いだろう」

「別に、いつも通りの三浦だ」

「いつも可愛いからね」

「つきあいが長いせいか？　おまえ、三浦に似てきたぞ」

清良は意外そうに眉をあげ、少しの間考えるような素振りを見せた後、真面目な表情で松風に言う。

「それはつまり……可愛いってこと？」

「好き!!」

「私を巻き込むな。二人のときにやってくれ」

あたしが清良に抱きつくのを、松風は冷めた目で見ている。何年もこういうやりとりを続けているせいで、すっかり慣れて、いつのまにか動揺しなくなった。一応ツッコミを入れるのは、たぶん様式美ってやつ。あたしと清良への、ほとんどあたしへの、サービスみたいなもの。

「もうこんな時間か。五時から飲んでたのにな」

「松風ん家(ち)って駅から遠いっけ。終電は？」

「一時間……半後くらいかな。最寄り駅からバスに乗るから、それを考えると」

「泊まってく？　明日日曜だし、清良のお土産のパンがあるよ。あたしが好きなやつ、買ってきてくれたの。ふわふわもちもちの生ブール、オリーブ入ってるやつ」

「いや、帰れるうちに帰るよ。筧は？」

「私はもうしばらく大丈夫。終電の時間は確認してあるから」

清良がこの部屋に泊まったことはない。あたしも清良のマンションに行ったときは、いつも、終電の前に帰っていた。

本物の恋人になってからも、清良はなんだか生活感がない。実はついこの間も、同棲をほのめかしてやんわり断られたばかりだ。……たいていのことにはいいよって言う清良に、はっきり断られるのが怖くて、遠回しに感触を探るような訊き方しかできなかったのが情けないんだけどさ。

自分の住んでいるところに他人を入れるってこと自体、清良にとっては慣れない……というか抵抗のあることで、だからあたしは特別扱いされてるんだってわかる。あたしも、昔ほどではないけど、どっちかというとそういうタイプだから余計。でも、そこで満足してるわけでもなかった。今でも幸せだけど、もっとほしい。

でも、欲張ったせいでなくすのは何より嫌だった。

あたしには清良といることが一番大事だった。

「もう七年？　八年？　つきあっていて、まだ泊まりはNGなのか？　いいかげん……」

「そうだ。帰る前に、紅茶をもらえないかな」

清良が、松風の言葉を遮る。誰がどう見たって意図的だったけど、清良は有無を言わさない可愛い笑顔で続けた。

「この間の、はちみつ入りのミルクティー。鍋で煮出して作る」

「え？　いいけど、結構時間かかるよ」

「松風にも飲んでみてほしいんだ。私が自慢するのもおかしな話だけど、本当においしいから」

何より私が飲みたい、と言って、絶妙な角度で首を傾げる。

可愛い私がお願いしているんだから、断らないよね？　って、清良の目が言っている。その顔と角度にあたしが弱いって、わかってるんだ。正しい。ずるい。そんなところも可愛い。

「あーもう可愛い！　しょうがないなあ！」

「生姜も入れてほしいな」

「いいよ!!」

あたしは腕まくりしてキッチンへ向かう。

あきらかに話題を逸らされたのに、それでもいいやってなっちゃうくらい可愛い。都合の悪い話を邪魔するのも可愛いし、その方法が「ミルクティーが飲みたい」なんてわがままなのも可愛いし、あたしがそんなことでごまかされると思っていることも可愛い。とにかく可愛い。喜んでごまかされようと思っちゃう。

あたしは生姜をすりおろしながら、ちょっと冷蔵庫の陰から顔を出して、テレビの前の二人を見た。

キッチンはリビングダイニングと続きになってて、カウンターを挟んだだけだから、話し声は結構聞こえる。二人はこちらに背を向けていた。清良が一度、ちらっとこちらを振り向いたけど、あたしはさっと冷蔵庫の陰に隠れたから、気づかれなかったはずだ。……あたしに聞こえたら困る話、してるのかな。

生姜をする手を止めて耳を澄ませてみる。

聞こえてきたのは、さっきの流れから予想できたとおり、松風が清良とあたしの態度に苦言を呈しているらしい声だった。

「おまえはどう思ってるんだ、この状態」

「可愛くてよかったと思っているよ。両親に感謝しないと」

「そういう意味じゃない」

「本気だよ。おかげで恋人になれたし、今も毎日可愛いと言ってもらえている」

あ、可愛いって言われるの嬉しいんだ。よかった。これからも毎日言おう。

あたしは聞き耳を立てながら、そろそろとゆっくり生姜をすった。

「……まずそこの認識に問題がありそうだな」

「問題なんてない。円満な関係を続けるためにはお互いの努力が必要なんだよ。真凜は常に可愛いし、私を可愛いと言ってくれる。私も同じように」

「可愛いと言ってもらえるように振る舞っている？　それも努力といえば努力だろうけどな」

おまえはいつでも、三浦の理想でいたいんだな、と松風が言った。

松風の話すトーンはいつも通りだけど、どことなく否定的なニュアンスを感じてどきっとする。

気がついたら手が止まっていた。キッチンからの物音が全然しなかったら二人が不審に思うかもしれないから、作業を再開する。目の前のテレビがついてるせいで、二人にはたぶん、こっちの音はほとんど聞こえてないだろうけど。

棚から出した一番小さい鍋に水を入れて、その中にふきんでぎゅっと絞った生姜の絞り汁を入れる。火にかけた。そこにティーバッグを、今日は三人分だから三つ入れて、牛乳を注ぐのは沸騰してからだ。

作業が一段落して、沸騰するのを待ちながら、冷蔵庫の陰に隠れて耳を澄ませたとき、

「可愛いから好きなんじゃない。逆だ」

松風がそう言うのが聞こえた。あたしは牛乳のパックを落としそうになって、慌てて持ち直す。

「三浦の言う『可愛い』はつまり、『好き』ってことだろう」

「……なるほど」

清良が、かろうじて聞きとれるくらいの小さい声で呟いた。

「何がなるほどだ」

「いや、そうだとすると、納得できることが色々あると思って」

感心してるみたいな口調で言う。

「その説に基づくと、私は私で、真凜を相当好きだってことになるね。おあいこだ」

「おまえはおまえで臆面がないな」

きゃーと叫びそうになるのを押しとどめた。

嬉しい嬉しい。両手で口を押さえて、その場で小さくぴょんぴょん跳ねた。二人に気づかれないように、控えめに。

誰もいないキッチンを見回す。松風が近くにいたら、ばんばん腕を叩いていたところだ。

ちょっと聞いた⁉　今の！　あたしのこと好きだって！

「そんなに円満なのに、まだ、一緒には住めないとか泊まらないとか泊められないとか言ってるのか」

松風が呆れた様子でため息を吐かなければ、きっとあたしはしばらく浮かれたままだった。

「それは……そこは個人の考え方だろう。真凜だって、恋人には、舞台裏みたいなものを見せたくないと言っていたし」

「それは実際に恋人ができる前の話だし、そのときは異性の恋人を想定していただろう。おまえは、デートの前に三浦が化粧をしているところを見たらがっかりするか？」

「まさか。可愛いのがますます可愛くなっていくところなんて永遠に見ていたい。それが私とのデートのためだと思ったらなおさら」

「三浦のほうもそう思っているんじゃないのか？　十代のころは同棲なんてありえないと思っていても、五年も経てば、考えも変わる。五年どころじゃないか」

あたしはさっきまでとは違う意味で牛乳パックを強く握った。

どさくさに紛れてまた何か嬉しいことを言われた気がしたけど、それに喜んでる暇もない。

あたしが清良と一緒に住みたがってることも、清良が乗り気じゃないことも、松風は気づいてたみたいだ。でも、こんな風に、松風が清良に言ってくれるとは思わなかった。

これって、あたしの味方をしてくれてる？　清良の背中を押してくれてる？　一緒に住めばいいじゃんって？

あたしは冷蔵庫に身体を押し付けて、ぎりぎりまで近づいてさらに耳をそばだてた。

「おまえが嫌がってるのは、くだらない理由だろう。毎日掃除や洗濯をしていないのがバレるとか、シーツを毎日とりかえてないとか、いびきをかいたらどうしようとか、寝てる間に」

「松風」

「一緒に住むのが嫌なら嫌でいいけどな、そんなことが理由で拒絶するなら馬鹿らしいってことだ。そう思うなら掃除や洗濯くらい毎日すればいいし、生理現象で幻滅されるくらいなら一緒に住もうが住むまいがどのみち続かない。というか、これだけ続いている時点でそんなこと、気にするほうがどうかしている」

清良そんなこと気にしてたの可愛い、じゃなくて、いいぞ松風もっと言って！

「三浦だって、おまえはトイレに行かないなんて本気で信じてるわけじゃないだろう。いにしえのアイドルじゃあるまいし」

そんなくだらない駆け引きや悩みを聞かされる私の身にもなれ、と松風はしめくくった。

あたしはすでにぐつぐつ沸騰してるお湯の中に牛乳を注いで、火を弱める。はちみつとスパイスを足して、火を消すまであと少し。

私にだって覚悟が必要なんだ、とか、真凜はよくても……みたいなことを、清良が小さな声で言うのが聞こえたのを最後に、二人の会話は途絶えた。私は棚からマグカップを出して、わざとちょっと音をたてる。こっちはこっちで作業してますよ、のアピールだ。

牛乳がしっかりミルクティーの色になって鍋との境目あたりがふつふつし出すまで、あたしはまたしばらく聞き耳を立てていたけど、二人の会話は終わったらしく、テレビの音しか聞こえてこなかった。

あたしは火を止めて、ばらばらのデザインの三つのマグカップにミルクティーを注ぐ。

小鍋を流し台に置いて、お待たせー、と二人に声をかけてカップを取り上げた。

カップを運びながら、横目で、壁際のチェストの上に置かれたアクセサリートレイを見る。水族館で清良と買った、くらげのぬいぐるみのキーホルダーをつけた家の鍵が入っている。一緒に住もうと言い出す前に、誰かと住むつもりはないと言われて、清良に渡しそびれたままの、スペアの鍵も一緒にそこにある。

松風は、ミルクティーを飲み終えて帰っていった。洗い物を残して帰ることに申し訳なさそうにしていたけど、ミルクティーのカップと小鍋だけだし、終電を逃したら大変なので、帰ってもらった。清良といちゃいちゃしながら片づけるから大丈夫、って言ったら、何か言いたげな表情で、でも何も言わずに帰った。

清良の終電までは、まだあと一時間くらいある。

ワインが、ボトルの底にまだ一杯ぶん残っていたから、一度しまったグラスをまた出してきて注いだ。

「清良も飲む？」

「私はいい」

酔った勢いでなら頷いてくれるかもと思ったのに、ダメか。せめてあたしだけでもお酒の力を借りよう。空のボトルをテーブルの隅へ押しやって、グラスを引き寄せた。

「飲みすぎじゃないか」

「あとこれだけだから飲んじゃう。このワインおいしかったね。また飲みたいな。高いやつかな」

ワインがまだ残っててよかった。拒絶されるかもしれない怖さを紛らわせるには、酔いが足りてない。ぐいっとグラスの中身を一気に半分に減らすと、清良は心配そうにあたしを見た。

ローテーブルにグラスを置いて、ソファの前のカーペットに直接座って飲んでいるあたしの横に、清良も座っている。カーペットの上にスカートが広がってる。

あたしは握りしめた左手を、清良からは見えない自分の太ももに押しつけた。

グラスをとりに行くとき、チェストの上のトレイから、スペアの鍵をとってきて、左手の中に隠してあった。この部屋のスペアキーは、二つ作って、一つは実家に置いてきた。もう一つは最初から、いつか清良に渡せたらいいなと思っていた。

本当は、今日渡すつもりじゃなかった。

二週間前に渡しそびれて、いつかまた、チャンスが来たら、タイミングを見計らって、と思ってたんだ。何年かしたら、清良も、あたしとだったら一緒に住んでもいいかもとか、とりあえずお互いに合い鍵を持つくらいならいいかなとか、考えるようになってるかもしれないから。あたしがそうなったみたいに。

高校生のときは、誰かと一緒に住みたいなんて、自分が思うようになるなんて、考えもしなかった。あれからもう七年？　八年？　清良の気持ちが変わるまで、同じだけ待ったっていい。それくらいは覚悟していた。二週間前の時点でダメだったのに、気持ちが変わってるとは思えない。いくらなんでも早すぎる。

でも、今夜はチャンスかもしれない。

松風の言ったことを噛み砕いて、よく考える時間を置いてからのほうがいいのかもしれないとも思ったけど、むしろ清良が冷静になる前に、ちょっと揺れてるくらいのときに押すほうが勝率が高いような気もした。

さっきの話からすると、あたしは清良に相当愛されてるみたいだ。ってことは勝算はゼロじゃないはず。たぶん、きっと。それとこれとは別の話なのかもしれないけど、あたしが清良を可愛いと思ってるのと同じくらい、清良もあたしを可愛いと思ってくれてるなら。可愛いあたしのお願いなんだから、検討くらいしてくれるはずだ。ダメだったって、別れるわけじゃない。また何年か待って、再チャレンジするだけなんだから。自分に言い聞かせる。

この流れは悪くない。そう信じて、もう一口ワインを飲んでから、「あたしね」と口を開いた。

「あたしは、清良のこと」

そのまま言いかけて、逃げないで、ちゃんと顔を見て言わなきゃダメだって思って、グラスを置いて向き直った。

「清良のこと、可愛くて完璧なお姫様だから好きなんじゃなくて、好きだから可愛いんだよ。大好きだからお姫様なの。どんな清良だって完璧だし、完璧じゃなくたって好きだよ」

「好き」も「可愛い」もいつも言ってることなのに、緊張する。その後のことを考えているからだ。左手に握った鍵を、支えみたいにしていた。

「聞いていたの」

「ちょっとだけ」

ほんとは全部聞いてたけど。

右手で清良の手をとって、左手に握っていた鍵をその手のひらに落とした。そのまま握らせる。

「もらって。……持ってて、使っても使わなくてもいいから」

いつもは聞いてくれそうなわがまましか言わない。だめかもって思いながらの本気のお願いごとなんて、きっと、本物の恋人になってって、清良に告白したとき以来だった。

今でも十分幸せなんだから、これ以上は欲しがらなくていいじゃんって何度も思ったけど、言う前にあきらめちゃうのはやめた。まずは伝えることからだ。

「いきなり一緒に住まなくてもいいから、一歩ずつでいいから、もうちょっと近づきたい。清良にも近づいてほしい。これは、近くにきていいよっていう、しるしみたいなものだと思って持っててくれたら嬉しい。

そこまで、目を逸らさないで言い切った。

清良は、渡された鍵を手のひらにのせたまま、じっと見ている。

戸惑ってるのがわかった。でも、すぐに突き返したりはしなかった。

まだ返事は聞いてないけど、よかった、言えた、と思ったら、それだけで力が抜ける。

はーっと息を吐いて、ローテーブルに上半身を投げ出した。

酔った勢いってことにして言って、酔ったふりをして言い逃げするのは計画通りだった。でもなんだか、本当に眠くなってきちゃった。そんなに酔ってはいないはずなんだけど、気が抜けたのかもしれない。両腕の中に顔を埋めて目を閉じる。

「真凜、風邪を引くよ」

「大丈夫、すぐ起きるから」

「せめてソファで……」

はっきり断られるのが怖くて寝たふりなんてずるいかな。でももう勇気を振り絞ったから許してほしい。

きっと今清良は、どうしようって思ってる。でもそれは、あたしのことを考えてくれてるってことだ。好きだからだよね。全く同じ気持ちじゃなくても、好きだから困ってる。断られるとしても、それでダメになるわけじゃない。清良があたしを好きでいてくれること、それがわかっていればいい。

そう思ってもやっぱり、寝たふりしてる間に清良が諦めて、断るタイミングを逸して、なし崩し的に鍵だけは受け取ったままになったりしないかな、なんて甘い考えにすがってしまうけど。

じっとしてたら、肩と背中に重みを感じて暖かくなった。清良がブランケットをかけてくれたんだ。あー、こんなことされたら本格的に寝ちゃう。

清良がワイングラスとボトルを洗い場へ運んでくれてるらしい気配がした。キッチンで水を流す音も聞こえてくる。

清良の気配を感じながらの狸寝入りは、なんだかすごく幸せな気がして、判決待ちみたいな緊張感はいつのまにか消えていた。

このまま寝たふりを続けてたら、清良、泊まってってくれたりしないかなあ。さすがに無理かな。せめて鍵を返されないといいな。やっぱりちょっと早かったかなあ。そんなことを考えながら目を閉じていた。

ちょっとの間、本当に寝ていたかもしれない。背中と肩があったかいのが悪い。

「……真凜」

そっと控えめに呼ぶ声が聞こえて、キッチンから戻ってきた清良が、あたしのそばに膝をつく気配がした。あ、そろそろ帰らなきゃいけない時間かな。見送らなきゃ、と思う一方で、寝たふりしてたら、行かないでいてくれるんじゃないかなんて淡い期待もあって、あたしはなかなか目を開けられない。

清良はあたしを起こさなかった。しばらくそこにいて、たぶんあたしを見ていたけど、あたしが起きそうにないとわかったのか、黙って帰ることにしたらしい。何やらごそごそしている。たぶん、コートを着てるところだ。

たった今目を覚ました設定で顔をあげようか、と思ったとき、かつ、と小さな音がした。あたしが顔を伏せているテーブルに、何か硬いものが置かれたのがわかった。

小さくて軽い金属の何か。……たぶん、鍵だ。

あー。

ダメかぁ。

そっか……。

寝たふりを続けててよかった。今顔をあげたって、どんな表情をしたらいいのかわからない。

もしかしたら、こういう答えだったからこそ、受け容れて、ちゃんと起きて、清良を見送ったほうがいいのかもとも思ったけど。いいんだよ、気にしてないよ、これからも何も変わらないよって、伝えるべきなのかもと思ったけど。

清良の気配が離れていく。

あたしはゆっくり目を開ける。

顔の横に置かれた銀色の鍵が見えて、その向こうに、出て行く清良の後ろ姿が見えた。清良が振り返れば、あたしが起きていることに気づいたかもしれないけど、清良は振り向かなかった。

玄関のドアが閉まる音がした。

あたしはのろのろと身体を起こす。

片づけられたテーブルに、ぽつんと一つだけ、鈍い銀色の鍵。

受け取ってはもらえなかったけど、いらないってことじゃないもんね。今はまだ、ってだけだもんね。

手にとって、よしよし、って金属の表面を撫でて——気がついた。

違う。これ、あたしの部屋の鍵じゃない。

え？

立ち上がって、チェストの上のトレイを覗(のぞ)き込む。くらげのぬいぐるみの下にある鍵とは、やっぱり形が違った。

……えっ。

じゃあ、これ、誰の——。

玄関のほうから、かちゃり、と鍵のかかる音がした。

その意味に気づいて、あたしは玄関に走った。ドアには確かに鍵がかかっている。それを開けるのももどかしく、ばん、とドアを叩きつけて飛び出したら、廊下の先でエレベーターに乗り込もうとしていた清良が驚いた表情で振り返る。間に合った。

「いいの⁉」

あたしは裸足(はだし)だった。清良はそれに気づいたみたいで、あたしの足元と、あたしが手に握った鍵とを見比べる。

それからちょっとばつが悪そうに、そんなこと訊くなよ、っていうみたいに、でも恥ずかしそうに、あたしを睨むようにして、いいよ、と言った。

えっえっ何そのその顔可愛い。

「結婚しよ!!」

清良の後ろで、エレベーターの扉が閉まる。

清良は笑って、

「最前」
木爾チレン

木爾チレン（きな・ちれん）

1987年京都府生まれ。2009年、大学在学中に執筆した短編小説「溶けたらしぼんだ。」で「第9回 女による女のためのR-18文学賞」優秀賞を受賞。12年、『静電気と、未夜子の無意識。』でデビュー。その後は、ボカロ小説、ライトノベルの執筆を経て、恋愛、ミステリ、児童書など多岐にわたるジャンルで表現の幅を広げる。21年『みんな蛍を殺したかった』が大ヒット。その他の著書に『私はだんだん氷になった』『そして花子は過去になる』『神に愛されていた』など。

扉イラスト／タカハシマコ

高層ビルの屋上からは、東京が夕陽に焼かれていく様子がよく見える。

この街には、いつも特有の汚さが渦巻いていて、ただ息をしているだけで何かがすり減っていった。でもあたしは東京が好きだった。あたしをアイドルにしてくれた街だから。

結局、この街に住む何人が、あたしのことを知っていて、そのなかの何人が、ライブを観に来てくれたのだろう。まあ、把握したところで、意味なんてないのだけれど。近頃は、どんなにいいライブをしても、フォロワーが増えないどころか、減るときすらあるのだから。

数字が減るたび、存在ごと全否定されている気になって、死にたくなる。いったいあたしの何がいけなかったのか、教えてほしい。その一心で、あたしは、フォローを解除した人を特定できるアプリを使って、その人のアカウントをわざわざ見に行く。

あたしに落胆したとか、嫌いになったとか、そういう言葉を呟いている人は滅多にいない。大抵は、はじめからあたしなどいなかったかのように、実のないタイムラインが続いている。つまり新発売のスタバよりも、スマホゲームに新しく実装されたカードよりも、今日の天気よりも、あたしという存在に興味がなくなっただけで、結果的にそれは、どんな悪口よりもあたしの心をすり減らした。

東京の街を見下ろしながら、癖のようにスマホを操作する。スクリーンタイムによると、あたしは今日、10時間16分SNSを見ていたらしい。だけど、こんなの許る必要はない。だってあたしは、スマホを触るために、眠ったり起きたり、息を吸ったり吐いたりしていたのだから。

別に下らない人生だったなんて思わない。それが下らないのだとしたら、大半の人々が、下らない人生を送っていることになる。道ですれ違う、電車に揺られている誰もが、小さな画面に取り憑かれている。この世界はもはや、スマホのなかに集約されている。

SNSの総フォロワー数41,000人。

――即ちそれが、最終的なあたしの価値だった。

少しでも価値が上がるように、毎日自撮りや、動画を投下していた。何十枚も違う角度で撮って、いちばん盛れた写真を。何回も撮りなおした動画を。

[夕暮みみか、劣化した]

[夕暮みみか、加工強すぎ。他撮り別人やん]

[今日も夕暮みみかの握手列はガラガラでした]

エゴサをかけて、そういう批判を呟いているのは、大抵あたしよりも悲惨な奴らだった。朝から晩までタイムラインに張り付いているニートや、旦那の愚痴ばかり投稿している主婦。そして、他メンを推しているあたしのアンチ。

どうしてあんたらみたいな奴に、批判されなきゃいけないの。あんたらみたいな、夢も見られない大人に。

心のなかで汚い悪態をつきながらも、あたしはいつも酷く傷ついていた。生理痛なんて比じゃないくらい、痛かった。痛くて死にたかった。あたしを否定する奴は全員死ねばいいのにと思った。

「みみかちゃん、そういうのってえ、ネット自傷っていうんだよー」

砂糖菓子みたいな甘ったるい声でそう言ったのは、メンバー一の巨乳、月夜(つきや)ほしの（イエローブラック・価値66,000人）だった気がする。

それでもあたしは『夕暮みみか』で検索することをやめられなかったし、きっと月夜ほしのだって、スマホを弄(いじ)るたびにエゴサをしていたはずだ。

言うまでもなく、アイドルなんていう生き物は、所詮、承認欲求の塊だ。エゴサをするたびに、死にたくなるのに、自分の存在価値を確かめずにはいられない。今、この瞬間にも、自分のことを考えてくれている人が、一人でもいるのか、知りたくてたまらないのだ。

［みみか、おはよう］

［みみか、大好き］

［みみかがこの世に生きているだけで、私は幸せ］

［みみか、生まれてきてくれてありがとう］

［みみか、明日もがんばろうね。おやすみ］

そして今日もあたしの顔をアイコンにした@Sathumaimo(サツマイモ)さんだけが、あたしを崇めている。

彼女は可哀想なほどに、あたしのことだけを考えて生きている。あたしの投稿すべてにいいねをして、どんな下らない投稿にも、コメントを送ってくれる。

あたしは滑稽なほどに、彼女の言葉に生かされている。彼女からフォローを外されたら、息ができないだろうと思う。けれど反面で、たったひとりの狂気的な信者の言葉なんて、気休めにしかならない。

「夕暮みみか、はやく卒業しろ」

たった一つでも否定があれば、あたしの心は瞬く間にぐちゃぐちゃになってしまうのだから。

あたしが所属する『スカイガールズ』（略してスカガ）は結成五年目、平均年齢二十歳の、超絶人気でも超絶不人気でもない、ほどほどの知名度を誇る地下アイドルグループで、あたしは、パープルオレンジという夕暮れにちなんだカラーを与えられていた。

「夕暮ちゃん、お疲れ様。あしたのライブも頑張ろうね」

二期生の朝焼（あさやけ）いのり（ピンクブルー）は、圧倒的一番人気だから、みんなにやさしい。

これといった特技がなくても、おしゃべりが絶望的に下手でも、ただ生まれ持った顔がメンバーの誰よりも優れているから、それだけは——誰かが奇跡的なアップデートに成功しない限り——越される心配がないから、いつも余裕なのだ。

朝焼いのりの価値は、１７０，０００人。毎日、今日のファッションとかいって、ダサい服装を投稿している。あたしみたいに命がけでかわいく写らなくても、どんな顔をしていても、存在がかわいいからｏｋ。そんな感じ。

「うん、頑張ろうね」

あたしの心の中には、嫉妬という悪魔しか棲んでいなかったのに、いつもいい子ぶって馬鹿みたいだった。

「みみか先輩って、本当に素直で可愛いですよね。私より四つも年上なんて信じられないです」

半年前に加入したばかりの三期生であるのにもかかわらず、もう二番人気の青空（あおぞら）しろん（スカイブルーホワイト・価値97,000人）が、得意のロリ声で言う。

本心ではみんな、一期生でさらに一番年上なのに、いちばん人気のないあたしのことを馬鹿にしているくせに。あたしより優れているという優越感でいっぱいなくせに。五年間も、このグループにしがみついて、仲良しごっこをして、本当に馬鹿みたいだった。

けれど一番人気の朝焼いのりだって、国民的アイドルの『透明に近い彼女たち』に比べれば――いや、比べることすらおこがましいカスみたいなものだ。

『透彼（とうかの）』のセンターである、最上（さいじょう）れつの価値は、X（ってなんか慣れない）だけで130万人。もはや『スカガ』のメンバーとはけた違いの人気があることに説明はいらないだろう。

三年前、最上れつが登場したときの衝撃を、あたしは忘れない。

アイドルらしい小柄で守ってあげたくなる華奢（きゃしゃ）なスタイルに加え、抜群の容姿を兼ね備えていることは勿論（もちろん）、作ったキャラではない、その本物の清楚（せいそ）さは、オタクたちを夢中にさせた。おそらく、家庭環境から来るのだろう上品さがあり、東京の誰もが知る大学に通っているほど、頭もよかった。さらに、バラエティー番組に出れば、意外とドジで、そのギャップはさらにファンの心を鷲掴（わしづか）みにした。

けれど衝撃を受けたのは、それだけが理由ではない。

最上れつは元々はあたしの熱狂的なファンだったのだ。初期の頃、もっというのなら初ライブから、握手会の列に並んでくれていたから、嫌でも覚えている。

ステージ上から見る彼女は、いつも最前で、夕暮みみかの姿を一心に見つめながら、パープルオレンジのペンライトを振っていた。

いかにもドルオタだらけの会場で、どうしたって彼女は浮いていた。どうしてこんな美少女が自分を応援するのか、何枚もＣＤを積むのか、酷く混乱した。けれど最後まで、その理由を訊ねることはできなかった。

なぜならあの頃、最上れつは、何も喋らなかった。酷く緊張している様子で、何度握手会の列に訪れても、あたしの呼びかけに頷くばかりだった。

だからＴｉｋＴｏｋに彼女が堂々と歌い踊る姿が流れてきたとき（死ぬほどバズっていた）、二重の意味で、衝撃を受けたのだ。

そして彼女は、瞬く間に人気になった。本当に瞬く間だった。

ＣＭやドラマや映画に引っ張りだこになり、勿論、『スカガ』のライブには来なくなった。来られなくなったというほうが正しいのかもしれないが、真相はわからない。

今はただ、最上れつは、夕暮みみかを推していたという、本人からすれば黒歴史かもしれない情報が、微かにまとめサイトに残っている。

あたしは、最上れつから推されていたという事実と、メンバー内で唯一、最上れつからフォローされているという栄光だけを食べて、アイドルとして今日まで生きてこられたのかもしれない。

それだけが、ちっぽけなあたしのプライドを守ってくれていた。

地獄みたいに深い溜息が漏れる。

明日。正確には六時間後くらい。あたしは二十三歳になる。最上れつと同じ年に。

でもあたしは、最上れつのような、ドームを埋め尽くす国民的アイドルには、もうなれない。

そんなこと、幾らバカでもわかる。実績のない二十三歳は、どんなに若く見えたとしても、アイドル界ではもはや老いぼれでしかない。
だからあたしは、完全に賞味期限が切れる前に、日本一のアイドルに成ることを決めたのだ。
「みんな、待たせてごめん！　いまから死ぬね」
あたしは燦燦（さんさん）とした笑顔で、十分前から開始したインスタライブの配信画面に向かって手を振る。視聴者は約2，000人。コメント欄には、心配と、悲鳴と、頭おかしいという説教が、延々と流れている。
［みみかはやまらないで。生きていればいいことがあるよ］
［最近コメントしてなかったけど、ずっと応援してたよ］
［死ぬならはよ死ね。スカガにお前はいらない］
［自殺配信とか狂ってる。承認欲求の塊だろこの女］
いまさら何を言われても、どうでもいい。もうすぐ死ぬんだから、今日くらい、主役にさせてよ。
あたしは［みんな、たくさんのコメントありがとう★］と書き込んでから、カメラに背を向けて、天国に向けて歩き出す。
飛び降りがいちばん気持ちいい。ふわふわして、空を飛んでいるみたいだって、完全自殺マニュアルに書いてあった。それを読む前から、飛び降りようって決めていたけど。だって、首吊（くびつ）りなんて、アイドルに相応（ふさわ）しくないから。
深呼吸をしてから、黄昏時（たそがれどき）の東京の街に向かって自己紹介を始める。

「朝でも昼でも夜でもない、夕暮れのなかであなたの視線を独り占め、夕暮みみかでーす★」

それは、あたしをアイドルにしてくれた魔法の呪文。

天国へ近づくたびに、ボリューミーなスカートのフリルが揺れる。このパープルオレンジの衣装をはじめて着た日、あたしは希望に満ち溢れた十八歳だった。

七センチのヒールを鳴らしながら、現実の縁に立つ。飛び降りるとき、靴を脱ぐ描写がよくあるけど、あたしは靴を脱がない。だってこれは大事な衣装だから。

嗚呼。あたしが死んだあと、タイムラインに投下しておいた最後の自撮り写真には何件のいいねとコメントがつくだろう。

テレビは、どれくらい、地下アイドルの死を悼んでくれるだろう。

きっとサブカル好きは、ライブに来たこともないくせに、あたかもあたしに前から注目していたみたいに、つまらないアイドル論を偉そうに呟くのだろう。

でも、それでいい。【夕暮みみか】がトレンド入りして、みんなが夕暮みみかのタイムラインを遡って、ネットに散らばる夕暮みみかの情報に目を凝らす。やがて最上れつが推していたアイドルだということに辿り着き、それはたちまちネットニュースになる。そして、最上れつが『デビュー当時から大好きでした』という告白とともにお悔やみの言葉を投下して、そのポスト（ってやっぱり慣れない）には一時間も経たないうちに何万ものいいねがつく。

注目されたいがために死ぬんだから、それぐらい、願ってもいいでしょう。

ああ、もうすぐ死ぬというのに、あたしはスマホを見たくてたまらない。

「ねえ、@Sathumaimo さん。知らせに来てね」

でも、それはもう許されない気がして、あたしはそう背中のカメラに向かって叫んだ。

もしもあなたが罪滅ぼしではなく、心の底からあたしを応援してくれていたのなら、あの世に知らせに来て。

「あたしが死んだあとの世界を」

小さな画面のなかに散らばる、膨大な量のあたしの情報を。

@Sathumaimo（サツマイモ）

思えばいつも最前にいた。

小学生の時、背の順になりなさいといわれ、背が低い私はおのずと最前に並んでいた。

中学生の時、視力の悪い私は、教室で黒板がいちばんよく見える最前の席に座っていた。

高校生の時、ガリ勉だった私の名前は、貼りだされた試験結果の紙の、常に最前にあった。

大学生の時、秋葉原（あきはばら）のライブハウスの最前で、パープルオレンジのペンライトを振っていた。

——そして今も、私は最前にいる。


きっとあなたは、私が現れたことに、動揺していますよね。

少し……長くなるかもしれませんが、私がここに来るまでの軌跡を聞いてくれますか？

私があなたに出会った日からのことを。

何も答えないということは、勝手に話してもいいと、解釈してもいいですよね。

じゃあそのまま背を向けたままでいいので、聞いてください。

七年前、新品の制服の匂いが漂う教室で、私があなたを見つけたとき、あなたは、夕暮みみかという非現実な名前ではなく、アイドルでもありませんでした。

「小暮瑠美花（こぐれるみか）です。よろしくお願いします」

あなたはその美しい本名の通り、私の地元である九州の片田舎の高校に、都会の中学からやって来た一輪の花だった。

小さな顔に、すらりと伸びた手足。自分も着ているはずの群青色の制服は、まるであなたの為(ため)に作られた衣装のようにさえ感じた。あなたが教室に存在しているだけで、芋臭い教室が、香(かぐわ)しい花園に変わるみたいだった。

私は一瞬であなたに憧れた。

恥ずかしながらそれは、単純にあなたが、これまで目にしてきた誰よりも、美しかったからなのかもしれない。

「川田佐代里(かわださより)です」

けれどその飾り気のない名の通り、教室を泳ぐ透明な魚のような私は、あなたの友達として立候補する勇気はなかった。それにあなたは端から友達など欲してはいなかった。だから私たちは、ただの、挨拶も交わしたことのないクラスメイトになるはずだった。

教室で、私の席はいつも呪われたように最前で、あなたは最後列に座っていた。名前順だったから、私の列に座るあなたの姿は、どう頑張っても、私の視界に映ることはなかった。

もどかしかった。でも、あなたが黒板の前に立つときは、あなたの誰よりも堂々とした発表を最前で拝むことができた。

当然ながら、あなたに見惚(みと)れているのは、私だけじゃなかった。みんな、あなたという存在を気にしていた。けれどあなたは、誰とも群れようとはしなかった。

教室の誰にも、興味がないように見えた。あなたはいつだって気持ちいいほどに自分自身だけを見つめていた。人の目や恥を恐れて生きてきた私にとって、それは本当に恰好(かっこう)よかった。

私はいわゆるお嬢様育ちで、家にはいつも、花や紅茶の香りが漂っていて、悪趣味な大理石のテーブルには、干し芋が並べられていた。その干し芋は、父が経営する食品会社で作っている看板商品だった。

服や本、父に頼めば、少女が欲しがる大抵のものは買ってもらえた。でも、私の心が満たされることはなかった。

なぜなら私は、自分が嫌いだったから。だからどんなに素敵な服を与えてもらったとしても、無意味だった。

あの頃の私はとても臆病で、陰気で、母は明らかに一つ上の兄を贔屓していた。

見た目ひとつとっても、他校からも女子が群がるほど美形な兄とは違い、背が低いのもあって太りやすく、ご存じのようにデブだった私は、注意力が散漫なのか、自分でも呆れてしまうほどの酷いドジぶりで、さらにあがり症で、極度の緊張状態に陥ると、わけのわからないことを口走ってしまう癖もあった。

母は、私が何か失言したり失敗するたび、冷酷な目をして「恥ずかしい子」と言い放ち「お願いだから、これ以上恥ずかしい子にならないでね」そう釘を刺した。

私は次第に何もできない子になっていった。何も挑戦しない子に。これ以上、恥ずかしい子になるのがこわかった。

その結果、私はガリ勉になった。勉強して怒られることはなかったし、勉強だけは私を裏切らなかった。

すみません、話を戻します。

翌年の春になり、高校二年生になった私とあなたは、再び同じクラスになりましたよね。

田舎のマンモス高ゆえに、それは九分の一という、奇跡的な確率だった。

席決めの際、もはや前の席を希望しなくとも、定めのように、あるいは呪いのように最前になってしまう私は、一年のとき、あなたの姿が見られないことを憂えていたけれど、教室にあなたという存在がいるだけで、感謝しなければいけないのだと、ようやく気が付いた。

新しいクラスになっても、あなたは誰とも群れようとしなかった。休憩時間、いつもあなたは、ざわつく教室の窓際の隅で、注ぎ込む柔らかな光を浴びながら、一心不乱に自撮りをしていた。

否応（いやおう）なく目立っていたからでしょう。教室には、次第にあなたを馬鹿にする声が轟（とどろ）きはじめた。悪い噂（うわさ）も流れるようになった。パパ活をしているとか、他校の不良グループと仲がいいとか、そういう田舎じみた馬鹿みたいなものだった。

そして夏休み明け、とうとう事件が起こってしまった。

あたしだけが花園にいる　芋臭い彼女たちの教室は夕暮

発端は、私がノートに綴（つづ）ったその陳腐な短歌だった。

その頃、短歌に沼っていた私は、浮かんだままにノートの隅に書いては、自己満足を繰り返していた。

しかし想像力にも知性にも欠ける彼女（クラスメイト）たちは、短歌に親しみがなかったのでしょう。私が作ったその歌を見つけるや否や、悪口だと受け取ったようだった。まあ、悪口で間違いはなかった。

その歌は、あなたから見た世界を詠んだものだったから。

「いちばん芋臭い奴に芋臭いとか書かれてうけんだけど」

一人のギャルが、シンバルを鳴らす猿の玩具のように、狂気的に手を叩きながら言い、

「ねえ、どの面下げて、こんなこと書いてんの」

次にそう言い放ったギャルは、時代遅れの芋虫のようなルーズソックスを履いていた。

こんな下品な集団に何を言われても、動じない予定だった。

「デブの癖に、恥ずかしくないの」

でも、残りの一人が発したその呪いのような言葉が耳に入った瞬間、悪寒が走り、眩暈がして、自分をシャットアウトするべく机に突っ伏していた。

私はやっぱり、こんな下らない奴らから見てもどうしようもなく恥ずかしい存在で、だから短歌を書いただけで、こんな最悪な事態になってしまうのだ。やっぱり勉強以外は何もするべきではなかった――。

胸の中で叫びながら、気が付けば号泣していた。悲しいというよりも、悔しかった。自分よりも馬鹿な人間からも蔑まれるような人間であることが。

「なに、泣いたら許されると思ってんの」

「ほら、顔あげろ豚。土下座しろよ」

「土下座しろっつってんだよ」

彼女たちのなかで、もっとも大柄なギャルに髪の毛をつかまれ、椅子を蹴られ、私の身体は一瞬宙に浮かんだ。衝撃で眼鏡が外れ、放物線を描きながら、埃にまみれた床へ落下していき、無

気力な私にはもう、眼鏡が踏まれないことを祈ることしかできなかった。

「ねえ、今、動画撮ってるんだよね。うるさいから静かにしてくんない」

そのときだった。

あなたの美しさだけは、眼鏡がなくとも、涙越しにだって、はっきりと映った。

「いきなり何」

「あんたもこれ見なよ。こんな芋臭い奴に、芋臭いとか言われて、イラつくでしょ」

あなたが参戦したことに動揺しながらも、彼女たちは怒りに任せて言い、短歌を見せつけた。

あの時私は、あなたに短歌を見られたことを恥ずかしく思う一方で、心底驚いていた。というか、信じられない気持ちだった。だって、あなたが自発的にクラスメイトと関わることなんて、これまで一度も無かったから。

「別に。あたし、サツマイモ大好物だから。ねえ川田さん、サツマイモ美味しいよね」

あなたは、そう問いかけながら私を見つめ、かわいらしく首を傾(かし)げた。

幼い頃、私は干し芋が好きだった。だから父は今でも、私が喜ぶと思って、テーブルの上に干し芋を置いている。そして私は、いい娘であることをアピールするように、それを完食していた。本当はもう飽きていた。食べたくなかった。でもあの瞬間、私の好物は、再びサツマイモになった。

私はさらに号泣しながら、頷いた。

勿論それは、あなたにはじめて話しかけられた感動からだった。

彼女たちは揃って眉を顰(ひそ)め「意味わからん」と言わんばかりに視線を重ね合わせていた。

そして「やっぱりこいつ頭おかしい」という悪口が追加されたときだった。

「あ。でも、あなたたちは、ジャガイモに似ているね。ふふ」

流石に苛立ったんですよね——？

あなたは彼女たちに向かって、とどめを刺すように言い、にっこりと笑った。

翌日からは、言うまでもなく、いじめが始まった。

そう。本来いじめられるはずだった私に代わって、あなたがいじめられるようになってしまった。

あなたへのいじめは、古典的ながら酷いものだった。トイレの汚水を浴びせたり、体操着や上履きを泥だらけにしたり。ジャガイモたちは、美しいものを、どうにか穢そうとしていた。

でもあなたは、辛い顔一つ見せなかった。何をされても「おもしろーい」なんて言って、笑っていた。それがさらに、ジャガイモたちを激高させた。

穢されたあなたが視界に映るたび、罪悪感で死んでしまいそうだった。なのに私は嫌になるくらい臆病だった。

毎日、謝ろうとしては、話しかけることもできないふがいない日々が続いた。私はあなたと目を合わせることすらできなかった。こわかった。あなたに、無視されたらと思うと。恨まれていたらと思うと。

私がようやくあなたに謝罪できたのは、二年生がもう終わるという時期だった。

あなたは覚えていますか？

あの日、くだらない嫌がらせによって、あなたは校庭の脇にある二十五メートルプールの掃除をたった一人で任されて——おしつけられていましたよね。

一人では到底終わらないことは、明らかだった。

それはあなたにとって絶望だったかもしれない。でも私にとっては神様がくれたチャンスに違いなかった。

私は勇気を振り絞り、掃除用品からデッキブラシを取り出して、プールに向かった。

冷え切ったプールサイドに、あなたは制服姿のまま横たわっていた。じっと、空を泳ぐ雲を見ていた。苔（こけ）だらけのプールに絶望しているのだとわかった。

「手伝ってくれるの」

あなたは視界の端に私を見つけると、静かにそう訊ねた。

私はこの心臓の音がどうかあなたに届かないように願いながら、大きく頷いた。

あなたは起き上がり、ローファーを脱ぎ、プールへ降りた。私もそのようにした。それから私たちは無言で、プールを掃除した。何かに取り憑かれたように、一心不乱に。

昼過ぎから始めて、気が付けば、圧倒的な夕焼けが私たちを包んでいた。

「きれい」

あなたは言った。掃除を終えたプールのことなのか、夕焼けのことか、その両方なのか、私は訊ねることができなかった。

「あの素敵な短歌のおかげで、ずいぶん酷い目にあった」

それからあなたは……丁度今の空の色と同じ、黄昏時の空を見上げながら、溜息混じりに呟いた。

私は瞬時に、プールの底に頭をつけて、土下座した。たとえ、清掃する前だったとしても、抵抗なんてなかった。

「あたし、退学するの」

私の無様さを一瞥したあとで、あなたは言った。

許されてもいないのに、衝撃のあまり、私は思わず顔を上げてしまった。

きっと私のせいでいじめにあったからに違いない。これまでとは比にならない罪悪感で、声が出せないでいると、あなたは続けて言った。

「アイドルになるの。だから東京に行くんだ。ＳＮＳ経由でスカウトされたの。来年の春に、デビューライブも決まってる。あたしね、日本一のアイドルになるのが夢なの。知らない？　あたし、ＴｉｋＴｏｋのフォロワー１０，０００人目前なんだよ」

——１０，０００人。それは底辺の生徒だった私にとって、途方もない数字に思えた。

「だから、そんなふうに無様に謝るくらいなら、あたしのこと命がけで応援して」

あなたは私の顎を指の腹でくいっと持ち上げた。

「そうじゃないと、許さないから」

そして、天使のような、悪魔のような、私が知る誰よりも美しい顔でにっこりと笑った。

その晩、私はＴｉｋＴｏｋをダウンロードして、徹夜であなたのアカウントを探し出しました。

あなたのフォロワーは、９，９９９人で、狙っていたかのように、私がフォローすることで、１０，０００人になった。

教えてくれた通り、あなたがアイドルとして本格的にデビューしたのは、それから丁度一年が経った日のことでしたね。

当然の如く、あなたが所属する『スカイガールズ』のデビューライブに、私は参戦しました。九州の片田舎から東京に向かいながら、私の心臓は激しく波打って痛いほどだった。あなたの姿を一年ぶりに見ることができる……。あの日の昂揚感だけは、何を忘れても忘れない。

はじめて降り立った秋葉原。雑居ビルの地下にあるライブハウス。そこには、50人ほどのファンが集まっていた。それが多いのか少ないのか、当時の私にはわからなかった。ただ、人が集まるということ自体が、凄いと感じていた。

いよいよライブが始まり、ステージには、メンバーカラーであるパープルオレンジ――正確には、キャミソール部分がオレンジでスカートが紫――のフリルが重なった衣装を着たあなたが現れた。

「朝でも昼でも夜でもない、夕暮れのなかであなたの視線を独り占め、夕暮みみかでーす★」

その魔法のような挨拶を浴びながら、私の目からは自然と涙が溢れていた。

あなたに会えたことは勿論、あなたがアイドルそのものだったから――。

他の初期メンバーの六人も、それぞれ整った顔立ちをしていたけれど、私の目には、あなたしか映らなかった。あなたはこれから、ドームを埋め尽くすような日本一のアイドルになるに違いない。私の胸は、確信で満ち溢れた。

終演後、ＣＤを買った分だけ、選んだメンバーと握手ができるとアナウンスが入った。一枚につき、三十秒ほど話せると。

私はとりあえずＣＤを三枚、積んだ。

レジでスタッフに「誰に並びますか」と訊かれ、私は告白の時を迎えたように、どきどきしながら「夕暮みみか」と答えた。

それまで私は、あなたのアイドルネームはおろか、あなたの本名さえ呼んだことがなかった。心の中でさえ、いつも「あなた」と呼んでいた。それはきっと、自信がなかったから。そう。あの頃の私には、あなたの名前を呼ぶ自信さえなかった。

「三枚とも？」

スタッフに再度確認され、私は静かに頷いた。


「わあ、三枚もありがとう」

あなたは私の手をしっかりと握り、テンション高くそう言ってくれた。

あなたの手のひらは、マシュマロのように柔らかくて、包まれた瞬間、すべての悩みが吹き飛んでいくようだった。

「女の子が来てくれるのって、すごくうれしい」

教室で聴いていたあなたの声と、アイドルとして話すあなたの声色は違った。その差を知っているのは、この中で私だけなのだと思うと、優越感が込み上げてきた。

「ライブ、楽しかった？　あたし、ちゃんと踊れていた？」

今日こそあなたと言葉を交わそうと、言いたいことをたくさん、胸に留めてきたのに、私は何も言えなかった。あなたが気を使って投げかけてくれる言葉に反応することしかできなかった。

酷く緊張していた。

だってあなたはもう、正真正銘のアイドルだったから。

そして、あっという間に一分半が経った。

「ねえ、また来てくれる？」

去り際、あなたはぎゅっと、一層強く、私の手を握りしめた。

私は何度も頷いた。

「よかった。待ってるね」

私の目を見つめて笑顔を作り、あなたは言った。思い返せば、あなたは握手の最後に、いつもそう言ってくれましたよね。こちらまで切なくなってしまうような、不安そうな声で。


会場の外にでると、いっきに天国から地獄に落とされたような気持ちになった。

あなたに会えて、あんなに幸せだったというのに、途端に虚無感に襲われて、私はその場に立ち尽くしてしまった。

ライブが終わってしまった寂しさもあったけれど、虚(むな)しさの原因はそれだけじゃなかった。

――あなたは、私を覚えていなかったから。

けれどそれは、喜ぶべきことだった。

そう……あなたは私のことを、@Sathumaimo（川田佐代里）だとわからなかった。

なぜなら私は、一年前の私ではなくなっていたから。


「そうだ。さっき、はじめてあなたの顔を近くで見て思ったんだけど、あなたって磨けば光りそうな気がするから、最後に一つ、大事なことを教えてあげる。とにかくね、この世界は、美しいものが勝つようにできているの。だから、惨めな思いをしたくなかったら、美しくなればいいの。そうすれば、すべてがうまくいく。本当だよ」


二人でプール掃除をした後、完全に紫に変わった空の下で、まるで私の心を見透かしたように、あなたがそう教えてくれたから。

あの日私は、次にあなたと会う時までに、精一杯美しくなろうと決意した。そして、教室にあなたがいない寂しさを紛らわすように、様ざまなダイエット法を試した。プチ整形もした。余談ですが、あなたのおかげで再び好物になった干し芋は腹持ちがよくて、食物繊維が多くて、ダイエットに有効だった。

「親からもらった顔を勝手に変えるなんて……！」

母には金切り声をあげられたけど、美しくなったことに、後悔なんてなかった。痩せて目を二重にしただけで、周囲の反応は信じられないほどに変わった。

罰ゲームではなく男子から告白されるようになり、女子は前から親しい友達だったかのように、私に纏わりつくようになった。

それに母も、術後は目元が酷く腫れていたから、気味が悪かったのだと思うけど、最終的な仕上がりを見て、嘘みたいに優しくなっていった。「恥ずかしい子」だと罵られることがなくなり、ドジな部分すら、笑ってくれるようになった。

やがて美しい兄と比較されることもなくなり、会食の場で「自慢の娘なんです」と母がのたまったときには、思わず呑み込んでしまった宮崎牛のステーキが喉に詰まりかけた。

とにかくすべては、あなたの言う通りだった。この世界は本当に、美しいものが勝つようにできていた。

そうして高校を卒業したあと、東京の大学へ進学したのは、成績が良かったから――というのは建前で、思う存分あなたを応援するためだった。もう一つは、家を出て、自由になりたかった。なんのしがらみもない土地で、一人で羽ばたいてみたかった。


東京という街で、私は本来の自分を取り戻しつつあった。

そして、人生が急変したのは、上京して一年が経過した春の夕暮れ、『スカガ』のライブへ向かう途中だった。

「君なら絶対、日本一のアイドルになれる。練習に来てくれるだけで、日給一万だすよ。僕の目に狂いはない。保証するよ」

見るからに業界人の怪しいオジサンは、許可もなく私の手を握り、真剣な眼差しでそう言った。

幸か不幸か、私をスカウトしたそのオジサンは、日本一といっても過言ではない、アイドル事務所の社長だった。

ライブに遅刻しそうで急いでいたのもあったけれど、私の手はいつのまにか、そのギラついた名刺を受け取っていた。つまり、承諾したのです。

日給一万円というのは魅力的だった。私は、あなたを応援するための資金が欲しかった。親からの仕送りではなく、自分で稼いだお金でCDを積まなければガチ勢とは言えないと感じていた。でも、正直に言えば、アイドルになったのは、それだけが理由ではなかった。

スカウトされた瞬間から、私の胸は異常なほどに高鳴っていた。

私はずっと、あなたに憧れていた。あなたみたいになりたかった。あなたのような、存在するだけで教室中の視線を独り占めできるような、きらきらした人間に。


そして気が付けば私は、最前にいました。

そうです。練習生になってから半年も経たずに、『透明に近い彼女たち』というグループでデビューすることが決まり、デビュー曲から、センターに抜擢されたから。

これまでのアイドル史にはなかったような、女子の闇を解き放ったような挑戦的な曲や、無駄に肌を露出しない、フリルもレースもないモノクロの衣装は、多数のサブカル好きに支持された。

センターを務めた私の知名度はうなぎ登りに高まり、仕事のオファーが殺到し、睡眠時間も確保できないほど目まぐるしい日々に追われ、休みもなく、今までのようにあなたのライブに行くことができなくなった。その状況はあまりにも、本末転倒だった。アイドル活動を辞めることもできたのかもしれない。あなたとの約束を守るためにもそうするべきだったのかもしれない。

でも——許してください。

私は、アイドルとしての誇りを持ち始めていました。

生まれて初めて、こんなにも大勢の人から必要とされることへの喜びを、捨てることができなかった。そして、こんな自分を支持してくれるファンの期待に、応えたかった。

だからせめてもの償いに……違う、あなたをいつも応援しているという証明に、私は以前と変わることなく@Sathumaimo（サツマイモ）として、あなたのSNSの投稿すべてにいいねをして、コメントを送った。イメージを守るために最上れつのアカウントでは、堂々と応援することはできなかったけれど、自グループ以外にフォローしているアイドルは、あなただけだった。

今までにあなたが投稿した自撮りは、インスタのストーリーに載せられたものさえスクショして、一枚残らず、このスマホに保存してある。

だからこそ、近年のあなたのアイドル活動が、停滞していることは知っていた。

あなたが迷走するたび痛みが届いて、辛かった。フォロワーやガチ勢からのコメントが減るたび、悔しかった。

だってあなたは誰よりも最高なのに。

あなたの可愛さを、強さを、優しさを、私は知っている。

いつだって、私が何万人分にもなれると伝えたかった。でもあなたにとって私は一人だったし、私は一人でしかなかった。私一人があなたを生き甲斐（がい）に思っていても、それはあなたの何の糧にも、何の励ましにもならなかった。

だってあなたの夢は、日本一のアイドルになることだから。

その夢を叶えるために、あなたは今、死のうとしている。

昨日、あなたがインスタライブの予告とともにストーリーに上げた自撮りを見た瞬間から、嫌な予感がしていた。

あなたが自撮りで笑顔を見せたことなんて、これまで一度もなかったから。

だから私は開始時間、トイレに行きたいと撮影を抜け、待機していた。

インスタライブが始まってすぐ、私にはここが——あなたの居場所がわかった。

背景に映り込んでいたこの特徴的な鳥のオブジェに見覚えがあった。『透彼』のデビュー曲を撮影したビルの屋上だとすぐに思い出せたのは、この向かいのビルのスタジオで、新曲のＭＶの撮影をしていたから。

あなたはきっと、その情報を誰かから聞いていた。

そして、今日ここであなたが死のうとしていたのは、私が来ることを、願っていたから。

……だからこうして、私の話を聞いてくれたんでしょう？

撮影を投げ出して、全速力であなたのもとへ走りながら、私は最悪のことを想像せずにはいられなかった。

——あなたがいなくなった世界のことを。

目が覚めてスマホを見ると、トレンド一位には、夕暮みみかの名前が挙がっている。

その瞬間、私にはわかる。あなたが死んだのだとわかる。朝のワイドショーでは、あなたの自己紹介が、繰り返し流れる。あなたは、日本一のアイドルになるのが夢で、有名になりたかった。

だから、おめでとう、という言葉がいちばん相応しい。

「みみか、トレンド一位だよ。おめでとう」

私はあなたの最後の自撮りに、そうコメントを送る。

「不謹慎ですよ」

すると、あなたのファンでもなかった人、あるいは今日まであなたのことを知らなかった人から、そんな返信がくる。

タイムラインには、昨日までアンチだったかもしれない人間の、正義ぶった言葉が散らばる。

「私は、あなたが死んだあとの世界のことを、知らせにいかない」

トレンド一位になったこと。あなたの素晴らしさを語った自称アイドル評論家がいたこと。ニュース番組であなたの挨拶が繰り返し放映されていたこと。いちばん可愛く写った自撮りが拡散されていたこと。

「死なせないから」

言い終えて、私はようやく深く息を吐いた。

こんな長台詞は演技でも話したことがなかった。

あなたは微動だにせず見下ろしていた東京の街からゆっくりと顔を上げて、空を仰ぐ。それから私と同じように深呼吸をしたあとで、ゆっくりとこちらを振り返ると、私の目をじっと見つめた。

初期衣装を纏ったあなたはどうしようもなくアイドルで、私は今も、最前にいる。

黄昏時の東京の街に向かって、あなたが挨拶を始めたときから。

「……話したいことはそれで全部？」

あなたは無表情に、これまでになく冷たく言い放った。

怒っているのかもしれない。当然だ。あなたの夢であった日本一のアイドルに、私がなってしまったのだから。

昔の自分だったら、きっと頷くしかできなかった。頷くこともできなかったかもしれない。

「いいえ」

けれど私はもう、あの頃の私ではない。

私には自信がある。

今、世界中で、あなたを救えるのは、私だけだという自信が。

私は、撮影で着用していた黒いタキシードのような衣装と合わせたブーツの音を響かせながらあなたに近づいて、あなたの手を握った。最後に握手をしたのは、三年前。あなたの手の感触は、記憶のままだった。

「私、この衣装の曲を最後に、グループを卒業します。夢があるんです」

私は言った。いつの間にか、オレンジから紫色に変わった夕焼けが、東京の街を包んでいる。

「世界一のアイドルになりたい」

私はあなたの目をじっと見つめて微笑み、

「あなたと二人で」

柔らかなその手を、一層強く握りしめた。

「許さない……！」

しかしあなたはすぐにそう叫び、私の手を振り払おうとした。

けれど私は、離さなかった。もしもあなたがこの瞬間に身を投げ出して、このまま一緒に地獄に落ちたとしても構わないと思った。だって私はあの日あなたに、命がけであなたを応援すると誓ったのだから。

「あたしが、どれだけ辛かったと思う……？　あなたがライブに現れなくなった日から、あたしの心は空っぽだった。アイドルになったあなたが、私の夢に近づくたび、死にたかった。それでもライブをするたび、もしかしたらあなたが来るかもって探して……。フォロワーが減るたび、あなたかもしれないって、調べて……」

あなたの目からは、涙が流れている。

私の目からも。

「去年、番組で、最上れつが詠んだ短歌を見たとき――なぜだかふと、鮮明にあなたのことを思い出した。あの短歌を書いた、あなたのことを。あのときに、気が付くべきだった。最上れつが@Sathumaimo（あなた）だって。だって、あたしは、ずっと……」

涙で声が詰まって、あなたはそれ以上喋れなくなる。だけど続きはもう、聞かなくても知っている。離れていくファンを引き留めることもできず、アンチと戦う中で、あなたが@Sathumaimo（私）のコメントを心の支えにしていたことも。

あなたが、最上れつただ一人に向けて活動していたことも、ぜんぶ。

だってあなたのSNSはいつだって、可哀想なほど、最上れつに気が付いて欲しくて必死だったから。

最上れつが紹介したコスメを使い、最上れつが雑誌で着ていた服を纏い、最上れつが感動したと呟いた本を読んでいた。あなたが見たテレビ番組のコーナーで、最上れつの短歌が絶賛されてからは、短歌に沼っているとも投稿していた。

短歌は今でも、唯一の趣味だった。あの時あなたが素敵だと褒めてくれたから。

私の原動力はいつだってあなただった。

つまり、私が日本一のアイドルになれたのはあなたがいたからで、あなたがまだ日本一になれないのは、最上れつに囚われすぎているせいに違いなかった。

「あなたは、あなたのままで輝けるはずだったのに、私が、あなたのアイドル人生を変えてしまった。そう思うと申し訳なくて、合わせる顔がなかった。そして……正体を言えなかったのは、私が最上れつだと知ったら、あなたが絶望するんじゃないかと思ったから。でもそれが結果的に、あなたをこんなにも、死に追いやるほどに苦しめてしまっていた。ごめんなさい……ライブに行けなくて、本当にごめんなさい。でも、これだけは信じてほしい。私は心からあなたを応援してる。あなたに憧れて、あなたになりたくて、私はアイドルになった。今の私がいるのは、あなたのおかげ。ぜんぶ、あなたがいたから頑張れた。だから、夕暮みみかのいない世界で、私は頑張れない。だって、私はずっと……あなたが」

その刹那、あなたは私の手を離すと、飛びつくように私の身体に抱き付いた。

胸が張り裂けそうになりながら、私は自分よりも背が高いあなたの身体をきつく抱きしめ返した。臓器も、皮膚も、衣装も、あなたに触れたすべてが蕩けてしまいそうだった。

「ずっと……ずっと、あなたのこと待ってた」

壊れそうな声であなたは言い、私の肩に顔を埋めた。

今あなたが、泣いているのか、笑っているのか、私にはわからない。

でも、私にはわかる。あなたが今、私と同じ未来を想像していることが、私にはわかる。

――ライブ配信され続けているこの瞬間のことはニュースになり（もうなっているかもしれない）、日本のトレンド一位を搔っ攫う。

数カ月後、満を持して二人でアイドル活動を始めたあなたと私は、最高のコンビ。

誰もが私たちの関係性を尊いと褒めたたえる。

あなたの自撮りには何万件ものいいねがつき、ネットでは古のアイドル評論家がピンク・レディーの再来だと大絶賛している。

ＹｏｕＴｕｂｅに公開したデビュー曲は五〇〇〇万再生され、新人賞を総なめにし、私たちは誰もが知る年末の歌番組のステージへと駆けあがる。

「お二人は高校時代からの親友なんですよね？」

司会に抜擢された旬の人気女優が訊く。

「はい、れつがいたから、ここまでこられました」

何の下調べもしていない適当な質問だと感じながら、あなたはカメラに向かいにっこりと笑う。

「それはとっても素敵ですねえ。では、歌って頂きましょうか。えっと……あ、グループ名なんでしたっけ」

その人気女優はドがつく天然で有名。きっとネットで叩かれるだろうと予感しながら、私たちは顔を見合わせる。私は全然怒ったりしていないし、あなたはきっと面白いと思っている。

「最前」

そして私は、それを言うために生まれてきたかのように、堂々と答え、

「私たちのグループ名は『最前』です」

焦がれ続けたあなたの手を握りしめる。

ステージに移動すると、歓声と共に曲が始まる。オレンジと紫の光の中で歌い踊る私たちは、
自信と希望に満ち溢れている。

一日中エゴサなんてしなくても、あなたはもうあなたの素晴らしさを見失うことはない。

だってあなたの最前には、いつも私がいるから。

〔首師〕

青崎有吾

青崎有吾（あおさき・ゆうご）

1991年神奈川県生まれ。明治大学文学部卒業。2012年、『体育館の殺人』で第22回鮎川哲也賞を受賞しデビュー。22年『早朝始発の殺風景』がTVドラマ化、23年「アンデッドガール・マーダーファルス」がTVアニメ化、「ノッキンオン・ロックドドア」がTVドラマ化された。24年『地雷グリコ』で第24回本格ミステリ大賞（小説部門）、第77回日本推理作家協会賞（長編および連作短編集部門）、第37回山本周五郎賞をトリプル受賞。他の著作に〈裏染天馬〉シリーズ、『11文字の檻　青崎有吾短編集成』など。

扉イラスト／いくたはな

1

だめだ、醜さが足りない。

少し前から芽吹いていた違和が、ついに拭いきれなくなる。鷹緒(たかお)は五番箆(べら)を置き、一歩さがり、作品全体を視界に入れる。

でっぷりと肥えた四十路(よそじ)の武将だ。似絵(にせえ)を元に造形した顔は奥歯をきつく嚙(か)みしめ、苦痛と悲愴(ひそう)さを伝えている。頰は不自然にたるみ、まるで別人が皮をかぶっているように見えるが、これはあえての細工。肉は内側から先に腐る。ゆえに、太った者の死体はしばしばこうした異形を帯びる。厚ぼったいまぶたの奥で生気の失(う)せた目玉が傾(かし)ぎ、ばらけた方角を見つめている。この男を斬るのは元服したての若武者だという。未熟であろうその技量に合わせ切り口はややいびつ、頭部全体が前のめるような角度で仕立てている。唇のひび割れ方。ばらけた月代(さかやき)の鬘(かつら)の具合。筆で顎下(あごした)に散らした汗疹(あせも)。細かく検(あらた)めてもおかしな点はない。充分に恐ろしく、醜い首だ。

しかし、何かが足りない。

気のせいさ。もう仕上げの段階なのにいまさらどこを直すというのだ。先方でも首化粧(くびげしょう)を施すのだからこれ以上作り込む意味はない。期限は今夜なんだぞ——頭の隅で、内なる自分が妥協を誘う。鷹緒は端から耳を貸さぬと決めている。何が足りぬのか、それだけを考え続ける。

蜂塚軍の田伏八作という男だそうだ。本人は知る由もないが、次の戦にて敵将の息子に斬られ、彼の初陣を飾ることになっている。実際には世話焼きな家臣が毒矢で殺すらしい。毒の痕跡が顔に出てしまうため偽の首を用立てる必要があり、鷹緒の元へ依頼が来た。

依頼者いわく、田伏は戦だけがとりえの乱暴者。といっても先陣を切ったことは一度もなく、戦が一段落したころに躍り込み、負傷した兵にとどめを刺すのを好むのだとか。その際に用いる甲冑法の稽古だけは欠かさぬというから、微笑ましくすらあった。戦場をうろつく彼の姿を想像する。左右に動く臆病な目。獲物を見つけ、騎馬をけしかける。馬は巨重に堪え兼ね疲弊している。鞍の降り方も不格好だろう。悪臭を放つ鎧がカチャカチャと鳴り——

「兜紐だ」

確信すると同時に、指先が筆をつかんだ。

甲冑法とは具足をまとったまま行う組手術である。その稽古。毎日のように鎧をつけ、兜をかぶっていたはず。太った顎と下唇が、きつく結んだ兜紐に圧迫され続ける。痕がついているはずだ。死後も決して消えぬ、ちっぽけな誇りの痕が。

筆を水につけ、唇の下を濡らし、その部分の粘土を柔らかく戻す。七番篦に持ち替え、粘土を削り、ほんのわずかなくぼみをつける。顎先も同様に修正。また一歩さがり、全体を見る。

死が、降りた。

粘土でできたまがい物が、たしかな生の残り香をまとった。すべての部位が調和し、細工の意図を相互に引き立て、見る者すべてに嫌悪と厭忌を植えつけるような、醜い死体を形作った。うっすらと、鷹緒の口がほころぶ。

「見事なもんだな」

声が聞こえた。

工房の戸口に、見知らぬ男が立っていた。折烏帽子に無精ひげ、家紋のない肩衣。腰には小刀を差している。田伏の首を受け取りに来た使いの者だろうか。それにしては早すぎる。

警戒する鷹緒をよそに、男は中に入ってくる。製作中の首を一瞥し、「田伏か」とつぶやく。

「下の名は……なんだったかな。江美城の酒宴で一度会った憶えがある。あまり似てねえな。だが、そこがうまい。並の首師は元の顔に似せて作る。だから偽物くさくなる。生前と死後じゃ人相は変わるもんだ。面影が残るくらいが、ちょうどいい」

死体のことをよくわかってるな。どこか陽気に評してから、男は、桶に入っていた予備の粘土を指ですくい取る。

「粘りが強いな。どこの土だ」

「石粉です」思わず、答えた。「砕いた石を自家製の粘土に混ぜています。乾いても水で戻せるので、造形がしやすい」

「肌の色は？」

「蛤粉と青黛。鉛丹も少し」

「完成間近ってとこか」

「青白さが真に迫っていません。乾かしてから上塗りをします。目玉には蠟を塗ってツヤ出しし、最後に腐臭の香りづけをします」

　男はうなずきながら、作業台に寄りかかる。

「畝霧山に天下一の首師あり、と聞いて来た。師匠は留守か？」

「鷹緒という名の首師なら、私です」

　相手の目に驚きが浮かぶ。小娘じゃねーか、という心の声が透けていた。男の前に立っているのは前髪を目元まで伸ばし、頬に面皰が目立つ無愛想な女だ。

　だが、立ち直りはほかの者よりも早かった。男は田伏の首へ目を戻す。

「何年やってる」

「六年」

「いくつ作った」

「この首で百七」

「全勝か」

「一度だけ、見破られたことが。まだまだです」

　何かを測るように、男は不ぞろいなひげを撫でた。そして、名乗る。

「浮座だ。四村桐親という男の下で、いろいろと、細かい仕事を請け負っている」

「四村……」

　ここ備中国で、その名を知らぬ者はいない。安芸の一大勢力・毛利元就の後ろ盾を受け、備中全土を統べつつある武将の名である。

「作ってほしい首がある」

「私は首しか作れません」

浮座と名乗った男はにやけ笑いを返した。

「四日前、俺たちはある戦に勝ち、敵の総大将を捕らえた。それによって備中制圧はほぼ済んだ形だ。敵将はいま俺たちの拠点、箕倉城の蔵に放り込んである。十日後、安芸の郡山城から元就公が到着される。敵将はその前夜に斬首され、首が元就公に差し出される手筈だ」

が――と浮座は間を置く。

「桐親様は優しきお方。長いつき合いの敵将を殺すのは忍びない、このまま秘密裏に生かしてやりたいと、お考えだ。つまり」

「毛利元就を欺くために、偽の首が要る」

鷹緒の声は震えていない。欺く相手がどんな大物でも、己の仕事は変わらない。

浮座もまた臆さずに、うなずく。

「十日以内に渾身の〝土首〟を作ってほしい。礼は弾む」

「その敵将には、お会いできますか」

「取り計らう。箕倉城下の空き家に工房も用意している」

「お受けいたします」

似絵を元に作らされることもあれば、依頼者からの聞き取りのみで顔を思い描かなければならないときもある。本人と面会できるうえ、通いの仕事場までもらえるならば楽な仕事だ。納品までの日数も余裕がある。

「いうまでもないが、これを知るのは俺とおまえとごく一部だけだ。他言無用だぞ」

「心得ております」

将や役人を騙す仕事である。口が緩い者に首師は務まらない。

両者とも慣れたもので、交渉は手早く済んだ。箕倉までの道のり、城への入り方などを伝えると、浮座は最初と同じ気楽さで工房の外へ向かった。「あの」と、鷹緒はその背に声をかける。最も重要なことをまだ聞いていない。

「その敵将の名は」

「瑪瑙姫だ」

鷹緒の右手から、七番篦が滑り落ちた。

「瑪瑙姫……不動の瑪瑙姫、ですか？　まさか、炬諸城が落ちたのですか？」

「落としたんだよ、俺たちがな。正々堂々とはいかなかったが、まあそこはお互い様だ」

なんでもなさそうに言ってから、浮座は試すような視線を投げる。

「女の首は不得手か？」

「……いえ。将の妻や娘を作ったことも、何度か」

「なら、作れ」

浮座は去っていった。

工房の戸口を見たまま、鷹緒はしばらく呆けていた。やがて思い出したように篦を拾い、田伏の仕上げに戻ったが、心はいまだ、その女の名に囚われていた。

「――瑪瑙姫」

戦国の世。

最も多くの戦が起き、最も多くの首が斬られた時代。

武士たちは討ち取った敵の首を腰に提げ、戦功の証(あかし)とした。それらの首級(しるし)は戦のあとの首実検にて将に検められ、首の身元に応じて報奨が振り分けられた。百姓でも落ち武者の首を取れば同じように褒美を得た。罪人たちは斬首され、その首は朽ちるまで民の前に晒(さら)された。同盟を結んだ二城においては、しばしば人質として親族が交換された。彼らは信頼関係が揺らぐたびに殺され、首は見せしめとして元の家に届けられた。武士が切腹をする際にも介錯(かいしゃく)役が首を斬り、その首は揉(も)め事のけじめとして城から城へと行き来した。首とは身分証であり、外交文書であり、脅迫状であり、勲章であり、通貨であり、人の尊厳のすべてであった。

良貨のもとで偽金がはびこるように、首においても無数の不正が横行した。

仲間から盗んだ首を差し出す「奪い首」。戦場で拾った首を差し出す「拾い首」。お歯黒などをつけ首の身分を高く見せる「作り首」。

そして、本人に似せた粘土細工に髷や塗装を施した、完全模造の首——「土首」。

行方不明となった武士を自分が討ち取ったことにしたい。数人がかりで嬲(なぶ)り殺した敵を一騎打ちで倒したことにしたい。戦に乗じて自分自身の存在を消したい。恩義がある相手なので死を偽装し、逃がしてやりたい——様々な理由から武士たちは精巧な土首を求め、その需要に応えるように、ある職業が現れた。

当世最先端の技術で偽の首を造形し、検分役の将を欺く、首専門の人形師たち。

彼らは、「首師」と呼ばれた。

2

田伏八作の土首は納得に足る仕上がりとなった。

翌朝、鷹緒は道具一式を取りまとめ、工房のある畝霧山を下りた。行商人と偽って高瀬舟に乗り、高梁川を南下。昼過ぎには箕倉の地へ入っていた。

小高い山の頂上に城の天守が覗き、ふもとには城下町が広がっている。農繁期を過ぎ、戦にも勝ったせいか、人々の空気はのんびりとしていた。

町はずれの空き家が、浮座の用意した仕事場であった。中は掃除され、区分けされた道具棚が設えられ、畝霧山の工房と同等の作業台が置かれていた。ああ見えて気がきく男であるらしい。

荷を置き、すぐに箕倉城へ向かう。

季節は立冬。木々は美しい紅葉をまとっていたが、鷹緒は頭上を見なかった。目を落とし、朽葉を踏みながら黙々と山道を上った。ずっと、瑪瑙姫のことを考えていた。

炬諸城、城主。

不動の瑪瑙姫。

四村桐親と同じく、この地でその名を知らぬ者はいない。

炬諸は備中の北の奥深く、京極氏系の守護大名が代々治める小さな領地である。質のよい鉱山を抱えた採鉱地としても知られている。十年ほど前に先代が急逝し、ただひとりの親族であった瑪瑙姫が空座を埋めた。一時しのぎのお飾りの城主だと、誰もが思っていた。

周辺諸国では尼子、浦上、毛利といった実力者が覇を競っていた時期である。炬諸の鉄鉱資源を狙い、各勢力が戦を仕掛けた。

だが、瑪瑙姫はそのすべてをしりぞけた。

姫が軍を率いるだけでも異例だが、問題はその戦のしかたである。

城を継いだ瑪瑙姫がまず着手したのは、水軍作りであったという。

瀬戸の海賊を雇い、警固衆として商船の警備にあたらせた。港も持たぬ山奥の城がいったい何のつもりか。姫君は南蛮菓子でもほしがっておるのだろうと、周囲は嗤った。

種子島に伝来したある武器の重要性をほかの軍が認識しだしたころ、炬諸には大陸から買い入れた硝石が運び込まれ、自前の鉄鉱と併せた大量生産がすでに始まっていた。

引退した猟師を参謀として登用した。獣用の罠を対人に応用し、山全体を要塞化した。

戦から徹底して宗教を排した。小荷駄・足軽に至るまでひとりずつ説き伏せ、無意味な祈禱と験担ぎをやめさせた。

兵糧攻めを予測し先手を打った。野営地で井戸水を飲んだ敵兵は次々と病に倒れ、陣を引かざるをえなくなった。

没落した公家や武士を城に招き入れた。誰にも見向きされず放浪していた彼らから各国の内情を聞きだし、それを元に策謀を用いた。

そうしたすべてを、城から一歩も動かぬままに成してみせた。

あまりにも手強いので、敵たちも征服から懐柔へ方針を替える。しかし炬諸は、それらにもなびかず孤高を貫いた。瑪瑙姫自身も未婚であり続けた。炬諸は備中の腫れ物と見なされ、ここ数年は戦に関わったという話自体聞かなかった。

浮座の発言に鷹緒が驚いたのは、そのためである。


箕倉城は箱堀と石垣で護(まも)られた、堅牢な平山城であった。

裏手の坂虎口(さかこぐち)を上がり、埋門(うずみもん)をくぐると、すぐそばに大きな土蔵があった。薙刀(なぎなた)を持った女が見張りに立っている。浮座にもらった印章を渡すと、相手は鷹緒を見もせずに言った。

「畳から先には、決して入らぬように」

妙な注文だったが、「はい」と応じて蔵へ入る。道具や書物を収めた棚がひしめき、薄暗い迷路を作っていた。奥へと進むにつれて蔵特有の黴臭(かびくさ)さが薄れ、寺社に似た厳かな香りが漂ってくる。曲がり角の先がぼんやりと明るい。狐狸(こり)に化かされているような気分でそこを折れる。

棚が途切れ、ぽっかりとあいた空間に、二十枚ほどの畳が敷かれていた。

幾本もの燭台(しょくだい)が置かれ、蠟燭が灯(とも)り、蒔絵(まきえ)をあしらった調度の数々がその光を照り返していた。菊の花枝を描いた手箱。舞楽を描いた櫛箱と鏡台。手水道具、文机と硯箱(すずりばこ)、見台に将棋盤。貝桶のそばには遊び終えたばかりのように、色とりどりの蛤貝(はまぐりがい)が散らばっていた。食事用の膳もあり、漆器の椀(わん)には琵琶(びわ)、美濃柿、有平糖(あるへいとう)といった菓子ばかりが収まっていた。厳かな香りの正体は、阿古陀香炉(あこだこうろ)から立ち昇る沈香(じんこう)の煙であった。

奥には、女が座っていた。

畳に敷かれた赤い毯代(たんだい)の上で、あぐらをかいている。金摺箔(きんすりはく)で葡萄(ぶどう)を描いた練緯(ねりぬき)の小袖。秋草模様の打掛は膝の上にかけられていて、座禅を組む僧のようだった。訪問者に気づくと、女は鷹緒のほうを見た。

唾を吐きかけたくなるほど美しい女だ。

引眉や白粉で作る当世流の美ではなく、天女や菩薩がまとう仙境の美だった。鷹緒より三つか四つ歳上のはずだが、ずっと大人びて見える。両端のすぼまった鋭い目。自然のままに流されたしなやかな垂髪。小高い鼻と、うるおった唇。黒鉄色の瞳が蠟燭に照らされ、まだらな輝きを放っている。その名を写し取ったような、瑪瑙のごとき双眸である。凛々しく整った両眉が、姫君らしい雅な顔立ちに二筋の墨を差し、全体の印象を引きしめていた。花と菓子で飾られた、一振りの刃がそこにいた。

畳の外側には円座が敷かれていた。鷹緒はその上に正座する。視線の高さが相手に近づく。

二人の女はしばし見つめ合った。

「首師か」

相手が口を開く。

飴色のその声は抑え気味なのに、不思議と鷹緒の腹まで響いた。

「鷹緒と、申します」

「浮座から聞いておる。わらわの土首を作るそうじゃな」

「はい。よろしくお願いいたします」

「よせ」頭を下げようとした鷹緒に、女が言った。「わらわの命はそなたにかかっておる。こちらが頭を下げるのが筋」

「……相手は毛利元就。私も、命をかけます」

女の目が細められ、じっと鷹緒を見る。容姿や齢ではない、その奥にある魂を見定められているように思えた。

「造形のための指図を作ります。しばらく、動かないでいただけますか」

「わらわは不動の瑪瑙姫。常に、動かぬ」

その女――瑪瑙姫の口角が、ゆるやかに持ち上がる。

空気が甘く煮えるのを感じた。鷹緒は気にせず、打飼袋から斐紙や硯を取り出した。瑪瑙姫も背筋を伸ばし、正面から描きやすい姿勢を取った。

筆を持ち、作業にかかる。

指図は土首制作の基礎。本人の顔を様々な角度から絵に写し、それを元に造形する。見たものを正確に描く技も鷹緒は卓越している。瑪瑙姫の顔を観察しながら、斐紙へ落とし込んでゆく。

つまらない仕事になりそうだ、とすぐに思った。

瑪瑙姫の目鼻は均整が取れすぎている。最初から彫像かのごとき容色である。なめらかな肌には疣も面皰も雀斑もなく、染みも古傷も皺もない。人生の辛苦が一切うかがえぬ新雪の野だけが広がっていた。そしてこの、完全無欠の雰囲気。鼻の奥が焼けつきそうな色香。見つめられれば男はもちろん、女でも夢見心地になるだろう。相対を渇望する者もいるのだろう。鷹緒はそうではなかった。落胆といらだちが募った。

私のやるべき仕事じゃない。

こんな〝作りもの〟を作るために、首師をしているわけじゃない――

「なぜ首を作る？」

「え」

ふいに、尋ねられた。

顔の位置を変えぬまま、瑪瑙姫の口だけが動く。

「首師に会うのは初めてじゃ。そなたを知りたい」

「……戦ばかりの世です。土首の依頼は絶えませんので」

「金のためか」

「はい」

建前だった。嘘の苦さが胸ににじむ。

いや、それでよいのだ。親しくなりに来たわけではないのだから。

「わらわの軍は首と縁が薄くてな。斬るのも持つのも検めるのも埋めるのも、手間ばかりじゃろう？　おまけにすぐ傷んで蠅がたかる、みだりに取らぬよう皆に言いつけておった。……それでも一度だけ、土首を見たことがある」

独りごとのように瑪瑙姫は続ける。

「足軽のひとりがな、先の戦で逃げた兵を討ったと申して、土首を持ってきたのじゃ。真に迫った、実に見事な首じゃった。あまりに見事なので咎はなしにしてやったほどじゃ。あの首はたしか……」

「浦上軍、阿鼻子春景という男」

鷹緒が答えると、瑪瑙姫は薄く笑った。最初から予測していたように。

「あの土首を作ったのは、そなたか」

「……ずっと、お聞きしたいと思っておりました」

鷹緒がこの依頼に浮き足立ったのは、それが理由でもあった。

精巧な土首を作り、検分役の将を欺く。首師の仕事とは、いわば贋作師（がんさくし）と鑑定人の勝負である。

鷹緒はその勝負に、一度だけ負けたことがあった。六年前、まだ仕事を始めたばかりのころ。

鷹緒の土首を偽物だと見破った将が、ひとりだけいた。

その将の名が、瑪瑙姫だ。

「いったい、なぜ見抜けたのですか。阿鼻子の土首は完璧だったはず」

「画竜点睛（がりょうてんせい）を欠いたな」瑪瑙姫はさらりと答えた。「どう討ったのか問うてみると、その足軽が語ってみせたのじゃ。阿鼻子は森の中で座り込み、休んでいた。自分は堂々と正面から迫った。阿鼻子は剣を抜こうとしたが、間一髪、こちらの剣が斬り勝った、と」

「顔には逃亡の疲労を刻んだつもりです。ひげを伸ばし、土汚れもつけて……」

「目が、下を向いていた」

首占い、と呼ばれる風習がある。

首実検の際、死者の表情や目の方向を見ることで、武士たちが自軍の吉兆を占う。右を向いた首は吉。左を向いた首は凶。穏やかにつぶった仏眼は吉。上向きの天眼は凶。歯を食いしばった首や、片目をつぶった首は凶——

目が下向きの地眼は、吉とされている。

当時の鷹緒は深く考えていなかった。依頼者が喜ぶだろうと思い、下を向かせた。

「座っていた者が、正面から来た敵に気づいたなら、上に目を向けたまま死ぬはず。妙に思い、よくよく検めたというだけじゃ。話を盛った足軽のヘマ、そなたに責はない」

「いえ――私の失態です。首師として欲をかきました。完璧な首など存在しないのに」

安堵するような思いがあった。おそらく目だろうと予想はしていたのだ。現にその一件以来、鷹緒は首占いにこだわらぬようにしている。依頼者からもっと綺麗な死に顔にしてほしいと頼まれても、決して手を加えなかった。

「そなたなら、安心じゃな」瑪瑙姫がうなずく。「わらわの首も、きっと瓜二つじゃろう」

「……ありがたきお言葉」

また、本心を呑み込む。あなたのように整った顔なら、誰が作っても瓜二つになる。

「右を向いていただけますか」

「顔だけでよいのか」

「顔から下は作りませんから」

瑪瑙姫は指示にしたがう。横顔もまた綺麗だった。流れるような鼻筋。長く濃い睫毛。繊細な顎の輪郭。

「そこからでは見にくかろう。近う寄らぬか」

「畳から先には入るなと」

薄桃色の口唇から、ふっ、とおかしげな息が漏れる。

「愉良のやつめ」

「ゆら？」

「愉良姫。桐親の娘じゃ。わらわを生かせと桐親にねだった。わらわもそなたも、あやつの情欲にふりまわされておる」

浮座は、桐親の温情から瑪瑙姫を生かすことにした、というような話をしていた。実態は異なるようだ。鷹緒にとってはどうでもいいことだが。

風の入らない土蔵で、わずかな空気の流れに灯火をゆらめかせながら、蠟燭はじりじりと縮んでいった。鷹緒は「左を」と指示を重ねたとき以外は喋らず、瑪瑙姫も黙っていた。

半刻ほどで大まかな指図が出来あがった。鷹緒は道具をしまい、瑪瑙姫に一礼して外へ向かう。

「まことの理由は？」

飴色の声がかけられた。

「阿鼻子の土首を思い出せばわかる。金のためにあそこまで仕事にこだわる者がいるものか。そなたが首に取り憑かれている理由が知りたい」

振り払った手が再び迫る。理知と色香をまとった視線が、鷹緒の心へ忍び寄る。

鷹緒は身体ごと、瑪瑙姫へと向き直った。

「首だけが、まことなのです」

「…………」

「死体の首は嘘をつきません。威張りません。着飾りません。部下に守られることも、主上にへつらうこともない。富も地位も力も、斬られた首の前では意味を成しません。ただその者の人生だけが、剝き身の心だけが、死相に映し出されるのです。ゆえに私は、首が好きです。偽物の美しさではなく、真の醜さを作れるから」

あらゆる創作物の中で、土首だけが美を拒み、醜さの出来を競う。

笑われるだろうと思っていた。だが瑪瑙姫は何も言わず、鷹緒を見つめ返していた。その瞳に、庭先で小鳥を見つけたかのような興趣がよぎった。

「明日(あす)も来るか」

「細部の転写がまだなので」

「楽しみじゃ。ここには話し相手がおらぬゆえ」

帰路を下る間も、鷹緒は紅葉から目を背け続けた。


「うまくいきそうか?」

日暮れ前、仕事場に浮座がやって来た。

持参した干し柿をかじりつつ、尋ねてくる。鷹緒は荷を解き、道具を作業台に広げていた。筆と刷毛(はけ)、顔料箱、水を汲(く)む桶、用途の異なる十二本の篦(へら)、粘土用の土と石粉。

「鬘に難儀しそうです。私の手持ちは傷んだ男の髪ばかり。ツヤのある髪があるとよいのですが」

「なんとかしよう」

「あの牢は、ずいぶん豪勢でしたね」

干し柿を噛みちぎる歯が止まった。踏み込みすぎれば消されるかもしれない。距離を探りつつ、何げない会話を装う。

「今回の発端は……桐親様ではなく、ご息女だとか」

「ああ。愉良姫様のたっての願いだ」

「瑪瑙姫を生かして、そのあと、どうなさるおつもりですか」

偽の身分を与え、逃がしてやるのか。寺へ送り届け、出家させるのか。

それとも――あの蔵の中で、飼い殺すのか。

浮座は動じなかった。その手の詮索に慣れきっているように、鷹緒の肩をポンと叩いた。

「首を作れ。あと九日だ」

3

二日目。まだ山道の笹(ささ)に朝露がついているうちから、鷹緒は城へ向かった。

見張りの女も、沈香の香りも、灯された蠟燭の本数も、昨日と同じままだった。ただし、瑪瑙(めのう)姫(ひめ)のいる場所だけが変わっている。畳のへり付近――鷹緒が座る円座のすぐそばに胡座(こざ)し、漆器に盛られた有平糖をつまんでいた。小袖の柄は藤に変わり、秋草模様の打掛は今日も膝を覆っていた。

おはよう、とのんきに挨拶されたものだから、返事に窮した。

「なぜ、そこに?」

「細部を写すと言うたではないか。そなたが近づけぬなら、わらわが近づくしかない」

「はあ……お気遣い、どうも」

円座に腰を下ろす。手を伸ばせば届く距離に、瑪瑙姫がいる。間近で眺めてもその美貌に傷はない。口の中で有平糖を転がしているらしく、童女のように頬が動いている。沈香とは異なる、熟れた無花果(いちじく)のような甘い香りがした。瑪瑙姫自身の香りだ。

「囚人とは思えぬよな?」自虐するように、姫は言った。「衣は毎日替え、朝夕に体を拭くよう言われておる。食事などは炬諸(こもろ)城にいたころより豪勢じゃ。愉良(ゆら)はわらわを玉のように磨きたいらしい」

「……土首の肌は、もっと荒らしたほうが囚人らしさが増すでしょう。こんなに艶やかでは元就も納得しません」

「任せる」

瑪瑙姫は菓子を飲み込み、再び彫刻となる。鷹緒も筆を取り出した。

指先で寸法を取りながら、各部位の詳細を写していく。きゅっと尖(とが)った鼻先。鼻孔の形は細長い。眉は完全な左右対称。唇の皮はなめらか。歯並びを確認するために口を開けてもらう。整った歯列の合間から覗く紅色の舌が、無花果の果肉を思わせた。

「右耳を」と指示を出す。瑪瑙姫は横を向き、髪をかき上げた。起伏の少ない優美な形状。耳たぶは小さめ。「左耳を」「つむじを」「目をつぶって、まぶたを見せてください」頭部のすべてを観察する。髪の生え際。肌の色味。その下に透ける血管の経路。輪郭は細いのに頬骨の突出を感じない、この塩梅の再現には難儀しそうだ。髪は浮座に任せたが睫毛のほうも問題だった。いつも使っている馬の尾は、この細さとつり合うだろうか。

「三つのころにつまみ食いをしてな」

「はい？」

「女房らの目を盗み有平糖を口に入れた。悪戯めいたことをしたのは初めてじゃった。背徳の甘みが忘れられなくてな、それ以来好物じゃ」横を向いていた瑪瑙姫の瞳だけが、滑るようにこちらを向いた。「そなたが首に惹(ひ)かれたのは？」

鷹緒は筆の動きを止めた。

きっかけを思い出そうとしたわけではない。それを口に出すかどうかを、悩んだ。

「私の記憶は、首から始まるんです。川原に並べられた晒し首から。戦で親を失い、さまよっている最中に見たのだと思います。何をした、誰の首かはわかりません。ただひどく傷んで、変色して、鴉(からす)につつかれていて……私は、なんだか安心したんです」

「安心」

自分と同じくらいかわいそうな者がいる、と思えた。

「それからしばらくして、粘土で首を作る者がいるという噂(うわさ)を聞きました。探し出して、弟子入りしました。師からは多くの技を学びました。独立したのは十五のころです」

「わらわも十五で城主となった。似ておるな」

「そうですか」

「師は隠居を？」

「殺されました」

ある土首が見破られ、依頼者もろとも斬首された。武士を相手取る裏稼業である。〝命がけ〟は誇張ではない。

「それでも首師を選んだのか」

「首作りは苦ではありません」

「戦への復讐か」

「……どうでしょう」

鷹緒の人生は戦によって狂わされた。

首師の仕事は戦を虚仮にすることだ。

最初は復讐心があったのかもしれない。けれどいまの鷹緒は、あのころよりも純度が高い。ただ土首作りを極めたいから、作り続けている。

硯に筆をつけながら、瑪瑙姫に質問を返した。

「戦は、苦ではありませんでしたか」

「楽しいものではなかったが、城主の務めじゃからな」

「家臣に任せることもできたはず」

「できるならば、していた」

苦笑まじりの声だった。わらわよりも優れた将が、誰もいなかったゆえ。そうした落胆と諦念と侮蔑が、言葉の裏にこめられていた。不遜、ではない。現に瑪瑙姫は十年にわたり領地を護り続けた。実力者たちを恐れさせ〝不動〟の異名を勝ち取った。

それでもいまは、敵城に囚われ、首師に指図を描かれている。

「なぜ負けたのですか」

「桐親が一枚上手であった、それだけじゃ。兵力に関して一年前から偽の情報を流されていた。

きゃつにこんな策が取れるとはわらわにも読みきれなんだ。誰が入れ知恵したのやら」

なぜか鷹緒の脳裏に、浮座の顔がちらついた。

「炬諸城には抜け道も多いと聞きます。逃げることはできなかったのですか」

「逃げれば家臣や民が殺される。いまでも多くを人質に取られておる」

「……姫様おひとりが、犠牲に？」

「城主の務めじゃ」

大したことではなさそうに、瑪瑙姫は繰り返した。

死体の首には生き様が表れる。

本人を見ながら指図を作ったことは何度もある。人柄を土首に落とし込むため、ぽつぽつと会話したことも初めてではない。首師の世話になる武士はみな、何かしらの形で追い詰められた敗者たちだ。やせ我慢も、空元気も、ああすれば勝てたという言い訳も、飽きるほど聞かされてきた。だが瑪瑙姫のこぼした言葉からは、嘘の匂いを感じなかった。

――強き人だ。

鷹緒にはそれが、我慢ならなかった。

こんなにも美しい女が、こんなにも気高い心を持っているだなんて。

「醜くなければ、まことではないか」

ふいに言われ、筆が揺れる。写し途中の左耳のつけ根に、不要なにじみが生じた。

「なんですか」

「昨日の話の続きじゃ。首だけがまことじゃとそなたは言うたな。真の醜さを作れると。どんな首でも醜いのか？　美しい首があってもよさそうなものじゃが」

「……死者は、等しく醜いものです」

「なぜ言いきれる」

「経験です」

「美しいものは嫌いか」

「偽りが嫌いなのです」

「美しいものは偽りか？」

「ゆえに、醜さは真ということになります」

「なるほど、理屈じゃ」

会話を楽しむように瑪瑙姫は笑う。彼女の魂胆は読めていた。大方、粋人たちが好む壺や茶器の話がしたいのだろう。鷹緒のことをそうした日向の職人たちと一緒くたにしているのだろう。調和や侘び寂びをほめそやし、武士にへりくだる連中と。

癪に障る。

「私はこのような職ゆえ、美しさのことはわかりません」

突き放すつもりで言った。

瑪瑙姫は手を伸ばし、畳のへりのそばに落ちていた小石をつまみ上げた。

「この小石を、美しいと思うか」

「……？　石は、石です」

「そうじゃろう。自然の中に美醜などというものはない。とどのつまりは人の感じ方にすぎぬからな。そしてそなたは、醜さのことしかわからぬと申す。妙な話じゃ。どこかに線を引かねば、美醜の判断はできぬはず」

であれば――と、瑪瑙姫は前のめりになり、鷹緒の顔を覗き込む。

「美と醜は表裏一体。醜さを知っているそなたは、美しさのことも知っていることになる。この世の、誰よりも」

鷹緒は、美貌の姫をじっと見返す。

「何がおっしゃりたいのですか」

「べつに。四方山話じゃ。閉じ込められて退屈しておる」

「私は首師としてここに来ています。あなたの侍女じゃない」

「すまぬ」

反省は見受けられない。

鷹緒は指図に集中しようと努める。目は姫から逃れても、香りが鼻をざわめかせた。無花果に似た芳芬が、瑪瑙姫の匂いが忍び寄ってくる。腐臭は専用の香水で香りづけするが、瑪瑙姫のために調合し直すべきだろうか？　馬鹿な。死ねば体臭などなくなる。なぜそんなことを考えたのだ、私は。調子が狂わされている――

「その目に、わらわはどう映る」

それまでの〝四方山話〟よりもわずかに鋭い、挑むような響きがあった。

鷹緒は挑戦を受けた。筆を置き、紙も置いた。

姿勢を正し、自分の作った土首の出来映えを確かめるように、瑪瑙姫を見る。

艶の流れる垂髪が。練絹のようになめらかな肌が。この上なく均整の取れた目鼻立ちが。寝所へ誘うような底知れぬ笑みが。森羅を見透かす知力と自信が。敗北してなお城主を全うしようとする生き様が。

「……お綺麗だと、思いますよ」

どこか根負けしたように、言葉をこぼす。

瑪瑙姫の頬が持ち上がり、幼子のような笑みが浮かんだ。

「嘘のないほめ言葉は、嬉しいものじゃ」

「世辞かもしれません」

「偽りを嫌うのがそなたじゃろう？」

「………………」

「そなたもなかなか可愛らしいぞ」白い手が、こちらへ伸びる。「わらわほどではないが」

暖簾をめくるように、指先が鷹緒の前髪を持ち上げる。向けられた笑みから、目をそらす。自分の眉根が寄るのがわかった。

「世辞ですか」

「わらわは嘘が得意じゃが、たまには本当のことも言う」

鷹緒は手を動かし、そっと瑪瑙姫の指を払った。刹那に触れ合った姫の肌はやはりなめらかで、雪のごとくひんやりとしていた。少ししてから、自分の指が熱いだけなのだと気づく。どこから湧いた熱なのか鷹緒にはわからなかった。

瑪瑙姫は満足したように彫像に戻り、鷹緒は黙々と作業を続けた。

中天前にすべてを写し終え、指図が完成した。

土首作りは、まず骨組みから始まる。
竹篾（たけひご）を火で炙（あぶ）って湾曲をつけ、麻紐で結びつけ、大雑把な頭部の目安を作る。そこに粘土を貼りつけていき、土台としてから、輪郭や目鼻の造形に移る——という流れだ。骨組みはいうなれば下準備。人の頭部の形などはほぼ決まっているので、適当に作るという首師もいる。前もって骨組みだけを大量に用意している、生産性重視の首師すらいる。

鷹緒は逆である。

築城において石積みが重要であるように、土首作りにおいても骨組みが核となることを知っている。ゆえに、すぐには作業を始めない。まずは目をつぶる。頭の中に紙を広げ、完成形を思い描く。形が見えたらそこから逆算し、解剖するようにひとつずつ工程をさかのぼっていき、最後にようやく骨組みに至る。それをつかんでから、初めて手を動かすのだ。

百度以上繰り返した手順。今回も余裕をもって作業にかかった。土間の床に指図を広げ、頭に入れ直してから、目をつぶった。

普段であれば、わずかな時間で形が見える。霧の中から待ち人が現れるように。
だが、霧は晴れなかった。
鬘が用意できていないから、肌色の調合に悩んでいるから、だけではなかった。
死に顔に、つかみどころがない。
鷹緒に笑いかけたあの美貌を、醜く変貌させることができない。

夜中までかかっても、完成形は見えてこなかった。数刻ぶりに目を開けた鷹緒は、深く息を吐き、認識を改めた。

――この仕事は。

「楽では、ないかもしれない」

4

「もう来んかと思うていたが」

「……私もです」

「わらわが恋しくなったのかな？」

畳の奥に胡座した瑪瑙姫（めのうひめ）の、今日の小袖は菊桐模様だった。鷹緒は円座に腰を下ろす。道具は何も持参していない。

「姫様の土首……少々、時間がかかりそうでして」

「よい報（しら）せではないな」

「姫様は、なんというか……捉えがたきお方です」

「女にはいくつもの顔があるというからな」

軽口の真意も測りかねた。

蔵の外から馬のいななきが漏れ聞こえる。無言の時間が過ぎる。

「近う寄らぬか」

「……畳には入るなと」

「わらわとそなたしかおらぬ」

躊躇していると、瑪瑙姫は言葉を重ねた。

「天下一の首師が、くだらぬ言いつけを守って、土首作りを怠るか？」

昨日と同じ、挑むような鋭さ。あるいはそれは命令の一種なのかもしれなかった。鷹緒は立ち上がり、草鞋を脱いだ。足を前に出す。境界を越える。

美に彩られた牢獄へ、踏み込む。

畳数枚分の距離を、鷹緒は吊り橋を渡るかのように慎重に歩いた。毯代の上まで踏み入ると、瑪瑙姫の前に正座した。昨日と同じ近さ。果肉を割った無花果の香り。鷹緒は額が汗ばむのを感じた。ここには蠟燭が灯りすぎている。

瑪瑙姫はすまし顔で、目をつぶる。

「どこからでもとくと見るがよい」

そうではないのです、と内心で返す。外側ならば充分に見た。凜々しい鼻筋も、高貴な目元も、空で思い描ける。しかし、器だけでは〝死を降ろす〟ことはできない。鷹緒の満足する首にはならない。

中身を満たす水の色が、知りたい。

「……少し、話を」

「望むところじゃ」

「炬諸城のことを、いつまで護るおつもりでしたか」

「というと？」

「いかに姫様が名将でも、永遠に護れはせぬでしょう。この先、どうするおつもりだったのですか」

「ふむ」瑪瑙姫は上を向き、思案する。「生き残るにはどこかの軍勢に与するしかあるまい。が、これは危うい賭けでもある。見初めた軍勢が天下を取れねば、自軍も敗れ、最悪国まで亡ぶことになる。備中の周りは冴えない将ばかりでな、見に回っておった」

いかにして勝ち馬に乗るか。弱小城主たちの共通の悩みだ。瑪瑙姫もその点は正道に沿っていたらしい。

ならば。

「姫様は、どなたが天下を取るとお考えですか」

この時代のすべての者にとって、最も深く最も困難な問いへ、切り込む。

瑪瑙姫の瞳がゆるりと下り、鷹緒を見据えた。侍女との世間話から、将同士の読み合いへと空気が転じたように思えた。薄く笑ったまま、彼女は答えた。

「三人目あたりじゃな」

「……？」

「近く、天下人は出るじゃろう。誰が取るかはどうでもよい。問題は、そやつがそのあと何をしたがるかじゃ。かような偉業を成すからには並大抵の将ではない。もとより人の欲には限りがないもの。さらなる領土を欲し、そやつは必ず、海の外を目指す」

「朝鮮や明へ攻め込む、ということですか」

「そうじゃ」姫君が、にんまりと笑みを強める。「それをやったら、そいつは終わる」

「……なぜ」

「勝てるわけがないからじゃ。この狭い島国でつつき合うのとは訳が違う。世界の広さをまるでわかっておらぬ。金がかかる。時もかかる。兵もどんどん死んでいく。頭の中はそればかりになり、すると内政がおろそかになる。民も臣下も不満を持ち、さすれば裏切りが生じる。ゆえに、外を目指した者に天下は取れぬ」

周囲で灯る火を映し、姫の瞳がまだらにきらめく。

「わらわの読みでは一人か二人、同じ過ちを犯す天下人が出るじゃろう。そこから学び、次に頭角を現した者が日本を平定する。この島国だけで満足できる、わきまえた器の将がな。炬諸はそこと組むつもりじゃった」

鷹緒はその瞳から、目を離すことができずにいた。

首師をする中で多くの武士に会ってきた。夢想と野望をはき違えた愚かな将もいれば、意外な才覚を見せる下級武士もいた。だが、海の外と天下人の欲深さまでを見越して策を立てている者は、ひとりとしていなかった。

「……姫様は、炬諸城から出られたことは」

「ほとんどないな」

「どこで、そのような策を学ばれたのですか」

「学ばずとも、少し考えればわかるじゃろ？」

器に注がれ続ける水が、ふちを超えてあふれ出す。

――なんなのだ。

敵城の蔵で雅な調度に囲まれたこの将は。不動のままに天下を見通すこの女は、いったい。

「まあ、いまとなっては負け惜しみじゃ」

波のごとく寄せては引く瑪瑙姫の言葉。鷹緒の心もまた揺らされる。

「わらわも力を過信した。おとなしく毛利側に与し、離脱の機を狙うべきじゃった。食わぬか」

「え」

気づけば、目の前に姫の手があった。指先には薄桃色の有平糖がつままれている。

手すらも綺麗だ、と思った。

爪の間に粘土が挟まり、指の節に篦だこのついた自分の手が、急に恥ずかしくなる。左手で右手を覆うようにしたその動作を、瑪瑙姫は見逃さなかった。

「なぜ隠す」

「いえ、その」

「わらわの中にも美醜の基準がある。役目を果たしているものを、わらわは美しいと思う」

「役目……」

「道具。馬。兵の陣形。船や建物――それに、職人」

固い感触が唇を押す。

拒まずに、薄く口を開いた。南蛮渡来の飴菓子が、鷹緒の舌に載せられる。夢のような甘さが広がったが、舌はそれを転がすことを忘れていた。瑪瑙姫が、逸品を観賞するようなうっとりとした目で鷹緒を見ている。か細い指先が鷹緒の唇に、前歯に触れている。

鷹緒の舌が、戸惑いながら動きだす。

舌先が飴を転がし、自分の歯の裏を撫で、姫の指先にも、ほんの少しだけ——

「誰」

ふいに、女の声がした。

振り向いた先には、元結(もとゆい)で髪をまとめた小袖姿の女が立っていた。歳は鷹緒より下だろうか。

幼さの残る可憐な顔が、信じられぬものを見たというように強張っている。

「愉良(ゆら)」瑪瑙姫が言った。「これは浮座の雇った首師じゃ。土首作りのためにいま……」

「おまえ」女はそれを無視し、鷹緒に声を投げつける。「何をしているの。聞いていないの？

命じたはずよ、畳には上がるな」

「わらわが許したのじゃ。こやつのせいではない。土首のために必要で……」

「去(い)ね！」

蔵の外へ指がつきつけられる。女の形相はいまにも鷹緒を刺し殺しそうだ。

「いますぐだ。二度とここへ入るな」

「……はっ」

鷹緒は深く頭を下げ、そのまま蔵を立ち去った。

迷路を戻る間も、まくし立てる愉良姫と弁解する瑪瑙姫の言い争いが聞こえていた。鷹緒の口内にはまだ有平糖が収まっていて、しつこい甘さを舌に与え続けていた。日差しの下へ駆け出ながら、鷹緒はそれを嚙み砕いた。

夕方、浮座が工房にやってきた。

懐から紐でまとめた髪束を出し、鷹緒の膝に放る。女のものらしく、若々しいハリとコシがあった。

「鬘だ。城下で若夫婦の心中があってな、使えそうなので切ってきた。事足りるか？」

「申し分ないかと。ありがとうございます」

「作り始めたのか？」

「はい」

ようやく骨組みが完成し、それを粘土で覆い始めたところだ。進捗はまだ序盤も序盤、耳も鼻も眼窩（がんか）のくぼみすらまだなく、後頭部に至っては竹籤が露出している。

「あまり急（せ）かしたくはないが……」

「大丈夫です。捉えきれた、と思います」

「ならいいが。あと七日だぞ」

念押しして浮座は去っていく。鷹緒は作業台に向き直り、黙々と造形を続けた。

瑪瑙姫。

話術に呑まれ、惑わされかけた。だがあの愉良という女の介入で、目が覚めた。

とどのつまり、敗者でしかない。

大局ばかりに気を取られ、足元の罠を見過ごし、戦に負けた。薄暗い蔵に幽閉され、それでも誇りを捨てられず、世間知らずの小娘に自慢の知性をひけらかした。ただそれだけの女だ。あの帰り際の震え声。無様な慌てぶり。まるで飼い主を恐れる犬ではないか。愉良という名の絶対者に身も心も縛られているのだ。あれこそが、瑪瑙姫の本性だ。

方向性は定まった。

虚栄と傲慢に蝕（むしば）まれた女の、醜い死に顔を思い描く。鷹緒は箆を握り、いつもの土首作りを始める。

「……できる」

けれども頭の片隅に、違和が芽吹き始めている。

粘土をつけ終え、本格的な造形に入る。

鷹緒の仕事の要は、十二本の自家製の箆だ。目をつぶっても選び取れるほど慣れ親しんだ道具。師から受け継いだ九本に、鷹緒が考案した三本を足している。主に使うのは太さの異なる一～五番箆。六番・七番は鑢（やすり）を兼ねた仕上げ用。残りの五本は髪の生え際や歯の隙間の造形など、個別の用途に特化している。

まずは鑿（のみ）に似た一番箆で粘土を削り、大まかなアタリを取る。次に小刀を模した二番箆で余分な出っ張りを切り落とす。そこから先は三～五番箆の出番だ。中・細・極細の三種を次々と持ち替え、首の各部位を作ってゆく。もちろん指先も大いに使う。絶妙な強弱をかけながら親指で粘土を撫で、ざらついた表面をなめらかに均（なら）す。それを繰り返すうち、粘土に目鼻と肌の質感が生まれてゆく——

手が止まる。

右目の目頭でつまずいた。最も細い十番箆に持ち換える。五番箆では瑪瑙姫の繊細な目元を再現しきれぬせいだと考えた。米粒ほどのわずかな削り差でも印象は大きく変わる。鷹緒はそれを知っているし、その差異を実現できる技術もある。集中し、箆を動かす。

――削りすぎた。ひとつまみの粘土を目頭に足し、一からやり直す。

――また駄目だ。箆が合わぬのかもしれない。九番を試すか。

迷い子が民家をひとつずつ訪ね歩くように、鷹緒の手が、土首と箆とを往復する。石粉を混ぜた粘土は水で何度も柔らかく戻すことができる。

刻んでは戻し、刻んでは戻した。

何度も失敗し、鷹緒は目元を保留とした。ほかの部位へ移ったが、今度は耳孔の形でつまずいた。どの部位でも最初は順調なのだが、細部がどうしても納得に足らない。それを悟ると、まず全体の印象を決める鼻の造形に注力することにした。普段の鷹緒の手順では絶対にせぬことだった。瑪瑙姫の死体をもう一度想像する。だらりと弛緩したその顔。その鼻。脳内の絵図を箆でなぞる。――違う、こうではない。筆で水をつけ、粘土を足す。また刻む。戻す。刻む。戻す――

桶に溜めた水がじりじりと減ってゆく。

落ち着け、と自らに言い聞かせる。やがて声に出すようになった。落ち着け、落ち着け。譫言のように繰り返しながら手を動かした。緊張と不安に囚われ、いつからか指先が震えだした。造形はどんどんいびつになった。落ち着け。落ち着け。どこか一ヵ所がうまくいけば、流れをつかめるはずだ。眼窩の上辺の位置取り。頬の曲線。下顎の開き具合。集中する部位を次々と変え、そのすべてで失敗した。

東の空がじわじわと薄明を帯びてゆく。

鷹緒はついに箆を投げ出した。頭を抱え、作業台に伏せた。

首師とは、死体の首を作る仕事。

醜い死に顔を、粘土の塊へ降ろす仕事。

これまで百以上の土首を作った。誰よりも死体を研究し、それを作る腕を磨いた。頭にはいくつもの知識がある。脳と指先を連結させ、想像を現実に落とす技もある。

だが。

どうしても。

瑪瑙姫の死に顔が、想像できない。

5

通り雨が山を濡(ぬ)らし、色づいた木々は無様に頭(こうべ)を垂れていた。草鞋の下で落葉は泥に沈み、ぐじゅぐじゅと不快な音を立てた。蛆(うじ)が死体を喰(は)む音に似ていた。

無言を貫く見張り女の脇を抜け、蔵に入る。雨の滴を垂らしながら、薄暗い棚の迷路をたどる。

足取りは重い。

もう一度彼女に会ってどうするかは、鷹緒自身にもわからなかった。けれどいまは、それしか思いつかなかった。理解が足らぬのだ。だから死に顔が見えてこない。瑪瑙姫(めのうひめ)の人となりを、もっと知る必要がある。心の奥底まで暴き、醜さを知れば、きっといつもの鷹緒に戻れる。納得のいく土首を作れる。

驟雨(しゅうう)は激しさを増し、蔵の中まで雨音が聞こえていた。最後の曲がり角の手前で、鷹緒は立ち止まった。

雨音にまじり、くぐもった息が、二つ。

吸う息は水瓶(みずがめ)を背負うような痛苦を秘め、吐く息は湯に浸(つ)かるような陶酔を秘めていた。それらの拍子は一定でなく、重なっていたかと思えば二筋に分かれ、他方がもう一方を追いかけたり、再び交わったりした。双子のように瓜二つで、個性の区別はつかなかった。

二人の女が、喘(あえ)いでいる。

鷹緒は最後の角を曲がる。

きらびやかな牢の奥で。揺らめく蠟燭の火の向こうで。脱ぎ散らかされた着物の先で。視界がかすみそうなほど濃密な、甘い無花果の匂いの中で。

秋草模様の打掛が、蠢(うごめ)いていた。

布地の下で、なだらかな山が芋虫のように規則的にのたうつ。その虫は前に進むことはなく、ただ蠕動(ぜんどう)するたびに、聞こえる息遣いが徐々に荒くなっていった。打掛の端から二本の黒い尾に似た髪が突き出し、毯代の上で渦巻きながらひとつに溶け合っていて、新種の妖(あやかし)が潜んでいるかのようだった。少しずれた場所からは、指を絡め合う二つの白い手が覗いていた。

戻ったり隠れたりする気は、なぜかまったく起きなかった。じっと見つめながら、鷹緒は畳へ近づいていった。

やにわに打掛が持ち上がる。

花火が咲く。

睫毛や、顎や、乳房の先からしたたり落ちた汗が、蠟燭の火を反射し、きらめく。

愉良姫が上で、瑪瑙姫が下だった。

瑪瑙姫は仰向けに寝たまま、抗うこともなく、愉良からしたたる汗を浴びていた。薄目を開け、顎は弛緩している。死体の顔を彷彿とさせた。だが、死体そのものではない。その偽物と本物との差異なら、鷹緒は何十個でもあげられた。死体の頬はあんなふうに紅潮しない。死体の肌は汗をかかない。喉を鳴らさない。唇を震わせない。恍惚と忘我を、顔に浮かべたりしない。

愉良姫のほうは髪で横顔が隠れており、表情はうかがい知れなかった。その手が打掛の外へ伸び、盲者が杖をつくように蒔絵箱を探った。つかみ取られた有平糖が、愉良姫の口へ運ばれる。丹念に咀嚼してから、彼女は再び、所有物へと覆いかぶさる。

二人の姿が打掛の下に隠れる刹那。迎え入れるように愉良の背中へ手を回し、ものほしげに舌を出す瑪瑙姫が、たしかに見えた。

蛆が死体を喰む音が鳴る。

急激に、鷹緒の口内に唾がわいた。昨日嚙み砕いた有平糖の甘みの名残を探すように、意志と無関係に舌が動いた。どこを探っても何度味わっても、自分の唾は無味だった。

蛆が死体を喰む音が鳴る。

不快な音は頭から胸へ、胸から腹へと広がっていき、やがて打掛の全身から聞こえるようになった。なだらかな山を波打たせながら、二人の女が蛆に蝕まれる。

いつしか、何も聞こえなくなっている。

終わりと最中の境すら鷹緒にはわからなかった。疎外感に襲われたが、できることは何もなかった。打掛から這(は)い出(で)た愉良姫が汗を拭き、襦袢(じゅばん)と小袖をまとい、こちらへ向かってくる間も、ただその場に立っていた。

「おったのか」たったいま気づいたように、愉良が鷹緒を見る。「あれは私のものだぞ」

それだけ言い、去ってゆく。笠(かさ)や被衣(かずき)はかぶっていなかった。それは彼女が、雨が降り始める前からこの蔵に来ていたことを示していた。帰り道だって大して濡れないのだろう。ここは彼女の城なのだから。なぜすんなり蔵に入れたのかといまさらながら疑問に思う。首師ならば入れてもいいと、愉良が見張りに命じていたのかもしれない。鷹緒に、見せつけるために。

ようやく瑪瑙姫が身を起こした。額には髪が張りついている。腰から下を打掛で隠しただけのしどけない姿のまま、鷹緒のほうを向く。

「何を、しに来た」

首から下にも絹のような肌が広がっていた。汗みずくの肩や胸が琥珀色(こはくいろ)の火に照らされ、胡桃(くるみ)油(あぶら)をまとったかのような光沢を帯びている。鷹緒へ注ぐ眼差しは焦点を必死に合わせながらも、行為の余韻にうるんでいた。

美しかった。

心底そう感じた。理屈で判じたのでも、感性が叫んだのでもない。ただ事実として、美しい存在が眼前にあった。誰にも渡したくない、と思えるほどの存在が。

――役目を果たしているものを、わらわは美しいと思う。

役目を果たしているもの。

道具。馬。兵の陣形。船や建物。職人。

城主。

「瑪瑙姫様……私……私は」

「鷹緒」ふいに、瑪瑙姫が言った。「そなたは、首師じゃろう」

「……はい」

「首を作るのが仕事」

「はい」

「首を作り、元就を欺き、わらわを生かせ」

「つ……作れぬのです」

ひどく情けない気持ちで、吐露する。

「死に顔が、見えぬのです。私には、あなたを殺すことができません」

「殺さねばならぬ。そなたが殺さねば、元就がわらわを殺す。桐親も、人質に取られた炬諸の民も、みな殺される。そうしたいのか、そなたは」

「………」

「わらわの死を望むのか」

必死に、かぶりを振る。

「ですが……このような生き方も、望みません」

城主の務めに縛られ、愉良姫の玩具になるような、このような生き方は。

かつてない衝動が鷹緒を動かす。言いつけを忘れ、畳の上を駆けた。風で前髪が持ち上がり、鷹緒の顔をむき出しにした。瑪瑙姫の前に座り、彼女の手を握る。

「瑪瑙姫さま。私と――」

「鷹緒」言葉を、さえぎられた。「逃げるな」

静かで、鋭い叱咤だった。

「重圧から目を背けるな。そなたは初めて仕事に行き詰まった。それで必死に理由を探しておるのじゃ。土首を作らずに済む理由を」

「私は……」

「そなたの矜持はその程度でぶれるのか」瑪瑙姫は、鷹緒の目を見据える。「命をかけると言うたではないか。首だけがまことと言うたではないか。嘘は好かぬと言うたではないか。わらわの前で嘘をついたか。わらわを欺いたのか」

鷹緒は何も言い返せず、ただ戸惑う。

「矜持を見せよ、鷹緒。思いきり醜い首を作れ。桐親が震えあがり元就が悪夢にうなされるような渾身の首を見せてやれ。それがそなたの仕事じゃ」

見たものを正確に記憶する鷹緒の目は、機能していなかった。精密な細工を生み出す手は血がにじむほど固く握られ、膝の上で震えていた。

「あなたのような方に……初めて出会ったのです」

「わらわに恋をしたか」か細い告白が、嘲るように叩き落とされる。「ずいぶんと美しい物語じゃな」

心にあいた空洞を、冷たいものが満たしてゆく。

「偽りの美に、心を奪われるな。そなたは首師なのじゃから」

瑪瑙姫は言い聞かせるように繰り返すと、再び横臥（おうが）し、それきりこちらを向かなかった。鷹緒はふらつきながら蔵を立ち去った。


浮座が様子見にやってくる。

彼は工房を見回し、ひどく散らかった作業台と、のっぺらぼうなままの土首に眉をひそめた。隅で膝を抱えている鷹緒を見つけると、ぎょっとしたようにあとずさった。

「急げとは言ったが……ちょっと根を詰めすぎじゃないか」

「放っておいてください」

「何か要るものは……」

「ひとりにさせてください」

「わかったよ」あきれたように首が振られる。「間に合うよな？」

「間に合わせます」

残り六日だ、とだけ言って浮座は去る。鷹緒は自分の膝を見つめ続ける。

6

ひとつずつ、始めた。

経験のすべてを集約する覚悟で。同時に初心に返る思いで。立ち上がり、土首に向かい、水につけた筆を振るった。粘土を柔らかく戻すと、一番箆に持ち換え、造形にかかった。

鷹緒にとってそれは、初めての「偽物」作りとなった。何も考えず、理想を追わず細工も凝らさず、ごく普通の〝武将受け〟のよい首を作る。粘土をひとかき削るたび、鷹緒の心も削れていく気がした。心の奥で反響する声を必死に押しつぶしながらの、拷問のような作業となった。

目元。どろりと淀(よど)んだ、幽鬼のごとき印象に。

——瑪瑙姫(めのうひめ)の目はこのようなものではない。死してなお、鋭いままのはずだ。

唇。だらしなく緩ませ、形を歪(ゆが)ませて。

——実物とはまるで違う。果実のように瑞々(みずみず)しく魅力的な、あの唇とは。

形相にはとびきりの怨嗟(えんさ)をこめて。皺を刻み、血管を浮かせて。醜く。醜く。もっと醜く。死ねば誰でもこうなるのだから。

——本当に、そうだろうか。

あの方の死に顔は本当にこうなるのだろうか。眠っているだけのような美しい首になるのではないか。凜々しさを失わぬのではないか。死者は等しく醜いものですと私は瑪瑙姫に言った。本当に言いきれるか？　私は死者のことをどれだけ知っている？　どこまで極めた？　畝霧山に天下一の首師あり。違う。たかだか六年、百いくばくかの首を作った小娘にすぎない。

箆を動かす。心を削る。

美しさと醜さ。本物と偽物。

私がいま作っているのは、本物か、偽物か。

粘土をつけ足す。心を埋める。

矜持と仕事。理想と妥協。

私がいま作っているのは、いったい――誰の首なのか。

気がつくと、二番箆を振りかぶっている。

土首を狙った軌道を、ひとつかみの理性がそらした。箆はどっと鈍い音を立てて予備の粘土に突き刺さった。鷹緒は箆を抜いてから、いらだちをぶつけるように、またその手を振り下ろした。粘土が穴だらけになるまで何度も刺した。偽物の醜さに飾られ偽物の死をまとった偽物の首が、創造主の醜態を虚ろに見つめていた。

作る理由はいくらでもある。

私は首師だから。依頼を受けたから。矜持があるから。失敗すれば命が危ういから。瑪瑙姫自身もこの首を望んでいるから。戦への復讐が果たせるから。稼ぎになるから。元就を騙しおおせれば首師としての評判も上がるから。

作れぬ理由はたったひとつだ。

これは瑪瑙姫の死に顔ではない。

大河のようにあふれる前者に比べ、後者は一滴の雫でしかない。

しかし鷹緒にとっては。

その一滴が、あまりにも。


夜半を過ぎる。

鷹緒は背中を丸め、土首制作を続けている。顔の大まかな造形は済み、細部の調整に入っている。蠟燭の明かりで作業すると、日にあてた際の陰影に狂いが生じる。本来ならば避けるべきだが、いまの鷹緒は気にしていない。疲労で脳がかすんでいた。少し休もう、と思ったのは倒れ込むより先か後か。そのまま眠気に引きずり込まれる。

霧の中に、瑪瑙姫が現れた。

ずっと彼女のことを考えていたのだから、現れるのは必然だったかもしれない。けれど彼女は、指図と同じすまし顔をしていなかった。毯代に仰臥し、垂髪を広げ、瞳を恍惚と忘我でうるませながら、ねだるように鷹緒を見上げていた。

抑えていたものが吹きこぼれた。鷹緒はなかば無意識のまま、粘土で汚れた両手で自分の身体をまさぐった。粘土の粉が汗とまじってぬめるような感覚が生じ、つま先が震えた。愉良姫と自分を重ねる。目の前に瑪瑙姫の顔がある。鷹緒はこの世の誰よりも正確にそれを思い浮かべることができた。美しい顔を見つめ、無花果の香りを吸い、あの息遣いを聞きながら、甘い唾液に溺(おぼ)れた。

眠りから覚めても、鷹緒はその夢に浸り続けた。

矜持を見せよ、と瑪瑙姫は言った。

殺さねばならぬ。そなたが殺さねば、元就がわらわを殺す。

鷹緒はそれにしたがった。まず、自分の心を殺した。

夜が明けてからも、黙々と手を動かした。瑪瑙姫ではない土首を瑪瑙姫に見せかけるための、欺瞞(ぎまん)だらけの造形を進めた。五番箆。六番箆。次々と持ち替え、細部を詰める。鬘を接着し、生え際を整え、耳輪にくぼみをつけ、唇の皺を刻む。工程がひとつ進むごとに違和感が増す。土首の相貌が瑪瑙姫から遠ざかってゆく。

手が止まる。

極秘の任であることも忘れ、叫ぶ。すべてをぶち壊したい衝動が満ち潮のように戻ってくる。これは瑪瑙姫の死に顔ではない。真に迫っていない。死が降りていない。

いままで自分が作った首には、本当に降りていたのだろうか？

美醜は人の感じ方。頭の中に線を引き、振り分ける。それはきっと正しいのだろう。鷹緒も常に線を引き、「醜」の側へ土首を寄せた。自らの意志で選択してきた。

自分で自分を、騙していただけなのではないか？


美しいだけの作品は偽物だと、信じてきた。

客を喜ばすための量産品だ。耳ざわりがよいだけの詐欺だ。絵に描いた花のように、実を伴わない空の箱だ。美しい顔。美しい心。美しい絆(きずな)。美しい世界。すべて幻想でしかない。

本物の作品は、醜さを描く。醜悪さと向き合う。闇に光をあて、どろどろとした裏側を晒す。

顔をしかめるような汚濁を描写し、人の本性を暴き立てる。絵に描いた花を愛(め)でるおめでたい連中とは違う。ほら、ここには真実がある。中身がある。ゆえに価値も高いに決まっている。

そう、思っていた。

だから首師を続けられた。

その物差しは、正しいのか。

世界のほとんどは無情で醜悪だ。美という名のふるいにかければ大部分は砂となり、流れ落ちるだろう。それでもほんのひと欠片(かけら)、美しいものは残る。砂金のように光る粒が、この世にはたしかに存在している。

それを描くことは、罪なのだろうか。

拾い上げたものが、たまたま砂金で。

それを捨て、砂粒を愛でたとしたら。

その行為こそが、どこまでも偽物でありはしないか。

醜さは手軽なのだ。汚いほうが描きやすいのだ。露悪的なほうが、残酷なほうが、真に迫っている気がする。ほめられるし、得意がれる。

美しさは茨の道だ。真の美しさ。まじりけない心。誰も知らない、見たことのないものを目指す道。傲慢の罪と、虚実の矛盾と、眩(まぶ)しさに焼かれる覚悟を背負い、それでも憧れ、手を伸ばす。

そちらのほうが、よほど難しいのではないか。

道で摘んだ本物の花で浮世の穢(けが)れを表すよりも。

絵に描いた偽物の花で彼方の美を目指すほうが、よほど。

私たちは、美しさから逃げているのだ。

美しさが、怖いのだ。


塗装の最中で、鷹緒の中の弦が切れた。

土首は床に叩きつけられ、踏みつけられ、鬘を剥がされ、粘土の塊に戻った。

四日ぶりに工房を出ると、鷹緒は城下町をさまよった。

やつれた顔とくまのついた目で幽霊のように歩く姿は人目を引いたかもしれないが、鷹緒は気にとめなかった。どこをどう歩いたかもわからず、いつの間にか川岸に佇(たたず)んでいた。隣では庶民の女が鮒(ふな)釣りをしていた。釣果は上々らしく、鷹緒が見ている間にも、新たな一匹が釣り上げられた。

跳ね回る鮒が魚籠(びく)の中に放られる。仲間の死体で満ちた魚籠の中で、鮒はピチピチと尾を振った。活きがよく、もう少しだけ高く跳ねれば逃げることができそうだった。生を渇望するようにもがいていた鮒は少しずつ力を失っていき、やがて動かなくなった。だが、息絶えたようには見えなかった。指でつつけば、思い出したように再び身を震わせそうだった。鷹緒にはその小魚の、生と死の境がわからなかった。

「なんだい、あんた」

警戒するような声で、女が鷹緒に気づく。

「ほしいのかい？」

釣り上げたばかりの一匹が差し出された。鷹緒は受け取らず、じっとそれを見続けた。ぐったりとへばった魚の、生気のない濁った眼を見た。

鷹緒は自分のなすべきことを決めた。

7

焚かれる香木が白檀に変わり、小袖は肩裾の花亀甲柄になっている。

五日ぶりに訪れても、変化はその程度だった。

不動の瑪瑙姫は、その日も毬代の上であぐらをかき、膝に打掛をかけていた。何かの書物に目を落としていたが、読んでいるというよりもただ暇つぶしに眺めているだけという風情だった。

鷹緒を見ると、ようやく面白いものが来た、というようにその目が光った。

「顔を見せぬから寂しかったぞ」

「土首を……作っておりました」

「元就たちはもう備中に入っておるそうじゃ。今夜中にこの城にも着くじゃろう」

「そうですか」

「期日は明日じゃな」

「どうでもいいんです、もう」

本心だった。元就ごとき、もはや鷹緒の眼中にはない。

畳に踏み入り、瑪瑙姫に近づいてゆく。姫は書物を置き、鷹緒の次の言葉を待つ。

「姫様の土首を、どうしても作れませんでした」

「左様か」

「いまの私の力では、あなたの死に顔を思い描けませんでした」

「左様か」

「私の負けです」

「鷹緒」落ち着き払ったまま、瑪瑙姫が言う。「裾に血がついておるぞ」

「見張りの女を、殺しました」落ち着き払ったまま、鷹緒も答えた。「死体は蔵に引き込んだので、しばらくはばれぬでしょう」

鷹緒の右手には、先端の鋭利な二番箆が握られている。裾の血のことも知っていた。先ほど箆についた血を、自分で拭ったのだから。

瑪瑙姫はまた「左様か」と言った。

瑪瑙姫の間近まで来ると、鷹緒は膝をついた。三日目よりもずっと近い、鼻先が触れあいそうな距離。花をまとった高貴な女と、憔悴しきった下賤な女。性別以外は何もかも異なるはずの二人が、無言で視線を絡め合う。

碁石を打つように、言葉が置かれる。

「わらわと、逃げるか？」

提案のようにも、質問のようにも聞こえた。

鷹緒はそっと左手を伸ばす。

姫の胸元に指を添え、袂を下へ割ってゆく。色小袖、白小袖、肌襦袢。はじめから帯を締めていないかのように、着物は容易に剝がれていった。白磁の肌があらわになり、柔らかな乳房がこぼれ出た。谷間の陰から無花果に似た甘美な香りが立ち、鼻腔を満たす。

瑪瑙姫は指図作りと同様に、すべてを鷹緒にゆだねていた。まぶたを伏せ、唇も結んでいる。鷹緒がどうしても作れなかった、美しく精密な顔。

「瑪瑙姫様」

鷹緒は、その美貌を間近で見ながら。

「私は、首師です」

二番箆を、姫の胸に突き立てた。

瑪瑙姫は悲鳴ひとつ上げず、身じろぎひとつしなかった。押された人形のように、真後ろへ向かってゆっくりと倒れ込んだ。毯代の上に垂髪が広がる。蔵の天井から鷹緒へと、まどろむように視線が移ろう。

ふいに。

彼女の唇が、にいっと持ち上がった。

戦に勝った将の、会心の笑みだった。

「よくやった」

8

鷹緒にはどうしても、瑪瑙姫（めのうひめ）の死に顔を思い描くことができなかった。

瑪瑙姫の土首を、作ることができなかった。

だから最初は、瑪瑙姫を逃がそうと思った。四村も、毛利も、炬諸（こもろ）の民も、自分のことすら知ったことか。瑪瑙姫に生きてもらえさえすればそれでいい。連れ出して、どこかの山に隠れて二人で暮らそうと、そう思った。

しかし、鷹緒は首師だった。

首に魅せられ首に愛された、天性の首師だった。醜く歪んだ死に顔が瑪瑙姫でないように、首師でない鷹緒も鷹緒ではありえなかった。

人生を捨て去ろうとしても、首師の矜持だけは残った。瑪瑙姫を逃がすということは、仕事を放棄するということ、矜持を捨てるということだ。相反する二つの道を前に、鷹緒は悩み続けた。

恋心か。矜持か。

美しく澄んだ感情か。醜く歪んだ執着か。

鷹緒は後者を選んだ。

鷹緒の矜持は、妥協をしないこと。

首師の仕事は、真に迫った土首を作ること。

すべてを投げ打っても、瑪瑙姫の土首を完成させねばならない。

だが鷹緒には、瑪瑙姫の死に顔が思い描けない。

解決策はひとつしかなかった。

見せてもらえばいい。


徹夜続きの体に、獣道は少々こたえる。

それでも鷹緒は歩みを止めない。箕倉からはだいぶ離れたが、まだ油断はできない。

荷は最小限だった。腰には竹水筒。懐には十二本の篦（へら）。両手には、布でくるんだ作品を抱えている。追われる身となり、疲れ果て、藪（やぶ）で足を傷だらけにしながらも、鷹緒の顔はほころんでいた。

「――あの女め」

胸を満たすのは、心地よい敗北感だ。

囚われてなお、瑪瑙姫は天下無双の智将であった。

この状況をどう打破すべきか。逃亡は端から選択肢にない。四村桐親を怒らせれば炬諸の地が滅ぼされる。自死もまた怒りを買うだろう。かといって愉良（ゆら）の玩具になるのもごめんだ。ならば、取るべき道はただひとつ。しがらみのない第三者に、自分を殺させること。

そして瑪瑙姫の前に、鷹緒が現れた。

――そなたなら、安心じゃな。

――女にはいくつもの顔があるというからな。

――役目を果たしているものを、わらわは美しいと思う。
――わらわは嘘が得意じゃが、たまには本当のことも言う。
――殺さねばならぬ。そなたが殺さねば。
――偽りの美に、心を奪われるな。そなたは首師なのじゃから。

出会った瞬間から、瑪瑙姫は鷹緒の内面を見抜いていた。この首師は天才であること。妥協を嫌う求道者であること。それでいて、土首以外のことを知らぬ初心(うぶ)な娘であること。

瑪瑙姫はひとつずつ駒を進めた。鷹緒と関係を築き、探りを入れ、不敵な言動で畏怖させた。煽(あお)り、あせらせ、衝撃を与え、囲い込むように追い詰めていった。鷹緒を蠱惑(こわく)し、恋をさせ、二者択一を迫った。

鷹緒が恋心を選んでいれば、策は崩れ去っていただろう。

だが瑪瑙姫は、鷹緒が矜持を取るほうに賭けた。

鷹緒を信じ、不動のままに待ち続けた。

操られ、弄ばれたことを、鷹緒は恨んではいない。

瑪瑙姫は鷹緒の実力を認め、矜持を理解してくれた。これ以外に〝脱獄〟する方法がなかったのなら、しかたがないとも思う。瑪瑙姫の膝の打掛を剝ぎ、その両脚を見たとたん、すべてに納得がいった。

そもそも最初からおかしかった。

土蔵の場所は城の裏門のすぐ近く。見張りはひとりだけ。牢には格子も錠もなく、蔵の中には武器になりそうなものも多くあった。いくら人質を取っているとはいえ、警備が薄すぎる。瑪瑙姫は鷹緒の前で一度も正座をせず、常にあぐらをかき、膝から下は打掛で隠していた。自分から立ち上がることも、歩くこともなかった。右を向いてくれと頼んだときは「顔だけでよいのか」と念を押し、上半身だけを動かした。

不動の瑪瑙姫。

動かなかったのではない。

動けなかったのだ。

獣道が途絶え、鷹緒は足を止めた。小さな崖が突き出していて、山の東側を望むことができた。山際が光輪に縁どられ、太刀が布を裂くように光の筋が森に走った。上り始めた太陽が、鷹緒の足を、胸を、顔を順に照らしていく。蔵の蠟燭を千本集めても足りぬような眩しさが、肌と心を温める。

「姫様」抱えた荷物の布を剝いだ。「美しい夜明けです」

鷹緒は箕倉から逃げたあと、二日ほど山小屋にこもり、瑪瑙姫の土首を完成させた。

その相貌は、実際の死に顔と瓜二つに仕上げている。

眉はすっと伸び、目は菩薩のように細められ、見る者に神秘を抱かせる。伏せられた睫毛の妖しさが、そこにひそかな色香を添える。頰は自然な脱力をし、唇は涅槃(ねはん)への旅を楽しむように、かすかに微笑んでいる。鷹緒が指で均した肌には余分なくぼみひとつなく、箆で整えた表情には、気高い生き様としたたかな本性の両面が映し出されている。

想像をはるかに超える、美しい死に顔だった。

鷹緒の最高傑作である。

誰にも受け渡さず、誰を欺くこともない。だが、それでいい。

完成させればこの世に未練はないつもりだったが、首を眺めているうちに、べつの欲が湧いてしまった。

生涯城から出られなかった瑪瑙姫に。狭い檻でしか生きられぬゆえに、世界の広さを誰よりも知っていた彼女に、外を見せたい。

じりじりと日が上ってゆく。暁の神々しさは薄らぎ、雀が鳴き始め、のどかな朝が訪れる。地平の際では神のように。日照りとなれば悪鬼のように。太陽は見る者と時間によって多彩に性質を変える。

物事の美醜だって、同じなのだろう。

「まいりましょう、瑪瑙姫様。諸国は広い。美しさも醜さも、あまねく見て回りましょう」

その胸に姫君を抱え、彼女とそっくりな微笑を浮かべながら、鷹緒は歩きだす。

無花果の甘い香りがした。

「最高まで行く」
斜線堂有紀

斜線堂有紀（しゃせんどう・ゆうき）

１９９３年秋田県生まれ。上智大学卒業。２０１６年『キネマ探偵カレイドミステリー』で第23回電撃小説大賞メディアワークス文庫賞を受賞しデビュー。20年『楽園とは探偵の不在なり』が第21回本格ミステリ大賞（小説部門）の候補に、24年『回樹』が第44回日本ＳＦ大賞の最終候補作、第45回吉川英治文学新人賞の候補となる。主な著書に『私が大好きな小説家を殺すまで』『コールミー・バイ・ノーネーム』『恋に至る病』『廃遊園地の殺人』『愛じゃないならこれは何』『本の背骨が最後に残る』など。

扉イラスト／あきやまえんま

暗闇の中であっても、よく知っている部屋に置いてある品物の場所がひとつでもわかっていれば、私は自分がどの方角を向いているかわかる。

イマヌエル・カント

「ごめん、あなた……誰？」

病室に飛び込んできた私を見て、先輩がまず言ったのはその一言だった。私を見る先輩の目が本気で戸惑っていて、何なら怖がってもいるようで、ようやく記憶喪失が本当だということを知る。記憶喪失！　フィクションでしか聞いたことのない単語が日常に挟み込まれる日が来るなんて！

病室には看護師さんと先輩と私しかいなかった。独擅場（どくせんじょう）だ。嘘（うそ）を吐（つ）くには絶好の日和（ひより）だ。私はこの機会を逃さない。数瞬の躊躇（ためら）いすら無く、私は笑顔で言う。

「私は先輩の、恋人ですよ」

「…………はあ」

渾身（こんしん）の嘘に対する先輩の反応は困惑一色で、そりゃそうだろうなあと思う。だって嘘だからね。

私達は恋人でもなんでもない、ただの先輩と後輩だ。

先輩こと都筑日南（つづきひなみ）は、英知（えいち）大学総合グローバル学部総合グローバル学科に所属している三年生だ。その後輩である私こと中室謳花（なかむろおうか）は、同じ学部の同じ学科に所属している二年生だ。すごい！ この広い大学で同じ学部学科に所属しているなんて運命だ。実質恋人と言っても過言ではない。そもそも、総グロには一個しか学科が無いんだけどね。

総グロには学部の一年と二年がペアになって一緒に他言語演習をやるってカリキュラムがある。二年は一年に教え、一年は二年に教わることで相互に理解を深めるというわけだ。流石（さすが）、グローバルを名に冠した学部なだけあるね。

先輩と私はそのカリキュラムで出会った。

「二年の都筑日南っていうんだ。これから半年間よろしくね」

先輩はオリーブグレージュの長い髪を綺麗（きれい）に伸ばした、それはまあ綺麗な女の人で、赤に白い花の散った派手なワンピースを着ていた。お洒落（しゃれ）な女子大生に人気なブランドだ。構内で着ている人を何人か見たことがあるけれど、先輩が一番似合っている。首から提げた銀色のネックレスが、形の良い鎖骨を辿（たど）っている。

「よろしくお願いします。いやあ、先輩のご指導の下だったらドイツ語ですら頑張れそうです」

嘘つきな私は出会い頭から嘘をつく羽目になった。私は先輩と組んで行ったドイツ語演習でまあ酷（ひど）い醜態を晒（さら）した。五分間即興で会話をしろという課題で、私は一分ごとに記憶を失う人という設定で自己紹介を繰り返した。先輩は苦笑していた。

それでも先輩は私を見捨てなかった。先輩は大変に面倒見の良い人で、私がどれだけ足を引っぱっても怒らなかった。

「たかが必修単位くらいで死ぬような顔をしなくても。落としたら来期取ればいいんだし」

総グロのこのカリキュラムは、『先後クラッシャー』と呼ばれていた。一蓮托生で評価が付けられるから、どんな先輩後輩でもギスギスする。コミュニケーションを重んじる総合グローバル学部にあるまじき制度になってしまっていたわけだ。でも、先輩は気にしなかった。悩む私の頬をつつきながら、先輩が笑う。

「中室にだったらこの半期、奪われてもいいからさ」

そう言った先輩の顔を今でも覚えているし、なんなら多分走馬燈にも出す。私と先輩は暇さえあれば二人っきりの集中講義をして、悪魔のような試験を乗り切った。自分があんなに勉強することになるとは思わなかった。

「すいません！　このご恩は一生かけてお返しします！　絶対に、この私を助けた元は取らせてあげますからね！　期待しててください！　何でもしてあげますよ」

私がそうやって吹かすと、先輩はくすくすと笑って目を細めた。まるでフィクションみたいに綺麗な笑顔を見て、私はこんなに出来すぎた『先輩』がいるものだろうかとすら思ったくらいだ。

「一生かけて返さなくてもいいからさ。私が卒業するまでのほんの二年の間、良い後輩でいてよ。中室がいたら退屈しなさそう」

肘をついてそう言った先輩のことを楽しませる為に、私の大学生活は費そうと思った。すごいな、大学。総グロの謎カリキュラムでこんな一生涯大切にしたくなるような相手と出会えるんだ。

それで私達は仲良くなり、四六時中一緒に居るようになった。同じ学科にいるから同じ講義を受けやすく、生活リズムが合うようになった。先輩の行きたい美術展に付いていき、先輩の食べてみたい店に行くようになった。映画を観るようになったのも、実は先輩の影響だ。先輩の涙もろさをそれで知った。

そうして私達は紆余曲折ありながらも心を通じ合わせ、英知大学の三年生と二年生になり、晴れて恋人同士になったのだった——なんてことは全然無かった。何度映画を観ても、二人きりで温泉に行っても、どこへ行って何を食べても、私と先輩は普通の仲良しな先輩後輩関係に収まっていた。二人の間には恋愛に発展する素地がありすぎるほどあったのに、どうしてこうなっちゃったんだろう？　本当に人生ってままならないものですねえ先輩！　でも大丈夫、ここから物語を軌道修正して、どうにかしてハッピーエンドに持って行ってみせましょう。

私は必ず最後まで、最高まで行く。

というわけで、退院した先輩は差し当たって私達が半同棲していた部屋で暮らすことになった。まあ、正確な表現を期するなら『私達が半同棲していた』という体の私の部屋だ。一人暮らしをしていた先輩の部屋は勿論残っているけれど、それはそれとして先輩は大変な目に遭ったばかりなのだ。一人で退院させるのは怖い。

そう、大変な目。

先輩は一週間前に、交通事故に遭った。

私はすぐさま面会に向かったものの、医者は単なる後輩である私のことをすげなく追い払った。

仕方ない。私はただの後輩で、先輩の家族でもなんでもないからだ。

私はしつこく病院に通い、先輩の様子を聞いた。幸いなことに、先輩はすぐに意識を取り戻した。私はなおも病院に通ったが、お医者さんは面会謝絶の姿勢を取った。

でも、どんな場所にも穴は——隙はあるわけで、私は看護師さんから先輩が記憶喪失であることを聞いた。私があまりにも甲斐甲斐しく病院に通っていたからだろう。頑張っている人間には何かしら報いたい。誰しもそう思うものだ。

そのキーワードを聞いた瞬間、走馬燈のように今までのことが思い出された。私と先輩の関係。先輩との思い出。事故に遭った先輩。全部が混ざった結果、私は決めた。

——先輩と私は、恋人同士ってことにしよう。

勿論、記憶喪失にも程度がある。もし先輩が私のことを覚えていてくれたのなら、当然この手は使えない。でも、私の存在を丸々忘れていてくれるなら——忘れてもいいと、忘れたいとすら思っていたとしたら、ここにも隙がある。

隙があるなら、私は絶対に逃さない。そこに指を入れて、こじ開けてでも欲しいものを手に入れる。

いやあ、でもまさかこんなに上手くいくとは！　これが恋愛ゲームだとしたら、全てを吹っ飛ばしてエンディングだ。今まで色んなイベントをこなしてきたのに、私と先輩は付き合うに至らなかった。そこに至るまでに必要なフラグを回収出来ていなかったのだ。今はもう、ちまちまフラグを回収してイベントを起こす必要なんかない。これでハッピーエンディングだ。

ただしハッピーエンディングに付きもののはずの笑顔も花吹雪もスタッフロールもなく、先輩から向けられたのはただの困惑だった。すっ飛ばして迎えたエンディングにはバグが多い。そこは私が帳尻を合わせるしかないんだろう。先輩に「嘘つきめ、帰れ」と言われなかっただけ上々だ。

先輩は困惑した顔つきで私を見た後、静かに尋ねてきた。

「……名前は？　どこで私と知り合ったの？」

「あ、中室謳花っていいます！　英知大学総合グローバル学部二年生！　先輩の後輩です！　はは、ややこしいですね！　先輩は後輩の先輩ってことで」

先輩はそれを聞いて何度か「中室謳花、中室……」と呟いた後、一つ頷いた。

「よく、思い出せない。ここ半年くらい……仲が良い相手がいたような気がする。でも、恋人……？　私と付き合って、……」

先輩がまたも黙り込む。それだけで私の心臓が破れそうになった。落ち着け。これからこの嘘で先輩を騙し通すんだから、このくらいで動揺してたら話にならない。もっと没入して、自分まで騙せ。こういう時の恋人らしい振る舞いって何だ？　意識を取り戻した恋人の、大事な――。

でも、私が何かを言うより先に、先輩が言った。

「そうなんだ。忘れてごめん。傷ついたでしょ」

信じているのか信じていないのか怪しい、平坦な声だった。私が偽物と見抜いているからなのか、それとも記憶も思い入れも無いから平坦になってしまっているだけだろうか？　忘れられた恋人を慮ってるようには見えない。私、もっと傷ついた顔を練習しとけばよかった！　状況に付いていけない、という体で浮かべた薄ら笑いしか出来ない。

幸いなことに、先輩はそれ以上私を問いつめなかった。疲れたと言って病室のベッドへ横になり、暗に私の帰宅を促してきた。冷たくされた切なさと、これ以上下手な芝居を打たなくて済む安堵が混ざる。私は笑顔で先輩に手を振り、恋人らしいさよならをした。

もっとなりきらなければ。もう少し、先輩と付き合えていた私に。


何にせよ、半同棲は喜ばしいことだった。

いやあ、半同棲ってことは半分同棲ってことだ。先輩と恋人ではない私は、半分どころかゼロ同棲だったわけで、ゼロから五十にステップアップ！　素晴らしい。

けど、問題もある。半同棲は嘘だ。即ち家にはまるで同棲の痕跡がない。それどころか、一人暮らしに最適化された私の部屋はマイナス同棲くらいのレベルである。え、半同棲って何があるべきなの？

とりあえず買ったのはヨギボーのクッションだった。ふわっふわの優しいビーズクッションに座りながら映画でも観る先輩は多分この世の幸福を体現したように見えるだろう。先輩は映画が好きだった。先輩が持ち込んだ――ということにするつもりで部屋には先輩の好きな『スリーディイズ』と『きっと、うまくいく』のDVDを置いておくことにした。あっ、これは全同棲っぽい。

同棲なので、お茶碗も二個買った。あとはお箸だ。私と先輩が生活していたように見せかけなくちゃならない。シャンプーは私と同じものを使ってもらっていたことにしよう。ボディソープもそうしよう。あとは……なんだ？　考えてみたら、私は先輩の『生活』の部分なんかまるで見たことがない。先輩って、一体どんな感じで生活してたんだろう。

でも、ここから改めてリサーチをする余裕なんかがあるはずもない。先輩は退院し、私のところに戻ってくるのである。初帰宅！　見慣れない部屋に、記憶を失った先輩は戸惑うだろうし慣れないだろう。でも安心してほしい。マジで見慣れてないし慣れていないので、先輩のせいじゃないですよ！

さて、私が必死に新品の布団に使用感を与えるべく、その上で執拗にゴロゴロしているうちに、退院の日になった。先輩は入院していたはずなのに荷物が極端に少なかった。何をするでもなくぼうっと遠くを見ている先輩目掛けて、恋人たる私は「せえええええんぱいっ！」と叫ぶ。

私の方を向いた先輩は、少しだけ……ほんの少しだけ、安心したような顔をした。退院の日、恋人が迎えに来てくれる。それだけで、先輩は安心してくれたのかもしれない。私じゃなくても良かったのかもしれないが、それでも。嘘を吐いた甲斐があった。

「先輩っ、今日は一段と顔色がいいですね！　肌艶も素晴らしいです！　完全復活ですね、最高ですね、まるで誕生日みたい！」

以前の先輩だったら「調子良いこと言っちゃって」なんて笑ってくれたはずだけれど、先輩は気まずそうに顔を逸らして頷いただけだった。へえ、先輩は知らない後輩には本来こうやって接するんだな。総グロのカリキュラムは協力しないと単位が手に入らないから、仕方なくフレンドリーな先輩をやっていたとか？　もしくは、ただの後輩じゃなくて恋人を名乗る不審な後輩だから警戒されてるとか？　こっちだったらショックだな。でも、先輩は私の家に来ることを了承したわけで、それってどういうことだろう？

「先輩お荷物少ないんですね？　持ちましょうか？」

「いい。少ないから」

「先輩結構荷物多い方だったですよね。本当に忘れ物無いですか？」

気の利く恋人を演出しようとしたのだけれど、先輩はふっと表情を曇らせた。

「病院で買ったものだから、処分出来るものは、してきた」

「病院で……」

「あんたが持って来てくれたものは食べきれなかったから持って来てるけど」

ここで二回びっくりした。先輩の二人称は大体が「君」だったはずだ。もしかして、あれは親しい後輩にだけ使うやつ？　あともう一つは、先輩の持ち物の件。私が持っていったお見舞いの品は大事にしてくれてるんですね、愛ですねー！　ってところは置いておくとして、つまり私の他に先輩を見舞って差し入れを渡す人間はいなかったということだ。

先輩が一人暮らしなのは知っていたけれど、そういえば親御さんの話を聞いたことはなかった。……娘が大きめの怪我(けが)をしても、見舞いに来ない親だ。あんまり良い関係とは思えない。

察してしまった私の沈黙から、先輩も察する。ややあって、先輩が言った。

「……もしかして、何も話してなかった？」

「話してもらってないですね」

軽口を叩(たた)く余裕も無く、私は素直に答える。家族のことを話してもらってないのは恋人として駄目なのか？　でも、恋人に対してどこまで自分のことを話すかっていうのは個人によるはずだ。

つまり先輩によるわけなのだが、私は先輩のことを何も知らないのだ。

このまま色々突っ込まれたらまずいなと思っていたのだけれど、先輩はそれきり何も言わなかった。先輩の軽い荷物を持とうとしたら、さりげなく避けられた。警戒心が窺える。

この状態の先輩と電車に乗るのは心配だったので、タクシーを利用することにした。乗り場にいたタクシーに乗り込み「西新宿二丁目五まで」と言う。四十代くらいの男性運転手は、私と先輩を交互に見て言った。

「若いのにタクシー乗るわけ？　はーあ」

あ、と思った。まずいのに当たった。私や先輩みたいな年代の女の人がタクシーに乗るのを、あんまり良く思っていないドライバーだ。道で拾う時は、そういうタクシーはそもそも止まらない。通りに出れば良かった。

何がまずいって、こういう理不尽な酷い目に遭うと、先輩がまずい。

先輩は正義感が強く、何事にもまっすぐな人だ。こういうシチュエーションの時は、必ず相手に反論する。今だったら「若いからっていってそんなことを言われる謂れはないと思います」とかだろうか。誰かが絡まれていたら絶対に割って入るし、道端で暴言を吐かれた時も追いかけていく。

私はそんな先輩をめちゃくちゃ尊敬していて、それと同時に——恐ろしく思っていた。

この世界で正しく生きるということは、刺し殺される確率を上げることに等しい。先輩は主人公みたいに清く正しく美しい人だけれど、世界はそういう人間をぶちのめすのが大好きだ。

だから、このシチュエーションはまずい。先輩の表情があからさまに硬くなっている。それに気づかずに運転手は「ていうか西新宿のどこ？　ルートは？　ルート」と溜息混じりに言った。

さっき番地まで言ったよ！

でも、先輩は何も言わなかった。酷い扱いに傷ついているのに、何も言わない。何も言わないでほしいけど、何も言わないでいられるとそれはそれで戸惑う。先輩が俯いたのに合わせて、私は咄嗟に口を開いた。

「若かろうとなんだろうとこっちは利用客なんだけど。ルートくらいナビで検索しろよ。一番早いルートにして。病み上がりの先輩が乗ってるんだからさ」

なるべく怒っている口調で、ぶっきらぼうに言う。こんなことあんまり言いたくないけど、こうやって返さないとまともな対応すら得られない。

案の定、運転手さんはそれから無駄口を叩かずに西新宿に向かって走り出し、私達は快適なドライブを楽しむことが出来た。お金を払って下りた瞬間、黙りこくっていた先輩が口を開いた。

「……ああやってはっきり言えるの、すごいね」

「え、」

「私はああいうの無理だから」

私はああいうの無理だから、と繰り返してしまう。無理どころか、さっきの私は完ッ全に以前の先輩の真似だ。先輩の記憶はところどころ欠けているという話だけれど、それにしたって先輩の根幹にありそうなものまでまるっと抜けることがあるだろうか？

先輩は私の戸惑いを余所に、きょろきょろと辺りを見回した。

「それで？　あんたの家ってどこなの？」

「あの窓がやたらおっきいとこです！　さあさあ行きましょう！」

違和感には蓋をして、私は先輩の手を取った。初めて繋いだ先輩の手は、想像よりもずっと小さく、汗ばんでいた。

十二階建てのマンションの五階、1DKのややコンパクトな部屋に着くなり、先輩に手を振り払われてしまった。

「……ここに私が出入りしてたわけ？」

先輩が訝しげに言い放つ。うーん、半同棲って説明してたはずなんだけどな。半同棲と出入りって言葉の間には大分距離が無いですか？　英訳したら全く違う単語になりそう。

「出入りどころか住んでたわけですからね。家よりも家、家の中の家みたいなものですよ。ハウスインホームくらいの感じですね」

「居心地全然よくないし、自分がここに泊まってたビジョンが湧かない」

「ビジョンと来ましたか。ははは、先輩ってばなかなか預言者めいたことを言いますね。大丈夫、ビジョンが無くても実物が目の前にありますからね。私達の生活は4DXで立ち上っていますよ。ほら、先輩の寝転んでいたヨギボークッションもあります」

「色が全然好きじゃないのに……」

先輩が緑のクッションを冷たい目で見下ろしながら、ぽつりと言う。ええーっ！　店員さんが一番人気って言ってたのに！　好きじゃないんだ!!　ていうか、先輩って自然の多い場所に行って「こういうところに来ると力が貰えるよね」って笑ってたじゃないですか！　なのに緑嫌いなんですか⁉　複雑な関係性ですね！

「というか気になってたんだけど……」

「はい、なんでしょうか」

「あの……さっき洗面所借りたじゃない？」

「借りたんじゃなくて先輩のものですからね。使用で大丈夫ですよ。そういうところから意識を作っていきましょうね」

「私がさ……暮らしてたとは思えないんだよね……」

あ、これミステリで見たことある！　倒叙ものだ!!　古畑任三郎がよくやってくるやつだ！

見慣れた展開ではあるけれど、背中には汗をだあだあ掻いていた。早くないですか先輩!?　だってほら、洗面所って第一ステージじゃないですか！　そこで嘘がバレちゃうと困るんですけど！

「何かありましたか？」

「何かあったというより何もなかったんだけど……」

「あったでしょう。ハンドソープとか、アイボンとか」

「私、コンタクトしてるでしょ」

「えっ」

驚きの声がそのまま出てしまった。犯人って何を言われても顔に出したり口に出したりしちゃいけないの、本当に大変すぎるな！

先輩の声がどんどん小さくなっていく。

「なのに、なんで暮らしてたはずの家の洗面所にコンタクトの洗浄液が無いのかなって……」

先輩って目にコンタクト入ってるんだ！　知らなかった！　あんなに先輩の目を見つめてたは

ずなのに、いやはや現代のコンタクトレンズの自然さってすっごいですね！　そんな透明度と薄さのくせに、私達を隔てる分厚い壁になるなんて！

「おかしいでしょ。あんなのストック切らすわけないし……たまたま使い切ったタイミングなわけなくない？」

「ははは、面白い推理ですね先輩。大学を辞めて小説家にでもなった方がいいんじゃないですか」

「小説家をやるなら大学は辞めない方がいいでしょ……」

「たまたまコンタクトの洗浄液が切れることだってあるでしょう。たまたま切れて、たまたま買いに行くところだったんですよ」

「それに根本的な問題として、歯ブラシが一本しかないし……」

「………………シェアしてた可能性もあるじゃないですか」

「どんな苦学生でもそこからは削らないでしょ……こっちは普通に棚にストックあったし……」

同棲の経験が無いからか、同棲において最もメジャーなところを見落としてしまっていたらしい。そうか、歯ブラシかあ～。私は先輩のことめちゃくちゃ好きですけど、流石に歯ブラシはシェアしないもんな～。すごいよ先輩、こんなに名探偵だっていうことも今日初めて知りましたよ先輩。

するとやすると先輩は、何やら考え込むような顔を見せて、その後になんだか沈鬱な面持ちになった。全然わからないけど、本当に悪いことが起こっているような気がする……。目の前でどろどろに溶けていくアイスクリームを為す術なく見つめてる時みたい……。

ややあって、先輩が言った。

「言いにくいことを言うんだけどさ」

「言いにくいことは無理して言わなくても大丈夫ですよ。私は先輩の味方ですからね」

「耳に痛いだろうことを言うんだけどさ……」

言い直されたので、私は黙り込むしかなかった。

「なんですか？　……何を」

「私達って、別れるところだったわけ？」

思いがけないところから投げ込まれた言葉に、心臓が止まりそうになった。えっ、別れる、別れるところ⁉　そんなわけないじゃないですか！　だって付き合ってないんだから！

でも、そんなことを素直に言えるはずもないので、私は平静を装って「……何言ってるんですか」と微笑(ほほえ)んでみせる。恋人同士のアンニュイな空気を醸し出せるように。なるべくこちらからは何の情報も出さないように。

「隠さなくていい。もう家に入れるつもりなかったんでしょ？」

「いや、そんな」

「だから洗浄液も歯ブラシも全部捨てたんだよね。……はは、いや、別にいいんだけどさ。こうなった以上、私達がどれだけ冷め切ってたかとかも関係無いし。でも、もし事故に遭った私に同情して一緒に暮らそうって提案してるんだったら……無理しなくていいよ。どうせ、これからもっと悪いことになるし」

なるほど、と私は心の中で膝を打った。なるほど！　この不完全同棲の有様は、そういう解釈も出来るのだ！　先輩が私と恋人同士だったたっていう嘘を信じ込んで、かつこの部屋の様子を見たら、むしろそっちの方が自然だろう。

恋人同士になって、でも上手くいかなくなって、私が「もう二度とこの部屋に来ないでください」とか言って、先輩の使ってるものを何から何まで捨てて——いや、そんなこと言うわけないじゃないですか！　なんなら私の方が出て行きますよ！　私の歯ブラシ捨てていいですよ先輩！ストックごといってください！

「ていうか、私がやったのかな……。ヒス起こして物捨てるのとか、いかにも私がやりそうなことだもんね。だとしたら余計にごめん。マジで関わりたくないでしょ」

「いや、えっ、そんな」

「庇ってくれなくていいよ。実質他人みたいなもんだし。それはこっちだって同じだけど」

先輩が皮肉げに笑う。自嘲しているようで、私への攻撃でもある。こんな器用な悪意を扱える人間だったのか、と私は密かに驚いていた。そんな、持ち手すら危うい刃を差し出してくるような人だったのか、と。

そもそも、最初から違和感は覚えていた。

先輩は、私の知っている先輩ではなかった。勿論、記憶を失ったことによって多少なり見え方が変わることはあるだろうけど——そうじゃなくて、先輩は、私の知っている先輩と、人間性の部分から異なっている。

面倒見が良くて穏やかで飄々としていて、甘え上手で気まぐれな先輩が、内向的で皮肉屋で神経質で、見るもの全てが自分を傷つけてくるんじゃないかと怯えているような先輩に様変わりしている。

危うさすら覚えるような正義感が、あのしなやかな自我が無い。

背筋が冷たくなった。これがもしかして、本物の先輩なのか？　所謂『素』と言い換えてもいい。

だとしたら、私が今まで好きだった先輩って、一体どこの誰だったんだ？

「……あのさ、私って、どんなんだった？」

「え？」

「さっきからおかしいと思ってたんだよ。あんたの知ってる私と、私が自分で思ってる私が違い過ぎるの。ねえ、率直に教えてよ。私ってどんな人間？」

どんな人間、と面と向かって問われると、全部がふわふわと溶けてしまっていきそうだ。

「先輩は――」

私の言葉はそこで止まる。走馬燈のように、先輩の像を探す。

「いつも笑顔を浮かべてて意味ありげで、余裕があって優しくて、でも芯は強くて理不尽なことがあったら抵抗するし、何においても絶対に屈しない。正義感が強くて正しいから、たまに危うく感じることもありますけど、でもそれが眩しくて、自分には到底なれないなって」

先輩は面倒見が良かった。学生特有のめちゃくちゃ適当なスケジュールで組まれたイベントの進行を手助けするくらいには人が好かった。ブッキングやら仕入れやら、そんなごくごく初歩的な時点で躓いている奴らのことなんか助けてやらなくていいのに、と思った。しかも、そのイベントは大学の寮の近くの街灯を増やす為の署名集め＆募金活動で、大学寮に入っていない先輩にはまるで関係の無いものだった。

「でも、このイベントで夜道を安全に歩ける学生が増えるのはいいことでしょ」

「いいことだとは、まあ……思いますけどね……」

「だったらやっぱり手伝った方がいいんだよ。悪いことじゃなし」

理屈はわかったけれど、言っていることはやっぱりよくわからない。でも、先輩の手間は掛かっている。先輩がいかに社交性の塊であったとしても、人と関わるのには気疲れするはずだ。

「それに、謳花はなんだかんだ言ってちゃんと手伝ってくれるじゃない」

「先輩の横でくだ巻いたりメモ参照したりする程度で手伝ってるにはなりませんよ。先輩、シンプルに詐欺に遭わないか心配です」

「それだけで、私は十分助かってるんだよ」

先輩がそう言って笑って、私のほっぺたをぐにっと突っついたりして。

大学寮に住む人間の夜道の安全なんて、私はまるで関心が無かった。でも、先輩が喜ぶから。先輩が嬉しそうにするから。私は先輩の隣であれこれ言おうと決めたわけだった。

——……そんなこともあった。

どんな人間かを聞かれていたのに、先輩の好きなところばかり羅列してしまった。いやあ、先輩への愛が溢れすぎていて自分でも恥ずかしいくらいだ。

「私は先輩と別れたいなんて思ったことなんてないですよ」

どんな人間かを語るのを切り上げて、私は結論から先に言う。

「今の聞いて別れたい人なんていいます？　勿論、今の先輩とだって別れたいなんて微塵も思いませんけど」

今の先輩のフォローも忘れないようにしたのだが、先輩はじっと私のことを見つめていた。え、なんか駄目ですか？　やっぱり旧バージョンばっかり褒めそやすのはまずい？　そんなことを考えていると、先輩はぽつりと言った。

「私って、本当にあんたのことが好きだったんだね」

「……え？」

「そうでしょ。だって、私絶対そんなんじゃないもん。面倒臭がりだし、人と関わるのだって好きじゃないし。なのに、……はーっ…………」

そこから、先輩はまたしばらく沈黙した。長い長い沈黙の果てに、先輩がゆっくりと口を開く。

「信じるわ。これからよろしく」

「えっ、あ、はい」

「それだけ私が格好付けてるってことは、本当にあんたに好きになってほしかったんだってことなんだろうから」

先輩が私の方から目を逸らす。視線の先には先輩の好きな映画のＤＶＤがある。先輩が持ち込んだという体で設置された嘘を、見ている。

「本物の私はかなり面倒で厄介な女だけど、捨てるなよ」

先輩はそう言って、昔のように笑ったのだった。

さて、先輩は宣言通り『かなり面倒で厄介な女』だった。

細かいところですぐイライラする。要領が悪くて、見ていてハラハラしてしまうくらいだ。生きているだけでいっぱいいっぱいな様子で、低気圧に死ぬほど弱い。四六時中自分の粗探しをしていて、本当は存在しないはずの自分の欠点をずっと数えてる。

都筑日南はそういう人間だった。

勿論、私はどんな先輩だって愛しているので、床に丸まって低気圧に耐えている先輩にタオルケットを掛け、背中をさすって最高の気分になっていた。以前の先輩は低気圧の日でも颯爽と歩いていたわけだけれど、あれってどのくらい気を張って頑張っていたんだろう。

そうやって甲斐甲斐しく世話を焼かせて頂いているにも拘わらず、先輩は恨みがましそうな顔で言うのだった。

「何？　そろそろ別れたくなった？　別にいいけど」

「いやいやいや、何も言ってないじゃないですか」

ただ、お風呂に二時間近く入ってるのとか、ベッドを半分こしましょうと言っても頑なに一人でぺらぺらの布団で寝るところとか、そういうところは少し思うところ無くもないんですけど。

そもそも私は人と暮らすのに向いていない側の人間なので、四六時中先輩と一緒の部屋にいるのは辛すぎた。けれど、先輩を一人にすることを考えると、全然耐えられた。これってもしかして愛なのかもしれない。

先輩の『別れたいと思ってるでしょ』は、不意をついて出てくる。多分、先輩と私が破局寸前だった説を信じているからだ。今ではコンタクトの洗浄液も歯ブラシも先輩用の枕もある。先輩が好きだっていうからコーラも冷蔵庫に常備してある。私は炭酸が飲めないので、本当に先輩の色に染まっていっているみたいだ。

　でも、日々ずっと疑われているのはしんどいもので、一緒に暮らし始めてから一ヶ月くらいした時にふと「じゃあなんで先輩って私を振らないんですか」と返してしまった。

「へ、は？　何言ってんのあんた」

「恋人同士なんだから、自分から別れることも出来るでしょう。むしろ、別れるってことは恋人同士でしか出来ないんだから、最も恋人らしい行為と言えなくもないですね。いやー、人生最大の不幸を前に最高に恋人を味わわせて頂けるなんて恋人冥利に尽きますね！」

　先輩がぐ、と言葉を詰まらせる。反撃されて悔しかったのか、それとも別れたくないと思ってくれたのか、どっちなのかわからない。ややあって、先輩が言った。

「私達……まだ半年ちょっとしか付き合ってないんでしょ？　なのに、周りに触れ回ってるんでしょ？」

　私たちが恋人同士であることを周りに触れ回っているというのは、外堀を埋めようとした私の嘘だ。でも、私は頷く。

「じゃあさ……女同士で付き合ってるんだから、周りの反応を気にしちゃうでしょ……すぐ別れたら……本気じゃなかったとか……」

　先輩が適当なことを言っているのはわかっていた。これを理由にすれば、私を調子に乗らせずに、別れないでいられるから。だからわざわざそんな言葉をチョイスしたんだってわかっている。大丈夫、想定通りだ。

　私はこれから先輩が何を言うかすら、一語一句華麗に予想がついてしまう。

「周りから女が好きなんだって思われるより……それみろ本気じゃなかったんだって思われる方がキツいから……うん、すぐには別れられないし……だから、ほとぼり冷めたら別れるよ」

案の定、先輩の口からは予想通りの言葉が出た。

ははは、そうですねえ……と口では言いながらも、目からはじわっと涙が出てきた。

「ちょっと……何泣いてるの⁉」

「いや、その通りだなって思ってはいるんですけど……」

「別れたくないってこと？　え？　何？」

先輩にはこの涙の理由がわからないだろう。わからないに違いない。わからなくていい。

「別れたくないのもありますけど……はは、そうですね……」

本当の理由が口に出来ないから、私はただ泣くしかなかった。

私が泣いたから、その時の別れ話はうやむやになった。本当に先輩は優しいと思う。先輩が私の背中をさすってくれたのはこれが初めてだった。

でも、辛いことだけじゃなく、楽しいことも沢山あった。

先輩と恋人になるっていうのは、想像以上に素晴らしいことだった。目が醒(さ)めて隣に先輩がいることの素晴らしさもさることながら、先輩の知らない一面を知れるのが嬉しかった。

先輩は肌寒い日であっても朝は換気から始める。私が寒がらないようにブランケットを投げてきて、陽(ひ)の光を浴びて嬉しそうに笑う。

あんまり生活面のことを想像したことがなかったんだけれど、料理が上手だった。私の冷蔵庫の中は全く体系立っていないので、半分だけ使われた大量の食材が群れをなしてしまいがちだ。けれど、それらを先輩は実に上手く調理してみせた。ぽいぽいと放り込まれたクズ野菜が何故かシュウマイになっていたのを見て、予想が出来なすぎて笑ってしまった。

「豆腐で寄せてるんだけどわかんないでしょ」

そう誇らしげに言う先輩を見ると、胸の奥がぎゅうぎゅうと愛しげな痛みで締め付けられた。そんなレシピもそんな先輩も知らなかった。

過去を気にしないようにしている先輩は、やっぱり気にしいでもあって、部屋で一緒に映画を観ている時の、ごく静かなシーンで私に囁く。

「一応聞いておくんだけど……あんたといた時の私って、どんなんだったの。人間性とかじゃなくて、付き合い方とか」

「おっ、それ聞いちゃいますか！ それはもう、数多のラブストーリーの中から飛び出してきたような、それはそれは爽やかで小悪魔で頼りがいのある先輩らしい先輩と、キッチュでキュートな後輩の楽しい生活でしたよ」

先輩は眉を寄せて舌打ちをしてから、私の方にもたれかかってきた。先輩からの接触は、初めてだった。

「今の私がこんなのでがっかりしないのも怖いよ」

先輩の身体の確かな重みを感じる。

「——……やだなあ、がっかりなんかしませんよ。むしろ、色んな面が見られてお得な感じします。実を言うと、私が先輩の中で一番愛しているところはその遺伝子ですので、性格が多少マイナーチェンジされても問題無いです」

「私はメンヘラだし、重いし、考え込んじゃうし、結構ナルシストで自分可愛いみたいなところもあるし、一人称は高校まで自分の名前だったけど、それでもいいの」

「遺伝子が同じですからね！」

「あっそ」

先輩はつまんなそうに呟くけれど、未だに私に体重を預けている。ううん、最近の傾向からして下手に甘い言葉を囁くよりも、こういうこまっしゃくれたことを言う方が先輩のツボに入るんじゃないかって気がしてきたんですけど、どうですかね。

しっかし、先輩がセレクトしたこの映画はつまらなかった。作ってる映画スタジオが有名だからって、全部のタイトルを観ようなんて無茶でしたかね。劇場公開が見送られるだけの映画ってやっぱり相応のつまんなさがありますねえ、先輩。

なんてことを考えていると先輩のほっぺたが私のほっぺたと接触した。何も付けていない素のままの肌が吸い付く。細胞と細胞が触れ合っている、と反射的に思った時にはもうキスをされていた。

初めてのキスだ。

ばっちり目を開けている私に対し、先輩はがっつり目を閉じていた。先輩の睫毛は特徴的な生え方をしていて、右に左に末広がりしている。先輩の唇はしっかりとリップクリームを塗っているだけあって柔らかくて、ポップコーンの塩気を移すのが申し訳なくなるくらいだった。

それから私達はしばらくキスを交わした。映画はのろのろと進み、主人公が殺されてゾンビになって復活していた。なんだよ、この映画。

「……何、やだった？」と、先輩が不安げに言う。

「え、いや……やだ……ったわけではないですが……その、記憶を失くしてから、こういうことしてなかったので」

「そうやって良識的な顔するなら……舌、入れないと思うんだけど」

「それはもう仰る通りです」

　でも、これが初めてだってバレない為には、舌の一つでも入れておいた方がいいかと思ったんですよ。なんてことを素直に言えるはずもなく、私は初めてのキスでこなれ感を出す為だけに舌を絡めて、自分でもわかるくらい顔を赤くしてる人間になってしまった。私が思いの外真っ赤になっているのに引きずられて、先輩の顔もみるみるうちに赤くなっていく。

　それがなんだかたまらなくて、私は思わず先輩を抱きしめた。私達にはあんまり体格差が無いから、ぴったりとパズルみたいにお互いにお互いが嵌まる。凹凸も全部無くなっていくみたいで、心地良い。骨の形まで揃っていてくれたらいいのに。何かの不具合で、引っかかって外れないでほしい。

　先輩は抵抗をしなかった。おずおずと先輩の腕が私の背に回されて、私達は更に互いの隙間を埋める。温かい。

「……ここまで許されるとわかんなくなる……」

「ちょっと！　ここで引かないでよ」

「引いてませんよ」

泣きそうになって、先輩の肩に顔を埋める。そして言った。

「今私、どのくらいまで来れました？　先輩の中にどれくらい入れてもらえる？」

言葉にすると、それに合わせて心が柔らかく歪(ゆが)む。もうちょい浮かれてないと、地に足が着いてしまう。地上は地獄への道に繋がっている。煉獄(れんごく)の炎の熱を感じながら先輩との生活を楽しめるほどの胆力が、私にあったら良かったんですけど。面の皮がまだそこまでアップデートされてなくて。

「……あんたが何言ってるのかよくわかんないんだけど……」

先輩の戸惑った声がたまらない。その戸惑いの中には、紛れもなく私への愛情があった。嘘から出てきた、本物の愛情。

「でも、ここまではきてる」

そう言って、先輩の方からキスをしてきた。舌を絡めて、熱があって。

ここまではきてる。ここまでは、来れた。


はてさて、私と先輩の交際は半年続いた。

一応、先輩が記憶喪失になる半年前から付き合っている設定にしていたので、嘘ではあるが一周年を迎える形になる。いやあ、めでたい。私はこういうお祝い事をやるのが大好きなので、嘘ではあるけどファーストアニバーサリーが嬉しい！　盛大に祝わないと！

「……付き合ってた半年の記憶が無いんだから、半年記念ってことにしてもいいんだけど」

「なーに言ってるんですか。失われた半年間の蓄積は私の方にありますから問題無いですよ。金閣寺だって焼失から数えずに五百周年とか祝ってるじゃないですか。そんなことを言ったら金閣が可哀想ですよ」

なーんてことを言って誤魔化したけれど、こうして一周年を祝うことによって、私達が付き合っていたということを既成事実にしてしまいたいだけだ。こうして外堀から埋めて型に嵌めてしまえば、嘘はより盤石なものになるだろう。引き返せない、と先輩に思わせたい。先輩が全ての記憶を取り戻すまでに、愛情を形状記憶させておかなければ。

先輩の記憶は半年経(た)っても戻らなかった。

それは、私達の関係における時限爆弾であり、私達の生活の寿命である。私が嘘つきの誹(そし)りを受け楽園を追放されるまでの猶予がこの生活で、同棲生活で増えた先輩の物は全て砂上の楼閣だ。

勿論、積み重ねてきたものも多い。たとえば、先輩から私への呼び名とか。

記憶喪失によってリセットされた私の渾名(あだな)は、半年経ってちゃんと「謳花」に戻った。先輩の口から久々にその名前を聞いた時、いやはや私は泣いてしまった。世界一短い詩かと思った。

私から先輩への呼び名も変わった。そう、私は先輩のことを先輩ではなく日南さんと呼ぶようになったのだ！

勿論、気持ちはそんなにすぐ変化するわけじゃないから、心の中ではまだ先輩と呼んでいる。私は先輩呼びが好きだし。だって、先輩と後輩の関係ってこの世で一番甘やかじゃん。

でも、先輩は恋人には名前で呼んでほしい派なのだ。だから、先輩が洗い物をしてくれている時に、何の気無しにそう呼んだ。

そうしたら、先輩は耳まで真っ赤になって、お気に入りのマグカップを落とした。スターバックスで買った、めちゃくちゃ洗いにくいクマの形のカップだ。

先輩は神経質なので、一回一回専用のスポンジで三分くらいかけてしっかり洗う。そういうところも好き。そんな大事なクマさんを落下させて、先輩がじっと私を見た。

「今の何」

「今の何って言われたら、恋人同士の幸せな瞬間でしょうよ」

「なんで急に名前とか呼ぶの？　そういう、大事な瞬間っていうか……段階を踏むなら、もっとこう……あるでしょ。大事な記念日に合わせるとか、そういうさあ」

先輩がとろとろとお皿洗いを再開しながら、ぶつぶつと呟く。先輩の面倒なところが出た。この半年で嫌というほど味わったけれど、先輩は面倒臭くて気に病みやすい、自己肯定感の低い女でこだわりが強い。私の知っていた旧先輩からしたら完ッ全に別人である。もし以前の先輩と付き合っていたら、あっけらかんと「急にどうしたのー」なんて笑ってくれただろう。あの頃の先輩は記念日を忘れても怒らなかった気がするが、今の先輩は記念日を忘れようものなら一ヶ月は口を利いてくれなそうな気がする。いやあ、この世にＧｏｏｇｌｅカレンダーがあって本当によかったですよ、お互いに。

「すいません。そこまで気が利かなかったです。今度からは記念日に合わせてパーティーしながら、くす玉割って呼称変更しますからね」

「というか、なんでいきなり？　あんた、後輩キャラにこだわってそうなところあるじゃん。今更先輩呼び変えなくてもよくない？」

「でも、先輩は恋人には名前で呼ばれたいって……」

　と言ったところで、先輩が更に顔を赤くする。

「……それ、前の私が言ってた？　やつ？　でしょ」

「ああはい、そうですね。ほら、フレンドリーだった頃の先輩はお酒飲むとにゃんにゃんしてたというか、甘えたな先輩のムーブをやってくれたというか、あっ、あの頃のフレンドリーで距離が近いムーブも私の為にやってくれてたって思うとなんだかワクワクしてきましたね。ワクワクのタイムカプセルだ」

「いいや、もう。忘れたことだからノーカンだ。私が恥ずかしいわけじゃないし。その頃の私は死んでるから、もう関係無いや」

　先輩が水しぶきを飛ばしながら言った言葉に、心臓が冷えた。

　まあ、死んでるようなものですよね。自己の連続性が保たれてないんだから、そりゃあ死んだも同然だ。先輩にとっては酒の席で私相手に一生懸命先輩をやっていた頃の記憶なんて無いんだから、これは知らない人間の思い出話でしかない。

　先輩との生活は、時折こうして死の匂いを孕(はら)む。あの道路で頭の中と魂をぐちゃぐちゃにされた先輩が無事でいられるわけがなく、私はその傷口から引っ張り出した少し欠けた人間を相手に、お人形遊びをしているだけなのかもしれない。

　それはかつての先輩を冒瀆(ぼうとく)していることにもなるんじゃないか？

　っていう疑問の段階はもうとっくに過ぎていて、何回もこれを考えては眠れなくなっているから許してほしい。

隣に先輩が寝ている状況で、死んだ側の先輩と目を合わせながら朝を迎える気持ちって、なかなか苦しいものだ。先輩が昔の先輩とはまるで違う性格や口調をしてくれていることが、なんならファッションまで変えてくれていることが、私にとっての唯一の祝福みたいに思えてしまう。誰だってスワンプマンと目を合わせ続けたくはないだろうから。

――そもそも冒瀆だとか嘘だとか裏切りだとかを考えていたら、まともにこんな生活送れない。昔は橋を一つ作るのにも生贄を捧げてたっていうし、私達の幸せな未来の為に旧先輩が死ぬことになったって、それはまあ必要な対価だったんじゃないですか？　うん、そういうことにしよう。なんなら私の方も全部忘れてリスタートしたいところですが、新私がそれでも先輩にメロメロになってくれるか自信無いなあ。

私がここで唯一考えるべきことは、先輩が日南さん呼びを喜んでくれていることだけだ。たとえ先輩の九十九％が変わっちゃったとしても、喜ぶことは変わらない。その核に触れた時、私はもう一度先輩に出会えるだろう。

たとえ束の間の逢瀬でもいい。七夕とかいうヤバいシステムに比べれば、素晴らしく温情のある面会だ。

「あんたって本当に、私のことが好きなんだね」

先輩が呆れたように笑う。この半年の間に、先輩は愛情を受け取るのが上手くなった。

「え、伝わってなかったんですか⁉　私の生活は全て日南さんの為にありますよ。四六時中三百六十五日、日南さんのことだけ考えてますからね」

「重いよ」

と、先輩は困ったように笑うが、先輩は面倒臭くて自信が無くて、周りの全てのことに怯えているような小心者なので、溢れるぐらいの愛情を与える重い女がお好みなのだ。お似合いでもある。私、これでも先輩の為にずっと必死なんですよ。神様とやらが私達に無事半年記念、じゃない、一年記念（嘘）を迎えさせてくれたのは、その努力が認められたからだと思いたい。

私はいつ先輩が思い出すかに、死ぬほど怯えている。落下の衝撃に備え、何枚も何枚も下に布団を敷いているようなものだ。でも、何枚布団を重ねたところで、数十メートルのところから落ちたら人は死ぬ。

先輩が事故に遭ったのは、車通りも人通りも少ないところにある道路だ。地下鉄の駅が近くにあるけれど、そこを利用するのはこのごく小さな町に住んでいる人だけである。

先輩が撥（は）ね飛ばされた瞬間を、誰も見ていない。そもそも、先輩が病院に運ばれたのも、事故に遭ってから大分経ってからのようだった。そのせいで先輩の命が危険に晒されるようなことがあったら、と思うと血の気が引いていく。

「横断歩道の無いところだし、なんで道路に飛び出したのかはよくわかんなくて」

先輩は記憶を失っているので、当然ながら何が起こったのかを知らなかった。気づいたら病院のベッドの上で、どうしてあの時間に自分があの場所にいたのかも記憶していなかった。

先輩はいつでも荷物が少なくて、手がかりになるものは何も無かった。警察はどうやら諮問（しもん）探偵を雇っているわけではないらしく、先輩を危ない目に遭わせた犯人や轢き逃げをした車が見つかることもなかった。

「もし先輩をこんな目に遭わせた人間がいるんだとしたら、絶対に復讐してあげますからね」

「やめてよ……というか、この間観た映画で一ミリも犯人当てられてなかったじゃん。謳花には絶対無理でしょ……。ああいう時に『わかりました。犯人はこの探偵自身です』って言うのもやめてほしい」

「昔、そういうネタで騙されてから信用出来なくなって……。推理は無理でも復讐ならいけますよ。全然、自分復讐いけます」

「後輩……恋人が捕まるところは正直見たくないんだけど……」

いやあ、そうですよね。先輩そんなことになったら絶対耐えられなそうだもん。探偵にも復讐鬼にも向いてなさそうなので、バットを持って乗り込むのはやめておきます。

そもそも、最悪なことに、私達の関係は先輩の記憶喪失の上に成り立っているのだ。この最低なマッチポンプを引き起こしているくせに、概念共犯者をぶち殺す資格があるはずがない。私も一緒に断頭台に上がるべきだろう。

「私、昔は恨みを買うような人間だったんだよね」

「いやいや、端折りすぎですよ。飄々としていて、でも芯が強くて格好良くて、理想を胸に弱きを助け強きを挫く、時代劇の主役のようなお方だってことですよ」

「そういうやつだから殺されかけたのかもしれないね。時代劇の主役は印籠か刀のどっちかがあるけど、私にはどっちもなかったから」

「……嫌だなあ、別に私のことを懐刀って呼んでくれても構わないんですよ」

私はちょっとばかし動揺していたので、軽口を叩くのが遅れた。

「懐刀って呼べるほど頼りにならないくせに」

「なりますよ。これでも私はありとあらゆる武術に精通しているんですから。歩く銃刀法違反みたいなもんですよ」

「歩く銃刀法違反と一緒に歩きたくないんだけど……」

くすくすと先輩が笑い、私は俄にほっとする。

先輩にはなるべく過去の話を――出来れば、事故に遭った時の話をしてほしくなかった。記憶を取り戻してしまいそうだから、というだけじゃない。先輩も私も、敢えて明言を避けているところに、触れてしまいそうになるからだ。

警察が犯人を捕まえてくれないのは、諮問探偵を雇っていないから、というだけじゃないかもしれない。

警察も病院も最初からある一つの考えに囚われていて、それ以外の真相を見ていない。

それは私達の間にもうっすらある悪夢のようなアイデアで、ふとした時にたまに影を見せる。

そして、私の心を焼け付くように痛ませる。目を合わせたらうっかり取り込まれてしまいそうだ。

私は推理が下手だけど、ミステリー自体はそこそこ読む。色々巡り巡った結果、事件なんかそもそも起こってなかったって真相に行き着くパターンも知っている。そういうのって確かにあるけど、でもさあ。

本当は、警察も医者も私も先輩自身も、先輩が自殺しようとしたんだと思っている。

でも、誰も動機について触れない。それは、もう先輩が失ってしまったものだからだ。今の先輩に尋ねたって仕方のない話だからだ。

過去の自分は死んだものだって言ったけど、それがある意味で先輩の最も求めていたことなんじゃないかと思ってしまう。

先輩、あなたはやっぱり死にたかったんですか？

死にたかったんだとしたら、一体何の——誰のせいですか？


記憶を失う前の先輩に、自殺について聞いたことがある。肉も骨も無い、雑談の延長線上にある流れで。

「あるよー。むしろしょっちゅう」

あっけらかんと言う態度も、私はまるでファッションのように受け取っていた。ある種の希死念慮や絶望をこうして口に出来る先輩はポップだなあ、なんてくだらなすぎることまで考えていた。一体なんだそれ。

「でもさ、死にたいっていうより、一回やり直したいだけなんだよね。もっと上手くやれたはずって、どうしても考えちゃうから。来世に期待してるわけで」

今の先輩はやり直したいことを、やり直せていますか。


自殺しようとしたのかどうかも、やり直しが上手くいったのかも、何もかも聞けないままで、時計の針は進んでいった。

先輩は大学に復帰し、また私と同じ講義を受けるようになった。先輩の記憶喪失は周りに知れ渡っており、以前とはまるで違う別人の先輩も、なんとなく受け容れられていた。

喋(しゃべ)り方だったり雰囲気だったりが変わったとしても、先輩が空気を読むのが上手く、周りを気に掛ける人間であることは変わらないので、みんなはこの先輩2・0をそのままに愛してくれた。それを受けて先輩は「みんなが優しくしてくれるのが、なんていうかぬるくて怖い」なんて言っていた。せんぱ〜い！　心が暗い方向きすぎだよ！　暗黒面だけを指す羅針盤みたいだよ！

「何も返せないのに優しくされるのって怖いじゃん。一回ぬくもりを味わっちゃうから」

先輩が失ったのは記憶だけだ。先輩はずっと前からその昏(くら)い羅針盤を携えて生きてきた。この人の羅針盤の存在を知らずに生きていたかもしれない自分のことを考えると、本当に怖い。

「でもまあ、謳花がいるから……そんなに怖くない気もするよ」

「本当ですか!?　いやあ、恋人冥利に尽きますね。これで総グロの地獄カリキュラムでのご恩は返せましたかね」

「返せてるよ。十分だよ、本当」

冗談めかすこともなく、先輩は言った。先輩が私の手を取って、ごく自然に握る。

先輩の横顔が安らいでいる。それが理解出来る程度に傍(そば)にいた。


でも、全てが順風満帆に行くはずがなかった。この会話から時間を置くことなく、先輩は私の嘘を暴いた。ゴールテープが見えているトラックで歩き続けることは難しい。

きっかけは、先輩の私物整理だった。先輩と私の同棲生活も板についてきたことだし、ここで改めて二人で暮らしたりするのはどうだろう？　ということになったのだ。私としては願ってもないことだった。先輩が私との新しい日々を考えてくれるだけで、本当にもう、信じられないくらい嬉しくて。

それで物件を探しながら、先輩は自分の部屋を引き払う時に私物を段ボールとキャリーケースに詰め込みまくってレンタルスペースに預けていたのだが、それを回収して改めて私物を整理することにした。その時に、見つけてしまったらしい。

先輩が私に宛てた、渡せなかった手紙を。

それを見つけた先輩は固まって、手を震わせて、真っ白な顔で私を見た。その表情を見ただけで、私は全てを理解してしまった。

「あんた、嘘を吐いてたの」

「……何の話ですか?」

「とぼけないで」

それでも、私は往生際悪く黙り込む。酷く傷ついた顔をした先輩の言葉に応えない。

「私と謳花は、付き合ってなんかなかったんだろ」

そうですよ、先輩。嘘吐いてごめん。私と先輩は全然恋人とかじゃないです。ていうか、違和感を覚えたのに絆(ほだ)されていた先輩が、この期に及んでもとっても愛おしいです。

「この……嘘吐き、信じられない。何かおかしいと思ったんだ」

「いやあ、先輩ってば名探偵ですね。完全に騙し通せると思ったんですけど。私、結構上手くやれてた気がするんですけど」

「騙したな! 人を……私を何だと思ってるんだ! ふざけんな!」

「世界で一番大好きな恋人って思ってました。嘘を吐くならまず自分からなので」

ふざけるな、と先輩が噛(か)みしめるように繰り返す。

「あんた、私のことなんか好きじゃないくせに」

ああ、と私は思う。

私はそれを言われる日を恐れていた。ずっと。

「振ったでしょ、告白したのに。付き合えないって言ったのはあんたの方だ！」

はい。そうです。

せっかく告白してくれたのに、私は先輩を振りました。はっは～、すいませんね。マジで大罪だと思います。この罪に関しては来世でも償おうと思います。来世で先輩はどうぞ私に出会わず、楽しくお過ごしください。

だからさ、この嘘だけは通させてほしかった。

「何なの……意味がわからない。恋人なんかじゃなかったのに。どうして？　事故に遭って可哀想だったから？　どういうお見舞いのつもりだよ！　頭おかしいんじゃないの！」

何を言ったらいいのかわからない。苦しい。何の言い逃れも思いつかない。先輩が泣いている。でも、私は涙を拭えない。

「私だけだった、好きなのは、全部、私だけだ……」

「先輩、私は」

はくはくと口を上下させる私に、先輩は冷たく笑う。

「ああ、わかった」

「何が……」

「私があんたに振られて自殺したんだと思ったんだよね？　だから、罪悪感でこんなことしたんだ？　人を舐めるのもいい加減にしろよ」

「そんなこと思ってない。私は……」

いやはや、私は自分がどんな顔をしているか全然わからない。やっぱり、恋人ごっこって難しいもんですね。私、先輩にそんな顔させたくなかったですよ。

過去は無くならず、私は自らの過去に足を取られる。

愚かな自分に復讐される。


先輩が気さくで優しく、完璧な先輩であった頃、私は犬ころのように先輩に付いて回っていた。先輩といるのが楽しかった。この人と一緒にいる自分が好きだ、と思わせるのが上手い人間が私は好きで、先輩はそうだった。

あの居心地の良い空間がどれだけの気遣いと愛情によってもたらされているかを知らなかったから、私は与えられるものを慈雨の一つにしか思わなかった。あの贅沢で愚かしい日々が、私の黄金時代だった。

冬。先輩と公園で安いチューハイを飲んでいた時のことだ。ベンチに座った先輩は、私の肩にもたれかかりながら言った。

「私……謳花のことが好き。その、付き合いたいくらいに……」

先輩の頭の重みを感じて、なんだかそこからぐずぐずに溶けていってしまいそうだった。自分の身体が柔くなったようにも、先輩に通った芯があまりにも硬くなってしまったようにも、どちらにも感じられた。

どうしよう、と思った。

先輩と付き合う？　全然考えたことがなかった。先輩はいい人だし、可愛いし、一緒にいると楽しいし、でも恋人？　そういうのは想像出来ない。なんというか、恋人になったら、今までの自分と先輩の関係って変わっちゃうんじゃない？

そんなことを考えていたら、先輩が続けた。

「あの、ちょっとでも私のこと……その、可能性感じられるんなら……一度、付き合ってみてもらえないかな……？　試しに、お願いだから……チャンスがほしい」

ええええ、これってもうかなり本気のやつじゃないですか。あの先輩にここまで言われたら、もう一回は試してみるしかなくて、なんというか逃げ場がなくて、私はついうっかり、最悪手を繰り出してしまう。

「やー……え、でも、ね。あの……無理ですよ。ていうか気まずくないですか？　女同士で付き合うってなってすぐ別れたら本気じゃなかったとか言われますよ。あーやっぱ本気じゃなかったんだって思われる方がキツいから、なかなか別れられないし。で、どんどん気まずくなってくわけで……」

はい。これ。伏線でした。先輩の心の中にずっと、記憶を失ってもずっとずっと失われずに打ち込まれていた楔。私が言い訳の延長線上に置いた刃。

一度口に出してしまった言葉は取り返しがつかない。先輩の喉がひく、と震えるのが見えた。本気で傷ついている時の反応だ。それなのに、取り乱す様子を見せない先輩が、なんだかやけに大人に見えた。

「うん……うん。わかった」

先輩は自分を納得させるように頷いた。納得しなくちゃいけないって、そう言い聞かせてたんですよね。私はもう先輩のことを理解しちゃったから、わかる。

「急にごめんね。私のことはただの先輩だと思ってよ。これからもよろしく」

「あ、はい。よろしくお願いします」

そんなこと言って、握手なんかしちゃったぐらいにして。全部丸く収まったつもりで、それこそ問題全部先送りに出来たつもりで。これが、最低最悪の瞬間。


中室謳花による愛情の搾取が始まった瞬間だった。


表向きは全然普通だった。前の先輩と私に戻った。

でも、意識しちゃうと全然違う。

気にしないようにしていても、先輩がまだ私のことを好きなことは端々から伝わってきた。愛情というものがこうもさりげなく日常に忍び込み、輪郭から香るものだなんて思わなかった。

正直な話をすると、いい気分だった。だって、私、先輩のこと人間的に好きですもん。一緒にいると楽しい先輩が自分のこと好きってさ、すっごいハッピーですよ。いつも通り先輩の後ろを犬っころみたいに付いて回ってさ。

毎日毎日、先輩の愛情を受けて、人を好きになるってどういうことかを考えてました。

実は誰かと付き合った経験もまともにないから、人を好きになるって、もっとなりふり構わないものな気がして……どんな手段を使ってでも手に入れたいと思うような相手じゃないと、恋愛って出来ないんじゃないかなって思ったりして。

でも、紛れもなく先輩はかけがえないものではあって。

先輩が誰かの恋人になったところを想像したりもしました。それはね、普通にめちゃくちゃ嫌でした。でも、心のどっかでそりゃそうかとも思いました。私は先輩に相応しいほど立派な人間じゃないんですもん。先輩の恋人っていうのは、まあきっと先輩に相応しい高潔な志を持ったお方なんだろうって。

で、あれですよ。あれ。先輩が、いわゆるぶつかりおじさんに食ってかかった時、覚えてます？　前の方を歩いてた女子高生が、おじさんにわざとぶつかられてずてんて倒れちゃって。私があって言うより先に、先輩がおじさんに向かって「あの子に謝れ！」って食ってかかって。おじさん、めっちゃビビって逃げ出しちゃって。はは。んで、おじさんが逃げ出したら一目散に女子高生の方に駆け戻って。

「大丈夫？　酷かったね」

なんて声をかけたりしてね。

すげーって思いましたよ。先輩はさ、そういうことが出来ちゃう人なんだ。やっぱりすごいわ。

その時ですね。いつもの感服の奥に、別の感情が生まれたのは。

私のことが好きなこの人は、高潔で格好良くて、人の為に自分を擲(なげう)てる人だ。こういう人のこと好きになったら、めっちゃ怖いだろうなあって。
私が恋人を作るなら、危なげない人がいい。だって、私臆病だし。色々考えちゃうし。そんな私が恋人作るならさ、なるべく穏当な人がいい。危ないことなんかしないで、ぬくぬく生きてくれる人がいい。私、自分の恋人が危ない目に遭ったら耐えらんないですよ。ね、先輩。それわかってないから、そういうことしちゃうんですか。

まあ、私と先輩は恋人同士じゃないから、そんなこと全然言わなかったわけですけども。その後、ジョナサンでポテト頼んで駄弁(だべ)ってる時に先輩に、これは言った。

「さっきのとか、ガチで危ないですよ。逆恨みされるかもしれないんだから、ＪＫ助けるだけでいいでしょうよ」

「でもさ、あの子ちょっと謳花に似てた」

なんて返されるから、たまらなかった。ねえ先輩、そんな口説き文句どこで覚えたんですか。冗談めかしてても、まだ私のこと好きじゃないですか。私は嬉しくて、でも悟られたくもなくて、でも長めのポテトだけ先輩の為に残しておいた。知ってました？　幸せになってくださいよって、それ以外で伝える方法がわかんなくて。

先輩と私が付き合うことを想像しました。先輩になるべく苦労かけたくないんだけど、一緒に暮らすってなったら迷惑かけちゃうかもな。でも、先輩っておおらかだし細かいこと気にしないタイプだから、案外上手くやれるかな。

同性婚って実際いつ出来るようになるんだろ。私と先輩が社会に出る辺りで、出来るようになってくんないかな。流石に無理か。全く出来るようにならなそうだもんな。出来たら二人で生きる先が見据えられるのに。あーでも、もし仮に本気で付き合うなら、海外とか移住したがるのかな先輩は。私って海外でもやっていける？　いけるなら、先輩と付き合って人生を共にするのも出来るかな。

……先輩また限界超えて仕事引き受けたんですか。グループラインは私が代わりに返しておきますよ。仕方ないじゃないですか。先輩はそういう人なんだもん。私は先輩の恋人じゃないけど、恋人になった時の為に、今からどれだけの負担を分かち合えるか知っておきたいんですよ。

「……謳花は優しいけど、優しいから、たまにだるいね」

先輩が机に突っ伏しながらそう言って、私は「だるくないでしょうよ〜い」と返す。先輩は疲れてて、参ってて、本音が多分ぽろっと出てしまったんだろう。

「たまにそれがつらいよ」

先輩の言葉の端々にも態度にも、まだ好きの感情が残っていて、私はふわふわそれを受け取っていたのに、どうしても応えられなくて。だってまだ、先輩に相応しい私じゃないんですもん。なんて臆病風を吹かせて。言葉の奥にあるものに気づかないふりをした。

嘘じゃないんだよ、先輩。今度はちゃんと私から告白するつもりだったんです。だからそれまで、もう少しだけこのまま。それが愛情の搾取だって、先輩を削る行為だなんて、私は想像もしてないままで。

先輩が車に轢（ひ）かれたって知った時、私だって先輩が自殺したんじゃないかと思った。だってそうじゃないですか。先輩は私に心を搾取されてきたのだ。私は先輩が墜落したことで、その重さとおぞましさに気づいてしまった。

先輩は自分で車の前に身を投げたんじゃないか。そこまで先輩を追い詰めたのは私なんじゃないのか。私が期待させるような素振りを見せて、その癖ちゃんと向き合わなかったから。そう考えただけで、息が出来なくなった。もし他のことが原因であったとしても、先輩は私に相談出来なかった。私が先輩のことをのらりくらりと躱していたからだ。

自殺って決まったわけでもないのに、ここまで悪い想像を働かせた。全部が後悔の種だ。全ての行動が間違いにしか思えなくて、立っていられなくなりそうだ。

先輩が助かるんなら、なんだって差し出せるつもりだった。寿命が半分になってもいい。欠けた部分を私が埋めるから、どうか先輩を返してほしい。

差し出せるどころか、私は過去をやり直すチャンスを目の前に差し出されたのだった。

どうする？　どうしていく？

今からすることの重みを、理解していなかったわけじゃない。それどころか、それを選んだ時の私は自ら死刑に甘んじるような気分だった。

これは、先輩の傷も痛みも全部無かったことにすることだ。人間を書き換えるような行為だ。それまでの都筑日南を殺すも同然だった。そんなことが許されるのかよ。

どうでもいい。私は全てをやり直したい。

好き、の言葉に口づけを返した世界に行きたい。

スマホが鳴っている。私のはデフォルト音のままだから、このピアノのメロディは先輩のものであるはずだ。刺すような沈黙の中、涙を流した先輩が、根負けしたようにスマホを手に取った。この地獄のような空気でも着信を無視しないのは、真面目な先輩らしかった。

「はい、都筑です」

先輩がそう言って、何事かを話す。涙を拭いながら、懸命に受け答えをする。そして、あろうことか「今から行きます」なんて言った。え、この状況でどこに行くんですか⁉ 私達、割と結構修羅場ですけど、え、もう別れるから、一旦この修羅場はおしまいでってことですか？ そんなドライなことはなさらないでくださいよ。一生のお願いだから、なんでもするから。

なんてことを考えていたら、先輩が真っ赤な目で鼻を啜(すす)りつつ、言った。

「あの、犯人捕まったって」


先輩に連絡してきたのは警察だった。私は一人でタクシーに乗り込もうとする先輩に組みついてしがみついて、なんとか警察署まで付いていくことに成功した。いやあ、最後に勝つのはフィジカルってわけですね先輩！

結論から言うと、先輩は道路に向かって突き飛ばされたようだった。完全なる殺人未遂だ。犯人の顔を見て、私は驚く。あの時の、女子高生ぶつかりおじさんだ。おじさんは先輩を逆恨みし、恨みを募らせ、ついには今回犯行に及んだのだという。マジで逆恨みされてるじゃないですか！いやほんとマジでゆるせん。先輩に何してくれてんだこいつ。

これから先輩は裁判とか色々あるらしい。精神的な負担が云々(うんぬん)とか、身の回りが云々とか言われていたけれど、先輩は毅然(きぜん)とした態度で「わかりました。大丈夫です」なんて言っちゃって、さっきまで泣いていた人とは思えない。

「私は間違ったことをしたとは思えません。どんな場でも堂々と証言します」

すごいなあ、と私は改めて思う。先輩はすごい。というか、さっきまでのぐにゃんぐにゃんの先輩はどこに行ったんだろう？　と思うくらいだ。先輩は眩しい。

確かに言動は違うかもしれないけれど、先輩の美しさは変わらない。

そのことに先輩は気づいているんだろうか。気づいているといいなあ。そんなことを思った瞬間、先輩の手を思い切り握ってしまった。急に手を握られた先輩が驚いた顔で見つめる。先輩の手のぬくもりが、もはやなんだか懐かしい。

「大丈夫です。私も支えます」

「そうですね。ご友人の方も――」

「恋人です」と私はすかさず言う。

「後輩です」と先輩が返す。

「恋人ですよ。まだ別れてないですから。納得がいってないので。全然、別れる気ないですから」

「別れるも何も付き合ってないんで。そんな事実無いんだよ、詐欺に遭ってただけだからこっちは」

「もおおそういうこと言わないでくださいよおおおお、あったでしょうがよ蜜月が」

「あのお、大丈夫ですか」と警察の人が言う。

「私は大丈夫です」

と、先輩が私を無視して繰り返す。

「正直怖かったですし、今も怖いですけど。でも大丈夫です。私は」

それを言う先輩は、私が眩しく恐ろしく思っていた、記憶喪失になる前の先輩だった。


あろうことか先輩は私と帰る時間をズラそうとしたので、私と先輩は警察署でもう一度くんずほぐれつを演じることになった。駄々をこねること数分で、先輩はようやく私と一緒に帰ることを了承した。

「どうせ同じとこ帰るのに無駄だしね」

「そうですよ！　なのにどんだけ粘るんですか！　めんどくさいんだから！　もう！」

「私が面倒臭いのなんてもうわかってるはずでしょ」

先輩が投げやりに言い、少し俯く。

「あのお……先輩、その、大丈夫ですか」

「なにが。自殺じゃなくてよかったですね的な？　この逮捕でもっと逆恨みされそうですけど怖くないんですか的な？」

「ええ、いや、どっちも攻めすぎですよ。もっとこう、漠然とした大丈夫ですかって感じの……」

「大丈夫だよ。冷静だし」

確かに、先輩は落ち着いていた。警察署はどんなものよりも人をクールダウンさせる代物なのかもしれない。あの独特の空気って興奮に効くんだよなあ、なんて。

「先輩、じゃなくて、日南さん」

「何」

「……嘘吐いてごめんなさい。でも、私、どうしてもやり直したくて。今度こそ、全部間違えないからって。私、本気で日南さんが好きなのに、全然勇気が出なくて」

先輩は答えない。私の顔すら見てくれなくて、先を歩く。

「先輩が自分のこと好きなままなのに、中途半端な態度でいてすいません。本気で反省してます。あの、お願いです。もう一度だけチャンスもらえませんか。私、今回のことで先輩を守れなかったのもショックで、それこそ、裁判とか諸々終わるまでは……先輩が……他に好きな人が……出来るまででいいから……」

言ってて、なんか泣きそうになってきた。泣きたいのは先輩なんだから、私が泣いてる場合じゃない。今更になって、先輩の気持ちがわかった気がする。こんなに痛かったんだって今更思う。

「……謳花ってさ、見栄っ張りだよね」

先輩が振り返らずに言った言葉が思いがけなくて、私は何にも返せない。そのまま先輩が続ける。

「完璧主義のかっこつけなんだよ。だから、偉そうに私のこと振った過去もなかったことにしようとしてさ。何の憂いもなく完璧で最高な世界線に行こうとするなよ。一回恥ずかしげもなく振ったってことを言ってから改めて交際を申し込めよ。これが私の為だったとか言うなよな」

「いやほんと……そんなことは言えないですよ……全部私が悪いんで……私が自分の過ちを……認められなくて、過去を改竄(かいざん)しようとしたわけで……私はカスの見栄っ張りのクズです……」

「でも、私もそうだから」

「先輩はカスの見栄っ張りのクズじゃないですけど！」

「そういうことじゃないんだけど」

流石に聞き捨てならなかったのか、先輩が振り返った。それで、先輩が振り返らなかった理由がなんとなくわかってしまった。

先輩が笑っていた。からかうような、悪戯っぽい笑顔で。

「私が好きな子の前で格好付けたいタイプだって、知ってるでしょ、もう」

私の前まで歩いてくる。戻ってきてくれる。

「本当は、殺されかけたって聞いた時、怖かった。私が妙な正義感振りかざして、謳花にも言われてたくせに馬鹿な真似したからだって。でも——私は、そういう人間でありたかった。ハッタリで固めた偽善者でも、あの時の自分が好きだった」

偽善じゃないんじゃないですか、と私は思う。狂人の真似とて大路を走らば即ち狂人って、徒然草にも書いてあったらしいじゃないですか。だとしたら、先輩は格好良くて素晴らしい人なんですよ。

「私が謳花を好きだったのは、謳花といる時は自分を好きになれたからなんだよ」

「好きだった？　過去形？」

「さっきもそうだったでしょ」

それはそうだ。先輩はこんな目に遭ったのに、まだ強かった。それって私のことがまだ好きだからなんですか。本当に？

「全部を思い出したわけじゃないからさ。まだ心の在処がわからないんだ。どうやって謳花のことを信じたら良いかもわかんないし、でも、思ったんだよね。理想の世界を実現させたいって思うのって、さ、それはさ……」

先輩が押し黙る。先輩が黙るのは、自分に自信が無いからだ。その先を言えない程度に弱気で面倒臭くて、ひっこみがつかない格好付けで、でも気高くあろうとしている、頑張り屋さんだからだ。

私達は恋人じゃない。でもそうありたいと、恐らく、私も、先輩も、思っている。これが愛じゃないなら何だっていうんだよ。私は、自分からは飛び込めない先輩の胸に飛び込む。物分かりの悪い、諦めの悪い後輩として。

「信じてもらえなくてもいいから、聞いて、日南さん。愛してる。一生一緒にいたい。愛してます、愛してる！」

「……私は面倒臭い女だからさ」

先輩が耳元で囁く。

「騙すなら、一生騙してよ」

ここでその言い方って可愛くないですよ。面倒臭い。でも愛おしい。先輩が望むなら、私も騙してあげようじゃないか。一生騙す。一生先輩の最高の恋人の振りをする。最後まで行く。最高まで行く。

収録作品はすべて本書のために書き下ろされました。

以下の作品は併せて下記の媒体にも掲載されました。

織守きょうや「いいよ。」　Webジェイ・ノベル　二〇二三年一二月一二日配信（初出）

貴女。　百合小説アンソロジー

2024年7月5日　初版第1刷発行

著　者／青崎有吾　織守きょうや　木爾チレン　斜線堂有紀
　　　　武田綾乃　円居挽

発行者／岩野裕一

発行所／株式会社実業之日本社
〒107-0062
東京都港区南青山6-6-22 emergence 2
電話（編集）03-6809-0473　（販売）03-6809-0495
https://www.j-n.co.jp/
小社のプライバシー・ポリシーは上記ホームページをご覧ください。

ＤＴＰ／ラッシュ

印刷所／大日本印刷株式会社

製本所／大日本印刷株式会社

ISBN978-4-408-53857-0（第二文芸）